KB199969

빵샘과 함께 읽는
교과서 소설 중2 1권

빵샘과 함께 읽는 교과서 소설(중2)

초판 1쇄 인쇄 | 2010년 12월 28일
초판 1쇄 발행 | 2010년 12월 31일
지은이 | 방민호
펴낸이 | 이승은
펴낸곳 | 예옥
등록 | 제 2005-64호(등록일 2005년 12월 20일)
주소 | 서울시 마포구 동교동 200-16 303호
전화 | 02. 325. 4805
팩스 | 02. 325. 4806
이메일 | yeok4806@gmail.com

ISBN 978-89-93241-20-4 (43810)

빵샘과 함께 읽는
교고과서 소설 _{중2 1권}

• 방민호 엮고 씀 •

예옥

소설 읽는 힘을 길러
생각하는 힘을 기릅시다

중학교 2학년을 대상으로 한 '빵샘' 시리즈를 펴내게 되었습니다. 먼저 중학교 1학년 교과서 소설을 펴낸 뒤, 곧바로 이어진 작업입니다. 이 책은 개정 중학교 2학년 국어 교과서에 실린 중요한 작품을 수록하고 그에 관한 설명과 분석을 다양한 형태로 제공하였습니다. 그렇게 하고 보니, 우리에게 잘 알려진 작품들이 많이 들어간 책이 되었습니다.

1권에 실린 주요섭의 〈사랑 손님과 어머니〉, 이태준의 〈돌다리〉, 이효석의 〈메밀꽃 필 무렵〉, 황순원의 〈소나기〉, 최일남의 〈노새 두 마리〉가 그런 소설입니다. 2권에 실린 채만식의 〈미스터 방〉, 강소천의 〈꿈을 찍는 사진관〉, 박완서의 〈옥상에 핀 민들레꽃〉, 오정희의 〈중국인 거리〉도 그런 소설입니다.

이 작품들은 우리에게 잘 알려져 있지만 예전에는 중학교 교과서에 실리기 어려운 작품들입니다. 뿐만 아니라 이익상의 〈남극의 가을밤〉, 백신애의 〈멀리 간 동무〉, 나혜석의 〈경희〉, 김용익의 〈꽃신〉, 이범선의 〈표구된 휴지〉, 송기숙의 〈개는 왜 짖는가〉 같은 작품들은 그 난이도와 상관없이 비교적 최근에야 교과서에 등장하기 시작한 작품들입니다. 낯익은 작품들과 새롭게 등장한 작품들을 함께 실어 균형을 맞추려 한 것이 이 책의 특징입니다.

이 책은 여러분들이 어떻게 하면 소설을 잘 읽을 수 있을까 하는 고민 끝에 만든 책입니다. 조만간 중학교에 들어가게 될 분, 이제 막 중학교에 들어와 국어 공부를 새로 시작하게 된 분, 중학교 2학년, 3학년이 되어 소설에 대해서 더 잘 알고 싶은 분들을 위해 이 책을 만들었습니다.

소설을 배우는 일은 쉽지 않은 일입니다. 소설이란 동화와는 달리 생각이 성숙한 사람들을 위한 이야기이기 때문입니다.

소설을 읽으면 머리가 아프다고 말하는 분들도 있지만, 소설을 이해하는 일이 그렇게 어려운 것만은 아닙니다. 한 편의 작품이라도 깊이 읽고 많이 생각하다 보면 어느새 소설을 읽는 힘이 생겨나기 때문입니다. 따라서 어려서부터 소설을 자주 읽고 그 내용을 음미해 본다면 생각도 늘고 공부도 잘 할 수 있게 될 것입니다.

이 책은 새롭게 바뀐 교육 과정에 따라 중학교 국어 교과서에 실린 소설이 아주 달라졌다는 점을 고려하여 만들었습니다. 새로운 교육 과정에 따라 만들어진 국어 교과서들의 가장 큰 특징은, 예전 같으면 고등학교나 중학교 고학년에 실리던 작품들이 중학교 1학년 교과서에 버젓이 수록되어 있다는 사실입니다. 그것은 작품들의 난이도를 새로 평가한 결과이기도 하지만, 그만큼 소설을 읽는 힘을 더 많이 요구하고 있기 때문입니다.

새 국어 교과서에 실린 소설들을 이 책에 실었습니다. 어렵게 느껴지는 이 작품들을 어떻게 하면 쉽게 읽고 익힐 수 있을까? 이러한 고민 끝에 저는 이 책에 몇 가지 방법을 적용해 보았습니다.

첫째, 하나의 작품을 읽기 전에 간단한 생각 거리를 제시하여, 그 작품의 주제에 대해 미리 생각해 볼 수 있도록 한 것입니다. 미리 생각해 보는 연습을 하고 작품의 내용을 예상해 보면 작품을 더 쉽게 읽을 수 있겠지요.

둘째, 작품의 줄거리와 그 작품을 쓴 작가에 대해 자세한 설명을 해 주어, 작품에 대한 이해를 높이고자 했습니다. 간략하게 몇 줄만 소개한 줄거리나 작가에 대한 추상적인 정보만으로는 그렇지 않아도 어려운 소설에 흥미를 붙이기 쉽지 않을 테니까요.

셋째, 각각의 작품과 관련이 깊으면서도 중학교 소설 공부에 꼭 필요한 개념을 익힐 수 있는 이야기를 실어 소설을 깊이 이해하는 힘을 기를 수 있도록 했습니다. 예를 들어 인물이니, 사건이니, 배경 같은 말들은 쉬우면서도 얼마나 어렵습니까? 이런 개념들이 쉽게 다가올 수 있는 책을 만들고자 했습니다.

넷째, 교과서에 실린 작품들뿐만 아니라 중학생이 꼭 알아야 할 또 다른 작품에 대해서도 소개하는 공간을 마련했습니다. 예를 들어 황순원 선생의 작품 가운데 중학생이 꼭 알아야 할 작품으로는 여기 실린 〈소나기〉 말고도 《카인의 후예》나 〈별〉과 같은 것도 있습니다. 〈소나기〉에 대한 설명 뒤에 이러한 작품들의 줄거리나 주제도 함께 익힐 수 있도록 했습니다.

마지막으로, 요즘 학교 교육에서 중요하게 평가하는 점을 고려했습니다. 그것은 바로 여러분이 스스로 생각하고 쓸 줄 아는 능력입니다. 대학에서 논술 시험이 시행되는 것도 이러한 능력을 중요하게 여기기 때문입니다. 이 책에 실린 각 작품 뒤에는 읽은 내용을 토대로 하여 이런저런 세상 문제를 생각해 보는 자리를 마련해 놓았습니다.

이 책의 이점을 여러 가지로 설명했습니다만, 저는 무엇보다도 이 책이 재미있는 책이 되기를 바랍니다. 학교 공부를 떠나, 소설 공부를 떠나, 재미있는 친구와 같은 책이 된다면 얼마나 좋을까요? 이 책이 그러한 친구가 되었으면 합니다.

이 책의 원고를 작성하는 과정에서 제자들의 도움이 적지 않았습니다. 바쁜 중에도 제 일을 도와준 권철호, 김영미, 김우영, 남은혜, 서은혜, 이경림, 이지은, 임미진, 전소영에게 감사의 뜻을 전합니다.

2010. 12.
방민호 씀

작품의 시대 배경(1권, 2권 통합)

일제 강점기

〈경희〉(나혜석) ┃ 〈사랑 손님과 어머니〉(주요섭) ┃ 〈남극의 가을밤〉(이익상)
〈돌다리〉(이태준) ┃ 〈멀리 간 동무〉(백신애) ┃ 〈메밀꽃 필 무렵〉(이효석)
〈소나기〉(황순원)

해방 이후

〈미스터 방〉(채만식) ┃ 〈꽃신〉(김용익) ┃ 〈꿈을 찍는 사진관〉(강소천)
〈중국인 거리〉(오정희)

1970년대

〈표구된 휴지〉(이범선) ┃ 〈옥상의 민들레꽃〉(박완서) ┃ 〈노새 두 마리〉(최일남)

1980년대

〈마지막 땅〉(양귀자) ┃ 〈개는 왜 짖는가〉(송기숙)

1990년대

〈불나방과 하루살이〉(김소진)

⁞ 일러두기 ⁞

- 7차 개정 중학교 교과서(2학년)에 수록된 소설 중에서 단편소설 17편을 선정하여, 1권에 9편을 싣고 2권에 8편을 실었습니다.

- 각 작품 앞에는 생각해 볼까요?, 작품 뒤에는 이야기 흐름, 소설 산책, 소설 교실, 또 다른 이야기, 생각하기(같이 생각하기)로 구성되어 있습니다.

- 장편소설 제목과 신문 및 잡지 이름은 《 》으로 표시하고, 단편소설 제목은 〈 〉으로 표시하였습니다.

- 표기 방식에서 맞춤법 띄어쓰기는 현재 사용되는 표준어 맞춤법에 따랐으나, 대화 속의 사투리 또는 작가가 선택한 비표준어는 원문대로 하였습니다.

- 작품 이해에 필요한 낱말은 한자와 함께 각주로 설명해 놓았습니다.

- 이 책에는 작품 해설에 필요한 사진들을 게재하였습니다. 연락처를 알 수 없어 미리 허락을 구하지 못한 사진에 대해서는 연락이 닿는 대로 허가 절차를 따르겠습니다.

남극의 가을밤

: 이익상 :

여러분은 어렸을 때 "옛날 옛날에 어떤 나무꾼이 살았는데~"로 시작하는 이야기를 들어 본 적이 있나요? 그런 옛날이야기 중 가장 기억에 남는 이야기는 무엇인가요? 또 여러분이 그 이야기 속의 주인공인 것처럼 느꼈던 적은 없나요?

오랜 시간이 지났어도 어릴 때 들었던 옛날이야기가 또렷하게 생각날 때가 있습니다. 한번 눈을 감고 옛날이야기를 듣던 그 순간을 떠올려 보세요. 귀를 쫑긋 세우고 말똥말똥한 눈으로 어머니를 바라보던 자신이 보이나요?

그때의 흥미진진한 감정을 떠올리면서 이 작품을 읽어 봅시다.

지평선

위에 걸린 해와 창공에 오른 달을 바라볼 때마다 나는 나의 옛날에 들은 바 해와 달 이야기를 아니 생각할 수 없습니다. 새빨갛게 이글이글하게 달은 해와 얼음덩이처럼 싸늘하고도 맑은 달이 나의 어린 마음에 깊이깊이 뿌리박았던 것이 오늘까지에도 오히려 그대로 남아 있는 것인가 합니다.

이것은 내가 7, 8세 되었을 때 어느 가을밤 일이었습니다. 그러니 이 일처럼 나의 어렸을 때의 모든 기억 가운데 분명히 남아 있는 것은 다시없다고 생각합니다.

어머니는 언제와 마찬가지로 등잔불 아래에서 바느질을 하고 있었습니다. 그때는 가을이라 겨울옷 준비에 매우 바쁜 것이 어린 나에게도 알려 줄 만하였습니다. 등잔불이라 하여도 오늘 같은 전기등 같은 것은 물론 아니었습니다. 더구나 내 집은 시골이었으므로, 그리고 가난하였으므로 램프 불 같은 것조차 얻어볼 수 없었습니다. 새 양철 등잔에 대추씨만 한 불송이가 어두컴컴한 빛을 방 안에 가득히 던지었을 뿐이었습니다. 이것이 다만 하나의 광명光明이었습니다.

그러나 그때에는 이것만으로 아무 부자유스러운 것 없이 바느질도 하고 책도 읽고 한 것입니다. 밤마다 밤마다 이러한 등잔불 밑에 제일 가까이 앉은 것은 어머니였습니다. 그다음에는 누이였습니다. 제일 많이 등잔불과 거리를 두고 떨어져 앉아 있는 이는 언제든지 어린 나였습니다. 이것은 어떠한 이유인지 알 수 없으나, 사내자식이 등잔불 밑에 쪼그리고 앉은 것은 보기 싫다 하여 어머니에게 가끔가끔 꾸지람을 들었으므로, 밤이 되면 등잔불과 멀리 떨어져 앉는 것이 어린 나의 매우 주의하는 일의 하나가 되었던 것입니다.

그날은 달이 특별히 밝아 보였습니다. 지금 생각하면 그때는 아마

구월 보름께나 되었던 것입니다. 방 안에 등잔불이 있는데도 오히려 창 바깥의 달빛이 창살에 푸르스름하게 비칠 만큼 밝았습니다.

어머니는 바느질이 거의 끝났을 때에 이야기책을 그 등잔불 밑에서 보기 시작하였습니다. 어머니는 아버지가 돌아가신 뒤로 그러한 이야 기책을 보시는 것이 유일한 위안이었던 것을 지금에도 넉넉히 상상할 수 있습니다. 지금 그러한 책 이름을 일일이 기억할 수는 없습니다마 는, 또는 그러한 책을 지금에는 본 일도 별로 없습니다마는 《하씨선 행록》◆이니, 《전우치전》◆이니, 《삼국지》니 하는 모두 이러한 것이었 습니다. 물론 우리나라 언문◆으로 베낀 책이었습니다. 책장이 해질까 염려하여 종이에 기름까지 바른 것이었습니다. 지금 생각해 보면, 내 가 늦도록 잠을 자지 않고 앉았던 것은 어머니의 책을 읽는 소리 가운 데에서 한마디 한마디씩 귀에 들어오는 말을 주워 모아 가지고 내껏◆ 어떠한 해석을 해 보는 것이 큰 재미였던 것입니다.

어떠한 때에는 어머니가,

"너는 잠도 오지 않느냐? 너만 할 때에는 밥만 먹으면 거꾸러져 자 게 될 터인데…… . 별 아이도 다 보았지!"

꾸지람도 같고, 귀여워하는 듯도 한 말을 흔히 들은 일이 있었습니 다. 그리고 또 어머니가 옛날이야기나 수수께끼 같은 것도 하며 나에 게 흔히 들려주었습니다. 그래서 밤이 늦도록 잠을 자지 않고 어머니 의 틈 나기를 나는 기다렸던 것입니다.

어머니가 바느질을 끝내고 책을 볼 때였으므로 밤은 꽤 깊었습니다. 어머니는 책 보던 눈을 나에게로 돌리며,

"저 소리 들어 보아라! 너는 저게 무슨 소린 줄 아느냐?"

라고 별안간에 물었습니다.

나도 누님도 따라서 귀를 기울이게 되었습니다. 그러나 귀에 분명히 들릴 만큼 나오는 소리는 없었습니다. 다만 조용하던 방 안이 더욱 고요하여졌을 뿐이었습니다. 누이는 한참이나 귀를 기울이고 있더니, 무슨 소리를 알아들은 것처럼 손가락으로 방문을 가리켜 주었습니다. 나는 가리키는 방문에 더욱 주의를 하였습니다.

그리하였더니 과연 그 방문에서 무슨 "뚝딱뚝딱" 쪼는 소리 같은 것이 들리었습니다. 어머니는 나더러,

"그게 무슨 소린 줄 아느냐?"

고 물었습니다. 나는 모른다고 대답하였습니다. 어머니는 그것이,

"문살각시 다듬이◆ 하는 소리다."

라고 설명하였습니다.

우리 시골에는 이러한 말이 있습니다. 이 문살각시 다듬이 소리란 것은 그때에 처음 알았습니다. 더욱 주의를 하고 들었더니, 그것은 과연 먼 곳에서 울려오는 다듬이 소리와 조금도 틀림없이 들렸습니다.

누이는 곁에 누웠던 자[尺]를 집어 방문을 한 번 탁 쳤습니다. 그런 뒤에는 "뚝딱뚝딱" 하는 소리가 뚝 그쳐 버리고 말았습니다.

어머니는 다시 가을이 되면 문살각시도 일이 바빠서 다듬이질을 한다고 설명하여 주었습니다. 나는 무서운 생각이 났습니다. 그래서 어머니 곁으로 바짝 가까이 앉았습니다.(이 문살각시 이야기는 내가 그 뒤에 보통학교◆에서 이과◆를 배울 때에 선생에게

◆ **《하씨선행록》** 일부다처제의 사회에서 남편을 두고 벌어지는 여성 간의 갈등을 다룬 중국 고전소설.
◆ **《전우치전》** 도술을 부리는 '전우치'가 탐관오리를 벌하고 백성들의 억울함을 풀어 준다는 내용의 조선 시대 고대소설.
◆ **언문諺文** 한글을 속되게 이르던 말.
◆ **내껏** '내 나름대로' 정도의 뜻.
◆ **다듬이** 옷이나 옷감 따위를 방망이로 두드려 반드럽게 하는 일.
◆ **보통학교普通學校** 일제 강점기의 초등학교.

물어보았더니, 그것은 귀신이 아니요 가을이 되면 그러한 벌레가 있어서 문 앞으로 쪼는 소리라 하였습니다. 그리하여 비로소 벌레인 줄 알았던 것입니다.)

한참이나 있었더니 또다시 "뚝딱뚝딱" 소리가 났습니다. 그때에는 누이가 일부러 방문을 열었습니다. 문살각시는 또다시 다듬이를 그쳤습니다. 우리 어머니나 누이는 이것을 다른 귀신처럼 무섭게 여기지 않고 무슨 친근한 귀여운 벗처럼 여기는 줄 알았습니다. 누이는 문을 열고 바깥마루로 나아갔습니다.

나도 무시무시한 생각을 하면서 뒤를 따라 나아갔습니다. 물론 그때에는 달빛이 희푸른지 하늘빛이 검푸른지 알 수 없었으나, 달밤의 엄숙한 기운이 비록 어린 나에게라도 황홀을 느끼게 한 것은 사실인 듯합니다. 이때에 나는 누이에게 이러한 질문을 받았습니다.

"너는 저 달이 얼마나 큰지 알겠니?"

나는 그렇게 애써 생각도 않고 바로 대답하였습니다.

"우리 집 방석*만 하지!"

이것은 우리 집에서 베*나 고추 같은 것을 말릴 때 쓰는 둥근 방석만을 본 나였으므로, 이것도 보이는 달의 크기 그것만으로 하면 이 대답보다도 더 쉬울 게 우리 집에 있는 둥근 소반*이나, 또는 쟁반 같은 것을 가리켜 비교하였을 것이었습니다. 그러나 만일 나의 눈에 보이는 그것만 한 것만 생각하고 그대로 대답하여도 관계찮은 것이면 누이가 달의 크기가 얼마나 한 것을 물을 리가 없다는 것을 어린 마음에도 생각하였으므로, 나의 눈에 보이는 그것보다는 좀 더 클 것이라 생각하고 에누리*하여 방석만 하다고 대답한 것이었습니다.

누이는 "하하"라 웃어 버렸습니다. 나는 이러한 웃음을 두 번째 누이에게서 듣게 되었습니다. 한 번은 내가 하늘을 만져 보러 앞산에 올라가자고 누이에게 청하다가 이러한 웃음을 받은 적이 있었습니다. 이것은 내가 하도 우연히 하늘을 만져 볼 생각이 났던 것입니다. 앞산 봉우리와 하늘이 꼭 닿은 것같이 생각한 까닭에, 앞산 위에만 올라가면 하늘은 아무 어려울 것 없이 만져 보리라고 생각한 것이었습니다. 달의 크기가 방석만 하다고 한 나의 대답을 들은 누이는 다시 내가 말한 것보다는 더 크다는 것을 말하였습니다.

그런데 나에게는 둥글고도 큰 것으로 아는 것이 또 하나가 있었습니다. 그것은 우리 시골의 D라는 큰 연못이었습니다. 그 연못은 주위가 십 리나 된다고 합니다. 그래서 "D방죽♦만 하지!"라 하였습니다. 누이는 웃으며 훨씬 더 크다고 말하였습니다. 나는 D방죽보다도 더 큰 것으로 둥근 것을 보지 못하였으므로, 다시 더 말할 수 없었습니다.

그러다가 이 달의 크기 문제로 필경♦은 어머니에게 가서 어떠한 것을 물어보게 되었습니다.

어머니는 그때까지 이야기책을 보고 있었습니다. 내가 누이의 말에 불복♦한 듯이 달은 얼마나 크냐고 어머니께 물었더니 어머니는 웃으면서,

"조선 팔도♦보다도 더 크다."
고 대답하였습니다.

지금 생각하여 보면, 아마 어머니가 아시는 것으로 제일 큰 것은 조선 팔도이었던 것인지도 알 수 없습니다.

♦ **이과理科** 자연계의 현상이나 원리를 연구하는 학문. 물리학, 화학, 동물학, 식물학, 천문학 등.
♦ **방석方席** 무엇을 덮거나 널어 말리기 위하여 만든 물건.
♦ **베** 삼실, 무명실, 명주실 따위로 짠 천. 여기서는 삼나무 껍질.
♦ **소반小盤** 작은 밥상.
♦ **에누리** 실제보다 더 보태거나 깎아서 말하는 일.
♦ **방죽** 파거나, 둑으로 둘러막은 못.
♦ **필경畢竟** 끝장에 가서는.
♦ **불복不服** 남의 명령이나 결정을 그대로 좇지 않음.
♦ **조선 팔도八道** 조선 시대에 나뉘어 있던 8개의 행정구역(함경도, 평안도, 황해도, 강원도, 경기도, 충청도, 경상도, 전라도)을 통틀어 이르는 말.

물론 그때에 나는 조선 팔도라는 것이 어떠한 것인지 알 수 없었습니다. 다만 둥글고 큰 것은 조선 팔도인 줄 짐작하게 되었습니다.

　이때에 어머니는 달이 얼마나 크냐고 묻는 말에 달과 해 이야기 생각이 났던지, 나에게 해와 달 이야기를 해 주었습니다. 어머니는 손에 들었던 이야기책을 방바닥에 내려놓고 이야기를 시작하셨습니다. 그런데 그 이야기의 내용은 대강 이러하였습니다.

　어떠한 산중에 과부 한 사람이 어린 자식 셋을 데리고 가난한 살림을 하였습니다. 물론 고운 의복과 맛있는 음식을 입을 수도 없고, 먹을 수도 없었습니다. 그러나 이 과부는 다만 어린 자식들이 커 가는 것만 큰 기쁨으로 삼고 살아오던 터였습니다. 어떠한 가을날에 어머니는 어린 자식을 먹이려고 잔등◆ 넘어 장자◆ 집으로 밥을 얻으러 갔었습니다. 과부는 집에 어린아이들만 남겨 두고 가는 것이 마음이 놓이지 않았으나, 주린◆ 배를 어떻게 채울 수 없어 방문 단속을 단단히 하고 잔등 넘어 장자의 집으로 갔습니다.

　가을 해가 거의 저물었을 때에 과부는 장자집의 방아를 찧어 주고 그 방아 밑으로 범벅떡◆을 만들어 가지고 자기 집으로 급히 돌아오던 길이었습니다. 과부는 어서 집에 돌아가 어린아이들에게 이 범벅떡을 주어서 그 기뻐하는 얼굴을 보고 싶다 생각하며 한 잔등을 넘어왔습니다. 이때에 급히 가는 길을 막아서는 큰 호랑이가 있었습니다. 과부는 깜짝 놀랐습니다. 이때에 호랑이는,

　"그 떡 하나 주면 안 잡아먹지!"

하며 앞길을 막아서셨습니다.

　과부는 할 수 없이 떡을 하나 던져 주었습니다. 호랑이는,

"또 한 덩이 주면 안 잡아먹지!"

여러 번 되풀이하여 과부의 가진 떡을 다 빼앗아서 먹어 버렸습니다. 그리고 난 뒤에 호랑이는 다시,

"저고리 벗어 주면 안 잡아먹지!"

"치마를 벗어 주면 안 잡아먹지!"

고개를 넘을 때마다 앞을 가로막으며 위협하여 다 빼앗아 갔습니다.

과부는 집에서 기다리는 자기 자식들 일을 생각하고 어떻게든지 목숨이나 보전하랴 하여 호랑이가 달라는 대로 의복까지 다 벗어 주었습니다. 그러나 흉측한 호랑이는 의복까지 다 빼앗아서 입고, 나중에는 이 과부를 잡아먹었습니다.

과부를 잡아먹은 호랑이는 그 과부의 옷을 입고 과부로 둔갑을 하여 가지고 집에 남아 있는 어린아이들을 잡아먹으러 갔습니다. 집에 있는 어린아이들은 고픈 배를 참아 가며 자기 어머니가 돌아오기만 기다리고 있었습니다. 그러나 어머니는 그렇게 쉽게 돌아오지 않았습니다. 어린 아기는 자기 어머니를 기다리다 못하여 어느덧 잠이 들었습니다. 누이와 동생 두 어린아이는 잠도 자지 않고 자기 어머니 오기만 기다렸습니다. 이와 같이 기다리는 때에 어머니로 둔갑한 호랑이가 집으로 들어와서 방문을 열라고 하였습니다.

그러나 문 열라고 부르는 소리는 그들의 어머니 말소리와 달랐으므로 영리한 누이는,

"당신은 우리 어머니가 아니오."

라고 말하고 문을 열어 주지 않았습니다.

◆ 잔등 '산봉우리'의 사투리.
◆ 장자長者 큰 부자를 점잖게 이르는 말.
◆ 주리다 제대로 먹지 못하여 배를 곯다.
◆ 범벅떡 멥쌀가루에 콩, 팥 등을 한데 섞어서 만든 소박한 떡.

호랑이는 자기가 틀림없는 너의 어머니니 문을 열어 달라고 몇 번이나 말하였습니다. 나중에는 먹을 것을 많이 가지고 와서 짐이 무거우니 문을 속히 열라고 재촉하였습니다. 이때에 누이는 문 앞으로 가까이 가서 만일 우리 어머니일 것 같으면 손을 문틈으로 보이라고 하였습니다. 호랑이는 문틈으로 손을 내밀었습니다. 손은 맨 털빛이었습니다. 아이들은 이상하여 우리 어머니 손에는 이렇게 털이 나지 않았다고 물어보았습니다. 호랑이는 오늘 밤은 너무나 추워서 털토시를 끼었다고 대답하였습니다.

동생 되는 어린아이는,

"어머니! 너무나 추우셨겠소. 어서 들어오시오."

하며, 문을 열어 주었습니다.

어머니로 둔갑한 호랑이는 들어오더니, 여러 말 하지 않고 한편 구석에서 곤히 자는 어린 아기를 붙들고 부엌으로 들어가면서,

"너희들은 어서 자거라. 밥을 지어 줄 터이니……."

라 말하였습니다.

남매 두 아이들은 먹을 것을 줄 줄 알고 한참이나 기다렸으나, 아무것도 주지 않고 부엌에서 무엇인지 깨무는 소리만 들렸습니다.

동생 되는 아이는 하도 갑갑하여,

"어머니! 무엇을 먹소? 우리도 좀 주오!"

라 말하였습니다.

호랑이는,

"아니다! 너희들 먹을 것이 아니다. 내가 좀 시장해서 콩을 먹어 본다!"

라 대답하였습니다.

그러나 이 소리는 콩을 깨무는 소리와는 다르므로, 남매 두 아이는

문구멍으로 부엌을 내다보았습니다. 그랬더니 지금까지 어머니로 여겼던 것이 어머니가 아니라 큰 호랑이었습니다. 그리고 가장 사랑하는 어린 동생을 부엌에서 깨물어 먹는 소리가 그렇게 방에까지 들린 것이었습니다.

두 남매는 겨우 뒷문을 열고 밖으로 도망하여 우물 곁에 있는 큰 나무 위로 올라갔습니다.

호랑이는 어린 아기를 다 먹고는 다시 방에 있는 두 아이를 잡아먹으려고 하였으나, 벌써 두 사람은 거기에 있지 않았습니다. 호랑이는 사면팔방♦으로 찾아다녔습니다. 열린 뒷문으로 우물가에까지 왔습니다.

그래서 우물 속을 들여다보았습니다.

마침 이때 나무 그림자가 그 우물 가운데에 비추었습니다. 우물 가운데에 비친 두 아이의 그림자를 본 호랑이는 이것을 건지려고 여러 가지 건질 물건을 가지고 와서,

"조리♦로 건지나, 두레박으로 건지나."

라 콧노래를 부르며 우물가에로 돌아다니었습니다.

이 호랑이의 하는 짓이 하도 우스웠던지 남매 두 아이는 나무 위에서 웃어 버렸습니다. 지금까지 두 아이가 우물 안에 빠졌다고만 생각하던 호랑이는 깜짝 놀라 나무 위를 쳐다보았습니다. 나무 위에는 두 아이가 앉아 있었습니다.

호랑이는 위협하듯이 물었습니다.

"너희들은 어떻게 올라갔느냐?"

♦ 사면팔방四面八方 '사방팔방'과 같은 말. 여기저기 모든 방향이나 방면.
♦ 조리笊籬 가는 대나무 살이나 싸리로 엮어 만든 기구. 주로, 곡식 알갱이에 섞인 돌이나 뉘를 가려낼 때 쓰인다.

"장자네 집에 가 참기름 얻어다 바르고 올라왔지!"

라고 누이가 대답하였습니다.

호랑이는 참기름을 바르고 올라오려고 하였으나, 더욱 미끄러웠을 뿐이었습니다.

아무 철도 모르는 동생 아이는,

"장자네 집에 가 도끼를 얻어다가 콕콕 하고 올라왔지!"

라고 일러 주었습니다.

호랑이는 참으로 도끼를 가지고 왔습니다. 그래서 도끼로 발 붙일 자국을 만들어 가며 올라왔습니다. 얼마 아니면 이 남매 두 아이도 호랑이의 밥이 되려 할 때에 두 아이는 하느님께,

"우리를 살리려거든 새 동아줄◆을 내려 주시고, 죽이려거든 썩은 동아줄을 내려 주십시오."

하고 빌었습니다.

이때에 새 동아줄이 주르륵 내려왔습니다. 그리하여 남매 두 아이는 줄을 붙잡고 하늘로 올라갔습니다. 이 뒤에 올라온 호랑이도 어린 아이를 본을 받아 하느님께 빌었습니다. 썩은 동아줄이 내려왔습니다. 호랑이는 이것을 붙잡고 올라갔습니다. 얼마 아니 되어 줄이 끊어져 버렸습니다. 그리하여 이 줄을 붙잡았던 호랑이는 수백 길◆이나 되는 공중에서 수수밭으로 떨어졌습니다. 그때에 막 베어 낸 수수깡◆이 꽁무니에 찔려 죽어 버렸습니다. 그리하여 수수에 피가 묻은 것은◆ 이러한 까닭이라 합니다.

그리고 하늘로 올라간 남매 두 사람은 하느님 앞에 불려 가서 누이는 해가 되고, 동생은 달이 되었다고 합니다. 이것도 처음에 하느님이 누이더러 달이 되라 하였으나, 달은 밤에 있는 것이라 여자로 밤에 다

니는 것은 무섭다 하여 낮의 해가 되었다 합니다. 한낮에 다니면 여러 사람이 너무나 물끗물끗 바라보니까, 이것을 피하려고 눈이 현란하여 찬찬히 보지 못할 만큼 해는 반짝거리게 되었다 합니다. 그리하여 여자인 해는 사람 눈으로 하여금 똑바로 보지 못하게 한다 합니다.

어린 나는 이 이야기를 어머니에게서 들을 때에 얼마나 슬프고도 우스웠는지 알 수 없습니다. 그리고 어머니는 이 이야기를 내놓을 때에 맨 처음부터 우리 집과 비교하며 말하였습니다. 우리 집과 같이 가난하게 지냈다는 둥, 또는 너희들 남매간과 같이 의좋게 지냈다는 둥, 여러 가지 우리 집과 같은 것을 말하였습니다.

그래서 듣고 있는 나도 이야기가 다른 사람의 일처럼 생각하지는 않았습니다. 자기 자신에 당한 일이나 조금도 다름없이 알았습니다. 더구나 이 이야기하는 어머니는 그때의 광경을 그대로 듣는 사람에게 연상시킬 만큼 얼굴의 표정을 변하여 가며 말하였습니다. 이 이야기를 듣는 동안에 나는 몇 번이나 어머니 앞으로 가까이 가까이 갔는지 알 수 없습니다.

그리고 특별히 "옷 벗어 주면 안 잡아먹지!", "떡을 주면 안 잡아먹지!" 하는 호랑이의 흉녕한◆ 소리를 어머니가 우리 지방의 고유한 악센트를 붙여 호랑이가 바로 그 곁에서 부르짖는 것처럼 말씀할 때에, 나는 전신에 소름이 끼쳤습니다. 또는 나무 위에 올라앉아 숨어 있으면서, 무엇이 우스워 그렇게 웃어 버렸는지 나는 알 수 없었습니다.

어쨌든 이 하룻밤 이야기가 영원히 영

◆ 동아줄 굵고 튼튼하게 꼰 줄.
◆ 길 길이의 한 단위. 한 길은 약 2.4미터 또는 3미터에 해당한다.
◆ 수수깡 벼과 식물인 수수의 줄기로 매우 딱딱하다.
◆ 수수에 피가 묻은 것은 수수의 잎과 줄기가 붉은 갈색인 것을 비유한 말.
◆ 흉녕兇獰한 성질이 흉악하고 사나운.

원히 나의 머리에 슬어* 있게 되었습니다. 그래서 지금에도 이 이야기를 다시 생각할 때마다 나에게는 무엇이라 형언*할 수 없는 적막*이 찾아와서 나의 가슴을 오롯이 점령하게 됩니다.

◆ **슬다** 쇠붙이에 녹이 생기거나 곰팡이가 생기다. 여기서는, 이야기가 잊히지 않을 만큼 머릿속에 강하게 남았다는 뜻.
◆ **형언**形言 사물이나 사람의 모양을 나타내어 말하다.
◆ **적막**寂寞 고요하고 쓸쓸함.

이익상
李益相, 1895~1935

전라북도 전주에서 태어난 이익상은 소설가인 동시에 언론인이었습니다. 그는 서울에 있는 보성중학교와 경성보통고등학교를 졸업하고 그 후 일본으로 건너가 일본대학 사회학과에서 공부했습니다.

이익상은 일본 유학 시절부터 본격적인 작품 활동을 시작했으며, 1920년대의 대표적인 문학 동인지 《폐허》의 일원으로 참여하였습니다. 1921년에는 도쿄의 조선인 유학생 학우회에서 발행한 잡지인 《학지광》에서 편집을 맡아 일했습니다. 1924년에는 '인생을 위한 예술', '현실과 투쟁하는 예술'이라는 이념을 내세워 '파스큘라PASKULA'라는 문인 동맹을 결성했고, 이듬해에는 좌익 문학 단체인 '조선 프롤레타리아 예술가 동맹KAPF'을 결성했습니다.

그 무렵 이익상은 조선일보 기자로 시작하여 동아일보와 매일신보에서 오랫동안 언론인으로 활동했습니다. 당대 사회 현실의 문제를 다룬 그의 작품들은 기자 생활에서 익힌 날카로운 시각을 토대로 하고 있습니다. 대표 작품으로는 〈쫓기어 가는 이들〉, 〈흙의 세례〉와 장편소설 《키 잃은 범선》 등이 있습니다.

이익상은 소설 창작뿐 아니라 다양한 문화 예술에도 관심이 많았습니다. 특히 일본의 지배 속에서 우리의 예술 문화를 부흥시키기 위해 연극 단체와 영화사를 차리는 등 많은 활동을 펼쳤습니다. 또한 신문사의 영화 기자들과 함께 조선의 영화 산업을 발전시키기 위해 〈찬영회〉를 조직해 활동하는가 하면, 어린이들을 위한 아동 문학에도 관심이 많아 〈새끼 잃은 검둥이〉 등의 동화도 남겼습니다.

"그 떡 하나 주면 안 잡아먹지!"

　1925년에 발표된 〈남극의 가을밤〉은 화자인 '나'가 어머니에게 옛날이야기를 전해 듣던 어린 시절의 어느 가을밤을 회상하는 이야기입니다.

　깊은 가을밤, 나이 어린 '나'는 어머니, 누이와 함께 등잔불 밑에서 시간을 보내곤 했습니다. 어머니는 바느질이 끝나면 그 등잔불 밑에서 책을 읽으셨고, '나'는 어머니가 책 읽는 소리 중에서 한두 마디씩 주워 모아 나름의 해석을 해 보곤 했습니다. 가끔씩 어머니는 늦게까지 자지 않는다고 꾸짖기도 했지만 '나'는 어머니가 옛날이야기를 들려주고 수수께끼도 해 주는 그 시간이 좋아서 밤늦도록 어머니의 일이 끝나기를 기다리곤 했습니다.

　'나'는 해와 달을 바라볼 때마다 옛날에 어머니에게 들었던 '해와 달' 이야기가 떠오릅니다. 어머니가 '나'에게 들려준 이야기는 다음과 같은 내용입니다.

　옛날에 가난한 형편 속에서 어린 자식 셋을 키우는 과부가 살았습니다. 과부는 배고픈 아이들을 위해 부잣집을 찾아가 방아 일을 해 주고 떡을 만들어 돌아오던 중 호랑이를 만나고 말았습니다. 호랑이는 과부가 가진 떡을 다 빼앗아 먹고도 성이 차지 않았는지 과부의 옷을 빼앗고, 마지막에는 과부마저 잡아먹어 버렸습니다.

　호랑이는 과부의 옷을 입고 과부의 집으로 갔습니다. 그리고 자신이 어머니인 것처럼 아이들을 속여 방으로 들어간 뒤 막내 아기를 부엌으로 데려가 잡아먹었습니다. 이를 눈치챈 남매는 호랑이를 피해 집 밖으로 도망쳤습니다.

남매는 높은 나무 위로 올라가 숨었습니다. 남매의 모습이 우물에 비치자 호랑이는 우물 속에서 남매를 건져 내려고 했습니다. 어리석은 호랑이의 모습에 남매는 웃음을 터뜨렸고, 그 때문에 호랑이에게 들키고 말았습니다. 호랑이가 남매에게 어떻게 나무 위로 올라갔는지 물어보자, 철없는 동생이 그 방법을 알려 주고 말았습니다. 꼼짝없이 호랑이에게 잡히게 된 남매는 하느님께 "우리를 살리려거든 새 동아줄을 내려 주시고, 죽이려거든 썩은 동아줄을 내려 주십시오." 하고 빌었습니다. 그러자 새 동아줄이 내려와 남매는 그 줄을 붙잡고 하늘로 올라갔습니다. 그러나 호랑이에게는 썩은 동아줄이 내려와, 그 줄을 붙잡고 하늘로 올라가던 호랑이는 수수밭에 떨어져 죽고 말았습니다. 하늘로 오른 누이는 해가 되고 남동생은 달이 되었습니다.

'나'는 어머니가 들려주신 그 하룻밤의 이야기가 머릿속에 깊이 새겨지게 되었습니다. 그리고 그 이야기를 떠올릴 때마다 알 수 없는 쓸쓸함을 느낍니다.

소설과 설화는 어떻게 다를까?

〈남극의 가을밤〉은 〈해와 달이 된 오누이〉라는 설화가 삽입된 소설입니다. 이 소설을 이해하기 위해 먼저 설화와 소설의 공통점과 차이점에 대해 살펴봅시다.

〈해와 달이 된 오누이〉는 우리가 어렸을 때 한 번쯤은 들어 본 익숙한 옛날이야기로, 문학 갈래로는 '설화說話'라고 합니다. 그렇다면 설화란 무엇일까요?

설화란 어떤 민족이나 집단 사이에서 입에서 입으로 전해 내려온 이야기로, 신화·전설·민담을 통틀어 설화라고 합니다. 신화는 신적인 존재와 관련하여 종교적 신성함을 전하는 이야기, 전설은 특정한 시대와 특정한 장소에 얽힌 인물에 대한 이야기, 민담은 흥미 위주의 옛날이야기를 말합니다. 〈해와 달이 된 오누이〉는 해와 달이라는 신적인 존재의 기원을 이야기한다는 점에서 '일월日月 신화'의 성격을 띤 민담에 가깝습니다.

설화는 맨 처음으로 그 이야기를 한 사람이나 이야기를 지어낸 사람을 알 수 없고, 주로 현실 속에선 벌어질 수 없는 일을 다루고 있습니다. 그렇다면 소설은 어떨까요? 소설 역시 설화처럼 지어낸 이야기를 쓴 것이지만 그 이야기는 현실 세계에서 있음직한 일을 작가가 상상력을 발휘해 꾸며 쓴 이야기입니다. 〈남극의 가을밤〉을 예로 들어 설명해 볼까요?

소설에서 '나'가 어머니에게 옛날이야기를 듣는 것이라든지, 누나와 달의 크기에 대해 대화를 나누는 것은 현실에서도 충분히 일어날 법한 일입니다. 하지만 〈해와 달이 된 오누이〉에서 호랑이가 말을 한다거나, 남매가 동아줄을 붙잡고 하늘로 올라가는 일은 현실에선 일어날 수 없는 일입니다. 이렇듯 소설은 '현실적'이고 설화는 '비현실적'이라는 차이점이 있습니다. 또한 우리는 〈남극의 가을밤〉을 쓴 작가가 이익상이라는 것을 명확하게 알고 있지만, 〈해와 달이 된 오누이〉는 작가를 알 수 없는 상태로 오랫동안 민간에 전해 내려온 이야기이기 때문에 이야기를 전해 온 집단의 창작물로 보는 게 바람직합니다.

독특한 구성으로 맛깔나는 이야기

　〈남극의 가을밤〉은 매우 독특한 구성 형식을 갖고 있는 소설입니다. 과거와 현재를 오가는 시간적 구성, 그리고 소설의 중심 이야기 속에 또 다른 이야기인 설화가 삽입되어 있기 때문입니다. 소설을 통해 자세히 살펴볼까요?

　현재의 '나'는 "지평선 위에 걸린 해와 창공에 오른 달"을 볼 때마다 옛날에 들었던 이야기가 생각난다고 합니다. 그 이야기는 '나'가 어린 시절 어머니께 들었던 〈해와 달이 된 오누이〉라는 설화입니다. '나'는 등잔불 밑에서 어머니께 옛날이야기를 들었던 과거의 시점으로 돌아가 그 설화의 내용을 자세히 풀어 줍니다. 그리고 다시 현재로 돌아와 "이 이야기를 다시 생각할 때마다" 무엇이라 표현할 수 없는 적막이 가슴을 점령한다는 말로 끝을 맺습니다. 이렇듯 소설은 시간적으로는 '현재-과거-현재' 순으로 구성되어 있고, 소설을 이끌어가는 '나'의 이야기에는 또 다른 이야기인 설화가 삽입되어 있습니다.

현재	과거	현재
해와 달을 볼 때마다 옛날에 들었던 이야기가 생각나는 '나'	등잔불 아래에서 어머니가 들려주신 〈해와 달이 된 오누이〉 이야기	〈해와 달이 된 오누이〉 이야기를 생각할 때마다 왠지 쓸쓸해지는 '나'

　〈남극의 가을밤〉은 이렇듯 다소 복잡한 구조로 이루어져 있습니다. 그러나 막상 소설을 읽을 때에는 이야기가 자연스럽게 전개되고 있습

니다. 왜 그럴까요? 소설에는 현재와 과거, 겉 이야기와 속 이야기를 자연스럽게 이어 주는 매개체가 있기 때문입니다. 바로 '해'와 '달'이라는 소재입니다. '해'와 '달'은 현재의 '나'가 과거를 회상하게 되는 결정적인 계기가 됩니다. 또한 어린 시절 누이가 '나'에게 달의 크기를 묻는 질문은 자연스럽게 어머니에게로 가 닿게 됩니다. 어머니는 달이 얼마나 크냐고 묻는 '나'의 질문에 〈해와 달이 된 오누이〉 이야기를 들려주게 된 것이지요. 이렇듯 소설 안에서 '해'와 '달'은 이야기가 자연스럽게 연결되도록 도와주는 소재입니다.

이익상과 카프(KAPF)

이익상은 천성적으로 선하고 정다운 성격을 지닌 사람으로, 자신이 근무하는 신문사에 후배 문인들이나 신인 작가들이 작품을 발표할 수 있도록 힘쓰는 등 동료 문인들에게 많은 도움을 주었습니다.

또한 가난한 하층민의 삶에도 지대한 관심을 기울인 작가였습니다. 이익상이 활동했던 시기는 일제 강점기였기 때문에 많은 사람들이 가난하고 고통스러운 삶을 살고 있었습니다. 그래서 당대의 많은 지식인들은 일제의 식민 정책을 비판하는 한편, 자본주의와 대립되는 사회주의 사상에 공감하게 되었습니다. 특히 1920년대에는 하층민의 어두운 그늘을 그려 낸 작품들이 많이 발표되었는데, 이익상이 1925년에 발표한 〈광란〉, 〈어촌〉 등도 그러한 세계가 잘 드러난 작품입니다.

당시 일제의 식민 정책과 자본주의의 문제점을 비판하고 사회주의 사상에 공감했던 작가들은 '카프(KAPF, Korea Proletarian Artist Federation)' 라는 단체를 만들었습니다. 그 뜻은 '조선 프롤레타리아 예술가 동맹' 으로, 이익상도 이 단체에 초기 멤버로 가담하여 활동하였습니다.

1925년에서 1935년까지 10년 동안 수많은 지식인들이 카프에 참여하였는데, 이들은 적극적인 예술 운동을 통해 정치적인 투쟁을 펼쳐 나갔습니다. 카프의 문인들은 조선의 노동자, 농민 등을 주요 인물로 내세워 핍박 받는 현실을 고발하는 작품을 창작하였습니다. 그러나 일제의 탄압으로 인해 1931년에 70명이 검거된 후 다시 1934년에 80명이 검거되어 강제 해산되었습니다. 식민지 상황에서 펼친 카프의 활동은 일제에 대한 저항의 의미를 담고 있었습니다.

설화를 바탕으로 만든 소설《무영탑》

무영탑이라고도 불리는 불국사의 석가탑

〈남극의 가을밤〉처럼 설화를 바탕으로 만들어진 소설들 중 대표적인 작품으로는 현진건의 역사 소설《무영탑》이 있습니다. 이 소설은 1938년 '영지影池' 전설을 현대적으로 재구성한 작품입니다.

'영지'는 경북 경주에 있는 연못의 이름으로, 여기에는 아사달과 아사녀의 슬픈 전설이 깃들어 있습니다. 백제의 석공인 아사달은 불국사의 석가탑을 짓기 위해 아내 아사녀를 두고 신라로 왔습니다. 시간이 흐르자 아사녀는 남편을 찾아 신라로 왔지만 만날 수는 없었습니다. 이를 가엾게 여긴 주지 스님이 말하기를, 탑이 완성되면 그 그림자가 연못에 비칠 것이니 그때 만날 수 있을 것이라고 했습니다. 아사녀는 연못가에서 그림자가 비치기를 기다리다가 점점 굶주림에 지쳐 갔고, 결국 연못에 비친 아사달의 환영을 보고 뛰어들어 죽고 말았습니다. 아사달은 탑을 완성하고 나서야 아사녀의 죽음을 알게 되었습니다. 슬픔에 빠진 아사달은 아내를 그리워하다가 역시 아사녀의 환영을 따라 연못에 뛰어들고 말았습니다. 그 뒤로 이 못은 '그림자 못'이라는 뜻으로 영지影池라고 불렸습니다. 그리고 끝내 연못에 그림자가 비치지 않은 석가탑은 '그림자가 없는 탑'이라는 뜻으로 무영탑無影塔이라고 불렸습니다.

● 이 소설에 삽입된 설화인 〈해와 달이 된 오누이〉에서 해가 된 사람은 누구인가요?

　　① 누이　　　　② 남동생

● 다음 중 이 소설에서 '나'에게 어린 시절을 회상하게 해 주는 매개체는 무엇인가요?

　　① 이야기책　　② 달　　③ 등잔불　　④ 램프불　　⑤ 수수께끼

● 이 이야기 속의 화자인 '나'가 어린 시절에 들었던 〈해와 달이 된 오누이〉 이야기를 잊지 못하게 된 이유는 무엇인지 생각하여 써 보세요.

● 〈남극의 가을밤〉에서 현재에서 과거로 넘어가는 부분의 첫 문장과, 설화가 시작되는 부분의 첫 문장을 찾아 적어 봅시다.

현재에서 과거로 넘어가는 부분 –

설화가 시작되는 부분 –

● 여러분이 알고 있는 설화 중 가장 인상 깊게 읽었던 이야기를 소개해 보세요.

● 이 소설에 삽입된 설화인 〈해와 달이 된 오누이〉에서 해가 된 사람
은 누구인가요?

① 누이   ② 남동생
답 ①번.

● 다음 중 이 소설에서 '나'에게 어린 시절을 회상하게 해 주는 매개체
는 무엇인가요?

① 이야기책   ② 달   ③ 등잔불   ④ 램프불   ⑤ 수수께끼
답 ②번.
현재의 '나'는 달을 바라볼 때마다 어린 시절에 들었던 옛날이야
기가 생각난다고 했습니다. 어릴 때 어머니에게서 들었던 〈해와
달이 된 오누이〉는 이야기에 등장하는 남매가 각각 해가 되고 달
이 되는 이야기이기 때문입니다.

● 이 이야기 속의 화자인 '나'가 어린 시절에 들었던 〈해와 달이 된 오누
이〉 이야기를 잊지 못하게 된 이유는 무엇인지 생각하여 써 보세요.

화자는 〈해와 달이 된 오누이〉 설화를 어머니에게 들을 때, 마치
자기 자신이 당한 일처럼 느꼈습니다. 과부와 오누이라는 이야기
속의 가족 상황이 자신과 같았기 때문입니다. 또한 이야기를 들
려주시던 어머니의 실감나는 표정과 음성 때문에 화자는 이야기
속에 완전히 몰입되었습니다. 이러한 강렬한 기억이 오랫동안 설
화를 잊지 못하게 한 것입니다.

● 〈남극의 가을밤〉에서 현재에서 과거로 넘어가는 부분의 첫 문장과, 설화가 시작되는 부분의 첫 문장을 찾아 적어 봅시다.

현재에서 과거로 넘어가는 부분 – 어머니는 언제나 마찬가지로 등잔불 아래에서 바느질을 하고 있었습니다.

설화가 시작되는 부분 – 어떠한 산중에 과부 한 사람이 어린 자식 셋을 데리고 가난한 살림을 하였습니다.

● 여러분이 알고 있는 설화 중 가장 인상 깊게 읽었던 이야기를 소개해 보세요.

여러분이 알고 있는 설화는 생각보다 많습니다. 어려서 읽은 전래동화들이 거의 민담, 전설, 신화를 쉽게 각색한 것이기 때문입니다. 견우와 직녀 이야기, 선녀와 나무꾼 이야기, 금도끼 은도끼 이야기 등도 설화에 해당합니다. 《삼국유사》에 실려 있는 수많은 탄생 신화를 비롯하여 장화 홍련전, 심청전, 춘향전, 별주부전 등의 고전문학 역시 설화를 토대로 한 것입니다.

사랑 손님과 어머니

: 주요섭 :

여러분 주변에 배우자 없이 아이를 키우며 살아가는 '싱글맘'이나 '싱글대디'가 있나요? 또는 이혼한 뒤 다른 상대와 재혼하여 새 가정을 꾸린 분들이 있나요?

요즘은 '한부모가족'도 많고, 재혼하여 두 가족이 한 가정을 이룬 경우도 흔해졌습니다. 그러나 한 남편만을 섬긴다는 유교 관습이 강했던 예전에는 남편을 잃은 여성들은 평생 홀어머니로 자식을 키우며 살곤 했습니다.

요즘에 비해 제약이 많았던 당시 여성들의 생활을 떠올려 보고, 요즘의 결혼 문화는 어떻게 달라졌는지 생각해 봅시다.

나는 금년 여섯 살 난 처녀애입니다. 내 이름은 박옥희이고요, 우리 집 식구라고는 세상에서 제일 예쁜 우리 어머니와 나, 단 두 식구뿐이랍니다. 아차 큰일났군, 외삼촌을 빼놓을 뻔했으니.

지금 중학교에 다니는 외삼촌은 어디를 그렇게 싸돌아다니는지 집에는 끼니때나 외에는 별로 붙어 있지를 않으니까 어떤 때는 한 주일씩 가도 외삼촌 코빼기도 못 보는 때가 많으니까요, 깜박 잊어버리기도 예사지요, 무얼.

우리 어머니는, 그야말로 세상에서 둘도 없이 곱게 생긴 우리 어머니는, 금년 나이 스물네 살인데 과부랍니다. 과부가 무엇인지 나는 잘 몰라도, 하여튼 동리 사람들이 나더러 '과부 딸'이라고들 부르니까 우리 어머니가 과부인 줄을 알지요. 남들은 다 아버지가 있는데, 나만은 아버지가 없지요. 아버지가 없다고 아마 '과부 딸'이라나 봐요.

외할머니 말씀을 들으면 우리 아버지는 내가 이 세상에 나오기 한 달 전에 돌아가셨대요. 우리 어머니하고 결혼한 지는 일 년 만이고요. 우리 아버지의 본집*은 어디 멀리 있는데, 마침 이 동네 학교에 교사로 오게 되었기 때문에 결혼 후에도 우리 어머니는 시집으로 가지 않고 여기 이 집을 사고(바로 이 집은 외할머니 댁 옆집이지요.) 여기서 살다가 일 년이 못 되어 갑자기 돌아가셨대요. 내가 세상에 나오기도 전에 아버지는 돌아가셨다니까 나는 아버지 얼굴도 못 뵈었지요. 그러게 아무리 생각해 보아도 아버지 생각은 안 나요. 아버지 사진이라는 사진은 나도 한두 번 보았지요. 참말로 훌륭한

* **본집** 가족과 함께 본래 살던 집.

얼굴이에요. 아버지가 살아 계시다면 참말로 이 세상에서 제일가는 잘난 아버지일 거예요. 그런 아버지를 보지도 못한 것은 참으로 분한 일이에요. 그 사진도 본 지가 퍽 오래되었는데, 이전에는 그 사진을 늘 어머니 책상 위에 놓아두시더니 외할머니가 오시면 오실 때마다 그 사진을 치우라고 늘 말씀하셨는데, 지금은 그 사진이 어디 있는지 없어졌어요. 언젠가 한 번 어머니가 나 없는 동안에 몰래 장롱 속에서 무엇을 꺼내 보시다가 내가 들어오니까 얼른 장롱 속에 감추는 것을 보았는데, 그것이 아마 아버지 사진인 것 같았어요.

아버지가 돌아가시기 전에 우리가 먹고살 것을 남겨 놓고 가셨대요. 작년 여름에, 아니로군, 가을이 다 되어서군요. 하루는 어머니를 따라서 저 여기서 한 십 리나 가서 조그만 산이 있는 데를 가서, 거기서 밤도 따 먹고 또 그 산 밑에 초가집에 가서 닭고깃국을 먹고 왔는데, 거기 있는 땅이 우리 땅이래요. 거기서 나는 추수로 밥이나 굶지 않게 된다고요. 그래도 반찬 사고 과자 사고 할 돈은 없대요. 그래서 어머니가 다른 사람의 바느질을 맡아서 해 주지요. 바느질을 해서 돈을 벌어서 그걸로 청어도 사고 달걀도 사고 내가 먹을 사탕도 사고 한다고요.

그리고 우리 집 정말 식구는 어머니와 나와 단둘뿐인데, 아버님이 계시던 사랑방*이 비어 있으니까 그 방도 쓸 겸 또 어머니의 잔심부름도 좀 해 줄 겸해서 우리 외삼촌이 사랑방에 와 있게 되었대요.

금년 봄에는 나를 유치원에 보내 준다고 해서, 나는 너무나 좋아서 동무 아이들한테 실컷 자랑을 하고 나서 집으로 들어오노라니까, 사랑에서 큰외삼촌이(우리 집 사랑에 와 있는 외삼촌의 형님 말이에요.) 웬 한 낯선 사람 하나와 앉아서 이야기를 하고 있었습니다. 큰외삼촌이 나를 보더니 "옥희야." 하고 부르겠지요.

"옥희야, 이리 온. 와서 이 아저씨께 인사드려라."

나는 어째 부끄러워서 비슬비슬하니까 그 낯선 손님이,

"아, 그 애기 참 곱다. 자네 조카딸인가?"

하고 큰외삼촌더러 묻겠지요. 그러니까 큰외삼촌은,

"응, 내 누이의 딸…….경선 군의 유복녀◆ 외딸일세."

하고 대답합니다.

"옥희야, 이리 온, 응! 그 눈은 꼭 아버지를 닮았네그려."

하고 낯선 손님이 말합니다.

"자, 옥희야, 커단 처녀가 왜 저 모양이야. 어서 와서 이 아저씨께 인사해여. 네 아버지의 옛날 친구신데, 오늘부터 이 사랑에 계실 텐데, 인사 여쭙고 친해 두어야지."

나는 이 낯선 손님이 사랑방에 계시게 된다는 말을 듣고 갑자기 즐거워졌습니다. 그래서 그 아저씨 앞에 가서 사붓이 절을 하고는 그만 안마당으로 뛰어 들어왔지요. 그 낯선 아저씨와 큰외삼촌은 소리를 내서 크게 웃더군요.

나는 안방으로 들어오는 나름으로 어머니를 붙들고,

"엄마, 사랑방에 큰삼촌이 아저씨를 하나 데리고 왔는데에, 그 아저씨가아, 이제 사랑에 있는대."

하고 법석을 하니까,

"응, 그래."

하고 어머니는 벌써 안다는 듯이 대수롭잖게 대답을 하더군요.

◆ **유복녀**遺腹女 태어나기 전에 아버지를 여읜 딸.
◆ **사랑방**舍廊房 집의 안채와 떨어져 있는, 바깥주인이 거처하며 손님을 접대하는 방.

그래서 나는,

"언제부터 와 있나?"

하고 물으니까,

"오늘부텀."

"애구, 좋아."

하고 내가 손뼉을 치니까, 어머니는 내 손을 꼭 붙잡으면서,

"왜 이리 수선이야."

"그럼 작은외삼촌은 어디로 가나?"

"외삼촌도 사랑에 계시지."

"그럼 둘이 있나?"

"응."

"한방에 둘이 있어?"

"왜, 장지문* 닫고 외삼촌은 아랫방에 계시고 그 아저씨는 윗방에 계시고, 그러지."

　나는 그 아저씨가 어떠한 사람인지는 몰랐으나 첫날부터 내게는 퍽 고맙게 굴고, 나도 그 아저씨가 꼭 마음에 들었어요.

　어른들이 저희끼리 말하는 것을 들으니까 그 아저씨는 돌아가신 우리 아버지와 어렸을 적 친구라고요. 어디 먼 데 가서 공부를 하다가 요새 돌아왔는데, 우리 동리 학교 교사로 오게 되었대요. 또 우리 큰외삼촌과도 동무인데, 이 동리에는 하숙도 별로 깨끗한 곳이 없고 해서 우리 사랑으로 와 계시게 되었다고요. 또 우리도 그 아저씨한테서 밥값을 받으면 살림에 보탬도 좀 되고 한다고요.

　그 아저씨는 그림책들이 얼마든지 있어요. 내가 사랑방으로 나가

면, 그 아저씨는 나를 무릎에 앉히고 그림책들을 보여 줍니다. 또 가끔 과자도 주고요.

어느 날은 점심을 먹고 이내 살그머니 사랑에 나가 보니까 아저씨는 그때에야 점심을 잡수셔요. 그래 가만히 앉아서 점심 잡숫는 걸 구경하고 있노라니까 아저씨가,

"옥희는 어떤 반찬을 제일 좋아하누?"

하고 묻겠지요. 그래 삶은 달걀을 좋아한다고 했더니, 마침 상에 놓인 삶은 달걀을 한 알 집어 주면서 나더러 먹으라고 합니다. 나는 그 달걀을 벗겨 먹으면서,

"아저씨는 무슨 반찬이 제일 맛나우?"

하고 물으니까 아저씨는 한참이나 빙그레 웃고 있더니,

"나도 삶은 달걀."

하겠지요. 나는 좋아서 손뼉을 짤깍짤깍 치고,

"아, 나와 같네. 그럼 가서 어머니한테 알려야지."

하면서 일어서니까 아저씨가 꼭 붙들면서,

"그러지 마라."

그러시지요. 그래도 나는 한번 맘을 먹은 다음엔 꼭 그대로 하고야 마는 성미지요. 그래 안마당으로 뛰어 들어가면서,

"엄마, 엄마, 사랑 아저씨도 나처럼 삶은 달걀을 제일 좋아한대."

하고 소리를 질렀지요.

"떠들지 마라."

하고 어머니는 눈을 흘기십니다.

그러나 사랑 아저씨가 달걀을 좋아하는 것이 내게는 썩 좋게 되었어요. 그것

♦ **장지문** 방과 방, 방과 마루 사이를 연결하거나 차단하기 위해 설치한 문.

은 그다음부터는 어머니가 달걀을 많이씩 사게 되었으니까요. 달걀 장수 노친네가 오면 한꺼번에 열 알도 사고 스무 알도 사고 그래선 두고두고 삶아서 아저씨 상에도 놓고, 또 으레 나도 한 알씩 주고 그래요. 그뿐만 아니라 아저씨한테 놀러 나가면 가끔 아저씨가 책상 서랍 속에서 달걀을 한두 알 꺼내서 먹으라고 주지요. 그래 그담부터는 나는 아주 실컷 달걀을 많이 먹었어요.

나는 아저씨가 매우 좋았어요. 그렇지만 외삼촌은 가끔 툴툴하는 때가 있었어요. 아마 아저씨가 마음에 안 드나 봐요. 아니, 그것보다도 아저씨 상 심부름을 꼭 외삼촌이 하게 되니까, 그것이 싫어서 그러나 봐요. 한번은 어머니와 외삼촌이 말다툼하는 것까지 내가 들었어요. 어머니가,

"야, 또 어디 나가지 말고 사랑에 있다가, 선생님 들어오시거든 상 내가야지."

하고 말씀하시니까 외삼촌은 얼굴을 찡그리면서,

"제길, 남 어디 좀 볼일이 있는 날은 으레 끼니때에 안 들어오고 늦어지니……"

하고 툴툴하겠지요. 그러니까 어머니는,

"그러니 어쩌겠니? 너밖에 사랑 출입할 사람이 어디 있니?"

"누님이 좀 들고 나가구려. 요새 세상에 내외*합니까?"

어머니는 갑자기 얼굴이 발개지고, 아무 대답도 없이 그냥 외삼촌을 향하여 눈을 흘기셨습니다. 그러니까 외삼촌은 흥흥 웃으면서 사랑으로 나갔지요.

나는 유치원에 가서 창가*도 배우고 춤도 배우고 하였습니다. 유치

원 여자 선생님이 풍금을 아주 썩 잘 타요. 우리 유치원에 있는 풍금은 우리 예배당에 있는 풍금과는 아주 다른데, 퍽 조그마한 것이지마는 소리는 썩 좋아요. 그런데 우리 집 윗간◆에도 유치원 풍금과 꼭 같이 생긴 것이 놓여 있는 것이 갑자기 생각이 났어요. 그래 그날 나는 집으로 오는 길로 어머니를 끌고 윗간으로 가서,

"엄마, 이거 풍금 아니유?"

하고 물으니까 어머니는 빙그레 웃으시면서,

"그렇단다. 그건 어찌 알았니?"

"우리 유치원에 있는 풍금이 이것과 꼭 같은데 무얼. 그럼 엄마도 풍금 칠 줄 알우?"

하고 나는 다시 물었습니다. 그것은 내가 이때껏 한 번도 어머니가 이 풍금 앞에 앉은 것을 본 일이 없기 때문입니다.

어머니는 아무 대답도 아니 하십니다.

"엄마, 이 풍금 좀 타 봐!"

하고 재촉하니까 어머니 얼굴은 약간 흐려지면서,

"그 풍금은 네 아버지가 날 사다 주신 거란다. 네 아버지 돌아가신 후에는 그 풍금은 이때까지 뚜껑도 한 번 안 열어 보았다……."

이렇게 말씀하시는 어머니 얼굴을 보니까 금방 또 울음보가 터질 것만 같이 보여서 나는 그만,

"엄마, 나 사탕 주어."

하면서 아랫방으로 끌고 내려왔습니다.

아저씨가 사랑방에 와 계신 지 벌써 여러 밤을 잔 뒤입니다. 아마 한 달이나 되

◆ 내외內外 남의 남녀 사이에 서로 얼굴을 대하지 않고 피함.
◆ 창가唱歌 근대 시대에 서양 악곡의 형식을 빌려 지은 간단한 노래.
◆ 윗간 온돌방에서 아궁이로부터 먼 부분.

었지요. 나는 거의 매일 아저씨 방에 놀러 갔습니다. 어머니는 나더러 그렇게 가서 귀찮게 굴면 못쓴다고 가끔 꾸지람을 하시지만, 정말인 즉 나는 조금도 아저씨를 귀찮게 굴지는 않았습니다. 도리어 아저씨가 나에게 귀찮게 굴었지요.

"옥희 눈은 아버지를 닮았다. 고 고운 코는 아마 어머니를 닮았지, 고 입하고! 응, 그러냐, 안 그러냐? 어머니도 옥희처럼 곱지, 응?"

이렇게 여러 가지로 물을 적도 있었습니다. 그래서 나는,

"아저씨, 입때[◆] 우리 엄마 못 봤수?"

하고 물었더니 아저씨는 잠잠합니다. 그래 나는,

"우리 엄마 보러 들어갈까?"

하면서 아저씨 소매를 잡아당겼더니 아저씨는 펄쩍 뛰면서,

"아니, 아니, 안 돼. 난 지금 분주해서."

하면서 나를 잡아끌었습니다. 그러나 정말로는 무슨 그리 분주하지도 않은 모양이었어요. 그러기에 나더러 가란 말도 않고 그냥 나를 붙들고 앉아서 머리도 쓰다듬어 주고 뺨에 입도 맞추고 하면서,

"요 저고리 누가 해 주지? ……밤에 엄마하고 한자리에서 자니?"

하는 등 쓸데없는 말을 자꾸만 물었지요!

그러나 웬일인지 나를 그렇게도 귀애[◆]해 주던 아저씨도, 아랫방에 외삼촌이 들어오면 갑자기 태도가 달라지지요. 이것저것 묻지도 않고 나를 꼭 껴안지도 않고, 점잖게 앉아서 그림책이나 보여 주고 그러지요. 아마 아저씨가 우리 외삼촌을 무서워하나 봐요.

하여튼 어머니는 나더러 너무 아저씨를 귀찮게 한다고 어떤 때는 저녁 먹고 나를 꼭 방 안에 가두어 두고 못 나가게 하는 때도 더러 있었습니다. 그러나 조금 있다가 어머니가 바느질에 정신이 팔리어서 골몰

하고 있을 때 몰래 가만히 일어나서 나오지요. 그런 때에는 어머니는 내가 문 여는 소리를 듣고서야 퍼뜩 정신을 차려서 쫓아와 나를 붙들지요. 그러나 그런 때는 어머니는 골은 아니 내시고,

"이리 온, 이리 와서 머리 빗고……."

하고 끌어다가 머리를 다시 곱게 땋아 주지요.

"머리를 곱게 땋고 가야지, 그렇게 되는대로 하고 가면 아저씨가 흉보시지 않니?"

하시지요. 또 어떤 때에는 머리를 다 땋아 주시고는,

"응, 저고리가 이게 무어니?"

하시면서 새 저고리를 내어 주시는 때도 있었습니다.

어느 토요일 오후였습니다. 아저씨는 나더러 뒷동산에 올라가자고 하셨습니다. 나는 너무나 좋아서 가자고 그러니까 아저씨가,

"들어가서 어머니께 허락 맡고 온."

하십니다. 참 그렇습니다. 나는 뛰어 들어가서 어머니께 허락을 맡았습니다. 어머니는 내 얼굴을 다시 세수시켜 주고 머리도 다시 땋고 그러고 나서는 나를 아스러지도록 한 번 몹시 껴안았다가 놓아주었습니다.

"너무 오래 있지 말고, 응?"

하고 어머니는 크게 소리치셨습니다. 아마 사랑 아저씨도 그 소리를 들었을 거예요.

뒷동산에 올라가서는 정거장을 한참 내려다보았으나 기차는 안 지나갔습니다. 나는 풀잎을 쭉쭉 뽑아 보기도 하고

◆ **입때** 여태.
◆ **귀애貴愛** 귀엽게 여겨 사랑함.

땅에 누운 아저씨의 다리를 꼬집어 보기도 하면서 놀았습니다. 한참 후에 아저씨하고 손목을 잡고 내려오는데, 유치원 동무들을 만났습니다.

"옥희가 아빠하고 어디 갔다 온다, 응."

하고 한 동무가 말하였습니다. 그 아이는 우리 아버지가 돌아가신 줄을 모르는 아이였습니다. 나는 얼굴이 빨개졌습니다. 그때 나는 얼마나 이 아저씨가 정말 우리 아버지였더라면 하고 생각했는지 모릅니다. 나는 정말로 한 번만이라도 "아빠!" 하고 불러 보고 싶었습니다. 그러고 그날 그렇게 아저씨하고 손목을 잡고 골목골목을 지나오는 것이 어찌도 재미가 좋았는지요.

나는 대문까지 와서,

"난 아저씨가 우리 아빠라면 좋겠다."

하고 불쑥 말했습니다. 그랬더니 아저씨는 얼굴이 홍당무처럼 빨개져서 나를 몹시 흔들면서,

"그런 소리 하면 못써."

하고 말하는데, 그 목소리가 몹시도 떨렸습니다. 나는 아저씨가 몹시 성이 난 것처럼 보여서, 아무 말도 못 하고 안으로 뛰어 들어갔습니다. 어머니가,

"어디까지 갔던?"

하고 나와 안으며 묻는데, 나는 대답도 못 하고 그만 쿨쩍쿨쩍 울었습니다. 어머니는 놀라서,

"옥희야, 왜 그러니, 응?"

하고 자꾸만 물었으나 나는 아무 대답도 못 하고 울기만 했습니다.

이튿날은 일요일인 고로 나는 어머니와 함께 예배당을 가려고 차리고 나서 어머니가 옷을 갈아입는 동안 잠깐 사랑에 나가 보았습니다. '아저씨가 아직도 성이 났나?' 하고 가만히 방 안을 들여다보았더니 책상에 앉아서 무엇을 쓰고 있던 아저씨가 내다보면서 빙그레 웃었습니다. 그 웃음을 보고 나는 마음을 놓았습니다. 아저씨가 지금은 성이 풀린 것이 확실하니까요. 아저씨는 나를 이리 보고 저리 보고 훑어보더니,

　"옥희, 오늘 어디 가노? 저렇게 곱게 채리고."

하고 물었습니다.

　"엄마하고 예배당에 가."

　"예배당에?"

하고 나서 아저씨는 잠시 나를 멍하니 바라다보더니,

　"어느 예배당에?"

하고 물었습니다.

　"요 앞에 예배당에 가지 뭐."

　"응? 요 앞이라니?"

　이때 안에서,

　"옥희야."

하고 부드럽게 부르는 어머니 목소리가 들리었습니다. 나는 얼른 안으로 뛰어 들어오면서 돌아다보니까, 아저씨는 또 얼굴이 빨갛게 성이 났겠지요. 내 원, 참으로 무슨 일로 요새는 아저씨가 그렇게 성을 잘 내는지 알 수 없었습니다.

　예배당에 가서 찬미하고 기도하다가 기도하는 중간에 갑자기 나는 '혹시 아저씨도 예배당에 오지 않았나?' 하는 생각이 나서 눈을 뜨고

고개를 들어 남자석을 바라다보았습니다. 그랬더니 하, 바로 거기에 아저씨가 와 앉아 있겠지요. 그런데 아저씨는 어른이면서도 눈 감고 기도하지 않고 우리 아이들처럼 눈을 번히 뜨고 여기저기 두리번두리번 바라봅니다. 나는 얼른 아저씨를 알아보았는데 아저씨는 나를 못 알아보았는지 내가 방그레 웃어 보여도 웃지도 않고 멀거니 보고만 있겠지요. 그래 나는 손을 흔들었지요. 그러니까 아저씨는 얼른 고개를 숙이고 말더군요. 그때에 어머니가 내가 팔 흔드는 것을 깨닫고 두 손으로 나를 붙들고 끌어당기더군요. 나는 어머니 귀에다 입을 대고,

"저기 아저씨도 왔어."

하고 속삭이니까 어머니는 흠칫하면서 내 입을 손으로 막고 막 끌어 잡아다가 앞에 앉히고 고개를 누르더군요. 보니까 어머니도 얼굴이 홍당무처럼 빨개졌더군요.

그날 예배는 아주 젬병*이었어요. 웬일인지 예배 다 끝날 때까지 어머니는 성이 나서 강대*만 향하여 앞으로 바라보고 앉았고, 이전 모양으로 가끔 나를 내려다보고 웃는 일이 없었어요. 그리고 아저씨를 보려고 남자석을 바라다보아도 아저씨도 한 번도 바라다보아 주지도 않고 성이 나서 앉아 있고, 어머니는 나를 보지도 않고 공연히 꽉꽉 잡아당기지요. 왜 모두들 그리 성이 났는지! 나는 그만 '으아' 하고 한 번 울고 싶었어요. 그러나 바로 멀지 않은 곳에 우리 유치원 선생님이 앉아 있는 고로 울고 싶은 것을 아주 억지로 참았답니다.

내가 유치원에 입학한 후 처음 얼마 동안은 유치원에 갈 때나 올 때나 외삼촌이 바래다주었습니다. 그러나 여러 밤을 자고 난 뒤에는 나 혼자서도 넉넉히 다니게 되었어요. 그러나 언제나 내가 유치원에서

돌아오는 때면 어머니가 옆대문(우리 집에는 대문이 사랑대문과 옆대문 둘이 있어서 어머니는 늘 이 옆대문으로만 출입하시는 것이었습니다.) 밖에 기다리고 섰다가 내가 달음질쳐 가면, 안고 집 안으로 들어가곤 하는 것이었습니다.

　그런데 하루는 어쩐 일인지 어머니가 대문간에 보이지를 않겠지요. 어떻게도 화가 나던지요. 물론 머릿속으로는 '아마 외할머니 댁에 가셨나 보다.' 하고 생각했지마는, 하여튼 내가 돌아왔는데 문간에서 기다리지 않고 집을 떠났다는 것이 몹시 나쁘게 생각되더군요. 그래서 속으로 '오늘 엄마를 좀 골려야겠다.' 하고 생각하고 있는데 옆대문 밖에서,

　"아이고, 얘가 벌써 왔나?"

하는 어머니 목소리가 들리더군요. 그 순간 나는 얼른 신을 벗어 들고 안방으로 뛰어 들어가서 벽장문을 열고 그 속에 들어가서 숨어 버렸습니다.

　"옥희야, 옥희 너, 여태 안 왔니?"

하는 어머니 목소리가 바로 뜰에서 나더니,

　"여태 안 왔군."

하면서 밖으로 나가는 모양이었습니다. 나는 재미가 나서 혼자 흐흥 흐흥 웃었습니다.

　한참을 있더니 집에서는 온통 야단이 났습니다. 어머니 목소리도 들리고 외할머니 목소리도 들리고 외삼촌 목소리도 들리고!

　"글쎄 하루 종일 집이라곤 안 떠났다가 옥희 유치원 파하구 오면 먹일 과자

◆ 젬병 형편없는 것을 속되게 이르는 말.
◆ 강대講臺 책 따위를 올려놓고 강의나 설교를 할 수 있도록 만든 도구.

가 없기에 어머님 댁에 잠깐 갔다가 왔는데 고 동안에 이런 변이 생긴 걸……"

하는 것은 어머니 목소리,

"글쎄 유치원에서 벌써 이십 분 전에 떠났다는데 원 중간에서……."

하는 것은 외할머니 목소리,

"하여튼 내 나가서 돌아다녀 볼 테요. 원 고것이 어딜 갔담?"

하는 것은 외삼촌의 목소리.

이윽고 어머니의 울음소리가 가늘게 들렸습니다. 외할머니는 무어라고 중얼중얼 이야기하는 모양이었습니다. '이젠 그만하고 나갈까?' 하고도 생각했으나, '지난 주일날 예배당에서 성냈던 앙갚음을 해야지.' 하는 생각이 나서 나는 그냥 벽장 안에 누워 있었습니다. 벽장 안은 답답하고 더웠습니다. 그래서 이윽고 부지중에 나는 슬며시 잠이 들고 말았습니다.

얼마 동안이나 잤는지요? 이윽고 잠을 깨어 보니 아까 내가 벽장 안으로 들어왔던 것은 잊어버리고 참 이상스러운 데에 내가 누워 있거든요. 어두컴컴하고 좁고 덥고……. 나는 갑자기 무서운 생각이 나서 엉엉 울기 시작했지요. 그러자 갑자기 어디 가까운 데서 어머니의 외마디 소리가 나더니 벽장문이 벌컥 열리고 어머니가 달려들어서 나를 안아 내렸습니다.

"요 망할 것아."

하면서 어머니는 내 엉덩이를 댓 번 때렸습니다. 나는 더욱더 소리를 내서 울었습니다. 그때에는 어머니는 나를 끌어안고 어머니도 따라 울었습니다.

"옥희야, 옥희야, 응, 이젠 괜찮다. 엄마 여기 있지 않니, 응? 울지 마라, 옥희야. 엄마는 옥희 하나면 그뿐이다. 옥희 하나만 바라고 산다. 난 너 하나면 그뿐이야. 세상 다 일이 없다. 옥희만 바라고 산다. 옥희야, 울지 마라. 응, 울지 마라."

이렇게 어머니는 나더러 자꾸 울지 말라고 하면서도 어머니는 그치지 않고 그냥 자꾸자꾸 울었습니다. 외할머니는,

"원 고것이 도깨비가 들렸단 말인가. 벽장 속엔 왜 숨는담."

하고 앉아 있고 외삼촌은,

"애, 재수 메유*다."

하면서 밖으로 나갔습니다.

이튿날 유치원을 파하고 집으로 오게 된 때, 나는 갑자기 어제 벽장 속에 숨었다가 어머니를 몹시 울게 했던 생각이 나서 집으로 돌아가기가 어쩐지 부끄러워졌습니다. '오늘은 어머니를 좀 기쁘게 해 드려야 텐데⋯⋯. 무엇을 갖다 드리면 기뻐할까?' 하고 생각하였습니다. 그러자 문득 유치원 안에 선생님 책상 위에 놓여 있던 꽃병 생각이 났습니다. 그 꽃병에는, 나는 이름도 모르나 곱고 빨간 꽃이 꽂혀 있었습니다. 그 꽃은 개나리도 아니고 진달래도 아니었습니다. 그런 꽃은 나도 잘 알고, 또 그런 꽃은 벌써 피었다가 져 버린 후였습니다. 무슨 서양 꽃이려니 하고 나는 생각하였습니다. 나는 우리 어머니가 꽃을 사랑하는 줄을 잘 압니다. 그래서 그 꽃을 갖다가 드리면 어머니가 몹시 기뻐하려니 하고 생각하였습니다.

그래서 나는 도로 유치원 방 안으로 들어갔습니다. 마침 방 안에는 아무도 없었습니다. 선생님도 잠깐 어디를 가셨는

◆ **메유** 중국어 '몰유沒有'의 발음으로,
'없다'의 뜻.

지 보이지 않았습니다. 그래 나는 그 꽃을 두어 개 얼른 빼 들고 달음질쳐 나왔지요.

집에 오니, 어머니는 문간에서 기다리고 있다가 나를 안고 들어왔습니다.

"그 꽃은 어디서 났니? 퍽 곱구나."

하고 어머니가 말씀하셨습니다. 그러나 나는 갑자기 말문이 막혔습니다. '이걸 엄마 드리려고 유치원서 가져왔어.' 하고 말하기가 어째 몹시 부끄러운 생각이 들었습니다. 그래 잠깐 망설이다가,

"응, 이 꽃! 저, 사랑 아저씨가 엄마 갖다 주라고 줘."

하고 불쑥 말했습니다. 그런 거짓말이 어디서 그렇게 툭 튀어나왔는지 나도 모르지요.

꽃을 들고 냄새를 맡고 있던 어머니는 내 말이 끝나기가 무섭게 무엇에 몹시 놀란 사람처럼 화닥닥하였습니다. 그러고는 금시에 어머니 얼굴이 그 꽃보다도 더 빨갛게 되었습니다. 그 꽃을 든 어머니 손가락이 파르르 떠는 것을 나는 보았습니다. 어머니는 무슨 무서운 것을 생각하는 듯이 방 안을 휘 한 번 둘러보시더니,

"옥희야, 그런 걸 받아 오면 안 돼."

하고 말하는 목소리는 몹시 떨렸습니다. 나는 꽃을 그렇게도 좋아하는 어머니가 이 꽃을 받고 그처럼 성을 낼 줄은 참으로 뜻밖이었습니다. 어머니가 그렇게도 성을 내는 것을 보니까 그 꽃을 내가 가져왔다고 그러지 않고 아저씨가 주더라고 거짓말을 한 것이 참 잘되었다고 나는 속으로 생각했습니다. 어머니가 성을 내는 까닭을 나는 모르지만, 하여튼 성을 낼 바에는 내게 내는 것보다 아저씨에게 내는 것이 내게는 나았기 때문입니다. 한참 있더니 어머니는 나를 방 안으로 데

리고 들어와서,

"옥희야, 너 이 꽃 이야기 아무보고도 하지 말아라, 응?"

하고 타일러 주었습니다. 나는,

"응."

하고 대답하면서 고개를 여러 번 까딱까딱했습니다. 어머니가 그 꽃을 곧 내버릴 줄로 나는 생각했습니다마는, 내버리지 않고 꽃병에 꽂아서 풍금 위에 놓아두었습니다. 아마 퍽 여러 밤 자도록 그 꽃은 거기 놓여 있어서 마지막에는 시들었습니다. 꽃이 다 시들자 어머니는 가위로 그 대는 잘라 내버리고, 꽃만은 찬송가 갈피에 곱게 끼워 두었습니다.

내가 어머니께 꽃을 갖다 주던 날 밤에 나는 또 사랑에 놀러 나가서 아저씨 무릎에 앉아서 그림책을 보고 있었습니다. 갑자기 아저씨 몸이 흠칫하였습니다. 그러고는 귀를 기울입니다. 나도 귀를 기울였습니다.

풍금 소리!

그 풍금 소리는 분명 안방에서 흘러나오는 것이었습니다.

"엄마가 풍금을 타나 보다."

하고 나는 벌떡 일어나서 안으로 뛰어왔습니다. 안방에는 불을 켜지 않았습니다. 그러나 그때는 음력으로 보름께나 되어서 달이 낮같이 밝은데 은빛 같은 흰 달빛이 방 한 절반 가득히 차 있었습니다. 나는 흰옷을 입은 어머니가 풍금 앞에 앉아서 고요히 풍금을 타는 것을 보았습니다.

나는 나이 지금 여섯 살밖에 안 되었지마는 하여튼 어머니가 풍금을 타시는 것을 보는 것은 오늘이 처음이었습니다. 어머니는 우리 유치원 선생님보다도 풍금을 더 잘 타시는 것이었습니다. 나는 어머니 곁으로 갔습니다마는 어머니는 내가 곁에 온 것도 깨닫지 못 하는지 그냥 까딱 아니하고 앉아서 풍금을 탔습니다. 조금 있더니 어머니는 풍금 곡조에 맞추어서 노래를 부르기 시작하였습니다. 어머니의 목소리가 그렇게도 아름다운 것도 나는 이때까지 모르고 있었습니다. 어머니는 참으로 우리 유치원 선생님보다도 목소리가 훨씬 더 곱고, 또 노래도 훨씬 더 잘 부르시는 것이었습니다. 나는 가만히 서서 어머니 노래를 들었습니다. 그 노래는 마치 은실을 타고 별나라에서 내려오는 노래처럼 아름다웠습니다.

그러나 얼마 오래지 않아 목소리는 약간 떨리기 시작하였습니다. 가늘게 떨리는 노랫소리, 그에 따라 풍금의 가는 소리도 바르르 떠는 듯했습니다. 노랫소리는 차차 가늘어지더니 마지막에는 사르르 없어져 버렸습니다. 풍금 소리도 사르르 없어졌습니다. 어머니는 고요히 풍금에서 일어나시더니 옆에 서 있는 내 머리를 쓰다듬었습니다. 그 다음 순간, 어머니는 나를 안고 마루로 나오셨습니다. 어머니는 아무 말씀도 없이 그냥 나를 꼭꼭 껴안는 것이었습니다. 달빛을 함뿍 받은 내 어머니 얼굴은 몹시도 새하얗다고 생각되었습니다. 우리 어머니는 참으로 천사 같다고 생각하였습니다.

우리 어머니의 새하얀 두 뺨 위로 쉴 새 없이 두 줄기 눈물이 줄줄 흘러내리고 있는 것을 나는 보았습니다. 그것을 보니 나도 갑자기 울고 싶어졌습니다.

"어머니, 왜 울어?"

하고 나도 쿨쩍거리면서 물었습니다.

"옥희야"

"응?"

한참 동안 어머니는 아무 말씀도 없었습니다. 그러나 한참 후에,

"옥희야, 난 너 하나면 그뿐이다."

"엄마."

어머니는 다시 대답이 없으셨습니다.

하루는 밤에 아저씨 방에서 놀다가 졸려서 안방으로 들어오려고 일어서니까 아저씨가 하얀 봉투를 서랍에서 꺼내어 내게 주었습니다.

"옥희, 이거 갖다가 엄마 드리고, 지나간 달 밥값이라고, 응."

나는 그 봉투를 갖다가 어머니에게 드렸습니다. 어머니는 그 봉투를 받아 들자 갑자기 얼굴이 파랗게 질렸습니다. 그 전날 달밤에 마루에 앉았을 때보다도 더 새하얗다고 생각되었습니다. 그 봉투를 들고 어쩔 줄을 모르는 듯이 초조한 빛이 나타났습니다. 나는,

"그거 지나간 달 밥값이래."

하고 말을 하니까, 어머니는 갑자기 잠자다 깨나는 사람처럼 "응?" 하고 놀라더니, 또 금시에 백지장같이 새하얗던 얼굴이 발갛게 물들었습니다. 봉투 속으로 들어갔던 어머니의 파들파들 떨리는 손가락이 지전을 몇 장 끌고 나왔습니다. 어머니는 입술에 약간 웃음을 띠면서 "후!" 하고 한숨을 내쉬었습니다. 그러나 그것도 잠깐, 다시 어머니는 무엇에 놀랐는지 흠칫하더니 금시에 얼굴이 다시 새하얘지고 입술이 바르르 떨렸습니다. 어머니의 손을 바라다보니 거기에는 지전 몇 장 외에 네모로 접은 하얀 종이가 한 장 잡혀 있는 것이었습니다.

어머니는 한참을 망설이는 모양이었습니다. 그러더니 무슨 결심을 한 듯이 입술을 악물고 그 종이를 차근차근 펴 들고 그 안에 쓰인 글

을 읽었습니다. 나는 그 안에 무슨 글이 쓰여 있는지 알 도리가 없었으나, 어머니는 그 글을 읽으면서 금시에 얼굴이 파랬다 발갰다 하고, 그 종이를 든 두 손은 이제는 바들바들이 아니라 와들와들 떨리어서 그 종이가 부석부석 소리를 내게 되었습니다.

한참 후에 어머니는 그 종이를 아까 모양으로 네모지게 접어서 돈과 함께 봉투에 도로 넣어 반짇고리에 던졌습니다. 그러고는 정신 나간 사람처럼 멀거니 앉아서 전등만 쳐다보는데, 어머니 가슴이 불룩불룩합니다. 나는 어머니가 혹시 병이나 나지 않았나 하고 염려가 되어서 얼른 가서 무릎에 안기면서,

"엄마, 잘까?"

하고 말했습니다.

엄마는 내 뺨에 입을 맞추어 주었습니다. 그런데 어머니의 입술이 어쩌면 그리도 뜨거운지요. 마치 불에 달군 돌이 볼에 와 닿는 것 같았습니다.

한참을 자고 나서 잠이 채 깨지는 않았으나 어렴풋한 정신으로 옆을 쓸어 보니 어머니가 없었습니다. 가끔 가다가 나는 그러는 버릇이 있어요. 어렴풋한 정신으로 옆을 쓸면 어머니의 보드라운 살이 만져지지요. 그러면 다시 나는 잠이 들어 버리곤 하는 것이었습니다.

어머니가 자리에 없다는 것을 알게 되자 나는 갑자기 무서워졌습니다. 그래서 잠은 다 달아나고 눈을 번쩍 뜨고 고개를 돌려 살펴보았습니다. 방 안에는 불은 안 켰지만 어슴푸레하게 밝습니다. 뜰로 하나 가득한 달빛이 방 안에까지 희미한 밝음을 던져 주는 것이었습니다. 윗목을 보니, 우리 아버지의 옷을 넣어 두고 가끔 어머니가 꺼내서 쓸어 보시는 그 장롱문이 열려 있고, 그 아래 방바닥에는 흰 옷이 한 무

더기 널려 있습니다. 그리고 그 옆에는 장롱에 반쯤 기대고 자리옷♦
만 입은 어머니가 주춤하고 앉아서, 고개를 위로 쳐들고 눈은 감고 무
엇이라고 입술로 소곤소곤 외고 있는 것이 보였습니다. 아마 기도를
하나 보다 하고 나는 생각했습니다. 나는 자리에서 일어나서 기어가
서 어머니 무릎을 뻐개고♦ 기어 들어갔습니다.

"엄마, 무얼 해?"

어머니는 소곤거리기를 그치고 눈을 떠서 나를 한참이나 물끄러미
들여다보십니다.

"옥희야."

"응?"

"가서 자자."

"엄마도 같이 자."

"응, 그래. 엄마도 같이 자."

그 목소리가 어째 싸늘하다고 내게 생각되었습니다.

어머니는 돌아가신 아버지의 옷들을 한 가지씩 들고는 가만히 손바
닥으로 쓸어 보고는 장롱 안에 넣었습니다. 하나씩 하나씩 쓸어 보고
는 장롱에 넣고 하여 그 옷을 다 넣은 때 장롱문을 닫고 쇠를 채우고,
그러고 나서 나를 안고 자리로 돌아왔습니다.

"엄마, 우리 기도하고 자?"

하고 나는 물었습니다. 어머니는 나를 밤마다 재워 줄 때마다 반드시
기도를 하는 것이었습니다. 내가 할 줄 아는 기도는 주기도문뿐이었
습니다. 그 뜻은 하나도 모르지만 어머니
를 따라서 자꾸자꾸 해 보아서 지금에는   ♦ **자리옷** 잠옷.
나도 주기도문을 잘 외웁니다. 그런데 웬   ♦ **뻐개다** 두 쪽으로 벌리다.

일인지 어젯밤 잘 때에는 어머니가 기도할 것을 잊어버리고 그냥 잤던 것이 지금 생각이 났기 때문에 나는 그렇게 물었던 것입니다. 어젯밤 자리에 들 때 내가 "기도할까?" 하고 말할까 싶었으나, 어머니가 너무 슬픈 빛을 띠고 있는 고로 그만 나도 가만히 아무 소리 없이 잠이 들고 말았던 것입니다.

"응, 기도하자."

하고 어머니가 고요히 대답했습니다.

"엄마가 기도해."

하고 나는 갑자기 어머니의 기도하는 보드라운 음성이 듣고 싶어져서 말했습니다.

"하늘에 계신 우리 아버지시여."

어머니는 고요히 기도를 시작하였습니다.

"이름을 거룩하게 하옵시며 나라에 임하옵시며 뜻이 하늘에서 이루어진 것처럼 땅에서도 이루어지이다. 오늘날 우리에게 일용할 양식을 주옵시고 우리가 우리에게 죄지은 자를 용서하여 준 것처럼 우리 죄를 사하여 주옵시고, 우리를 시험에 들지 말게 하옵시고…… 우리를 시험에 들지 말게 하옵시고…… 시험에 들지 말게…… 시험에 들지 말게……"

이렇게 어머니는 자꾸 되풀이하였습니다. 나도 지금은 막히지 않고 줄줄 외는 주기도문을 글쎄 어머니가 막히다니 참으로 우스운 일이었습니다.

"시험에 들지 말게…… 시험에 들지 말게……"

하고 자꾸만 되풀이하는 것을 나는 참다 못해서,

"엄마, 내 마저 할게."

하고,

"다만 악에서 구하옵소서. 대개 나라와 권세와 영광이 아버지께 영원히 있사옵나이다."

하고 내가 끝을 마쳤습니다. 어머니는 한참이나 가만 있다가 오랜 후에야 겨우,

"아멘."

하고 속삭이었습니다.

요새 와서 어머니의 하는 일이란 참으로 알 수가 없는 노릇입니다. 어떤 때는 어머니도 퍽 유쾌하셨습니다. 밤에 때로는 풍금도 타고 또 때로는 찬송가도 부르고 그러실 때에는 나도 너무도 좋아서 가만히 어머니 옆에 앉아서 듣습니다. 그러나 가끔가끔 그 독창은 소리 없는 울음으로 끝을 맺는 때가 많은데, 그런 때면 나도 따라서 울었습니다. 그러면 어머니는 나를 안고 내 얼굴에 돌아가면서 무수히 입을 맞추어 주면서,

"엄마는 옥희 하나면 그뿐이야, 응. 그렇지……."

하시면서 언제까지나 언제까지나 우시는 것이었습니다.

어떤 일요일날, 그렇지요, 그것은 유치원 방학하고 난 그 이튿날이었어요. 그날 어머니는 갑자기 머리가 아프시다고 예배당을 그만두었습니다. 사랑에서는 아저씨도 어디 나가고 외삼촌도 나가고 집에는 어머니와 나와 단둘이 있었는데, 머리가 아프다고 누워 계시던 어머니가 갑자기 나를 부르시더니,

"옥희야, 너 아빠가 보고 싶니?"

하고 물으십니다.

"응, 우리도 아빠 하나 있으면."

나는 혀를 까불고 어리광을 좀 부려 가면서 대답을 했습니다. 한참 동안을 어머니는 아무 말씀도 아니 하시고 천장만 바라보시더니,

"옥희야, 옥희 아버지는 옥희가 세상에 나오기도 전에 돌아가셨단다. 옥희도 아빠가 없는 건 아니지. 그저 일찍 돌아가셨지. 옥희가 이제 아버지를 새로 또 가지면 세상이 욕을 한단다. 옥희는 아직 철이 없어서 모르지만 세상이 욕을 한단다. 사람들이 욕을 해. '옥희 어머니는 화냥년*이다.' 이러고 세상이 욕을 해. '옥희 아버지는 죽었는데 옥희는 아버지가 또 하나 생겼대. 참 망측도 하지.' 이러고 세상이 욕을 한단다. 그리 되면 옥희는 언제나 손가락질 받고. 옥희는 커도 시집도 훌륭한 데 못 가고, 옥희가 공부를 해서 훌륭하게 돼도 '에, 그까짓 화냥년의 딸.'이라고 남들이 욕을 한단다."

이렇게 어머니는 혼잣말하시듯 뜨문뜨문 말씀하셨습니다. 그러고는 한참 있더니,

"옥희야."

하고 또 부르십니다.

"응?"

"옥희는 언제나 언제나 내 곁을 안 떠나지. 옥희는 언제나 언제나 엄마하구 같이 살지. 옥희 엄마가 늙어서 꼬부랑 할미가 되어도 그래도 옥희는 엄마하고 같이 살지. 옥희가 유치원 졸업하고, 또 소학교 졸업하고, 또 중학교 졸업하고, 또 대학교 졸업하고, 옥희가 조선서 제일 훌륭한 사람이 돼도, 그래도 옥희는 엄마하고 같이 살지. 응! 옥희는 엄마를 얼만큼 사랑하나?"

"이만큼."

하고 나는 두 팔을 쫙 벌리어 보였습니다.

"응? 얼만큼? 응! 그만큼! 언제나 언제나 옥희는 엄마만 사랑하지. 그리고 공부도 잘하고. 그리고 훌륭한 사람이 되고……."

나는 어머니의 목소리가 떨리는 것으로 보아 어머니가 또 울까 봐 겁이 나서,

"엄마, 이만큼, 이만큼."

하면서 두 팔을 쫙쫙 벌리었습니다.

엄마는 울지 않으셨습니다.

"응, 그래. 옥희 엄마는 옥희 하나면 그뿐이야. 세상 다른 건 다 소용 없어. 우리 옥희 하나면 그만이야. 그렇지, 옥희야."

"응!"

어머니는 나를 당기어서 꼭 껴안고 가슴이 막혀 들어올 때까지 자꾸만 껴안아 주었습니다.

그날 밤, 저녁밥 먹고 나니까 어머니는 나를 불러 앉히고 머리를 새로 빗겨 주었습니다. 댕기도 새 댕기를 드려◆ 주고 바지, 저고리, 치마, 모두 새것을 꺼내 입혀 주었습니다.

"엄마, 어디 가?"

하고 물으니까,

"아니."

하고 웃음을 띠면서 대답합니다. 그러더니 풍금 옆에서 새로 다린 하얀 손수건을 내리어 내 손에 쥐여 주면서,

"이 손수건, 저 사랑 아저씨 손수건인데, 이것 아저씨 갖다 드리고 와, 응? 오래 있지 말고 손수건만 갖다 드리고 이내

◆ 화냥년 남의 남편과 정을 통하는 여자를 속되게 이르는 말.
◆ 드리다 땋은 머리 끝에 댕기를 물리다.

와, 응?"

하고 말씀하셨습니다.

　손수건을 들고 사랑을 나가면서, 나는 그 손수건 접이 속에 무슨 발각발각하는 종이가 들어 있는 것처럼 생각되었습니다마는, 그것을 펴 보지 않고 그냥 갖다가 아저씨에게 주었습니다.

　아저씨는 방에 누워 있다가 벌떡 일어나서 손수건을 받는데, 웬일인지 아저씨는 이전처럼 나보고 빙그레 웃지도 않고 얼굴이 몹시 파래졌습니다. 그러고는 입술을 질근질근 깨물면서 말 한마디 아니 하고 그 수건을 받더군요.

　나는 어째 이상한 기분이 들어서 아저씨 방에 들어가 앉지도 못하고 그냥 되돌아서 안방으로 도로 왔지요. 어머니는 풍금 앞에 앉아서 무엇을 그리 생각하는지 가만히 있더군요. 나는 풍금 옆으로 가서 가만히 그 옆에 앉아 있었습니다. 이윽고 어머니는 조용조용히 풍금을 타십니다. 무슨 곡조인지는 몰라도 어째 구슬프고 고즈넉한 곡조예요.

　밤이 늦도록 어머니는 풍금을 타셨습니다. 그 구슬프고 고즈넉한 곡조를 계속하고 또 계속하면서.

　여러 밤을 자고 난 어떤 날 오후에 나는 오래간만에 아저씨 방엘 나가 보았더니 아저씨가 짐을 싸느라고 분주하겠지요. 내가 아저씨에게 손수건을 갖다 드린 다음부터는 웬일인지 아저씨가 나를 보아도 언제나 퍽 슬픈 사람, 무슨 근심이 있는 사람처럼 아무 말도 없이 나를 물끄러미 바라다만 보고 있는 고로, 나도 그리 자주 놀러 나오지 않았던 것입니다. 그랬었는데 이렇게 갑자기 짐을 꾸리는 것을 보고 나는 놀랐습니다.

"아저씨, 어디 가?"

"응, 멀리루 간다."

"언제?"

"오늘."

"기차 타고?"

"응, 기차 타고."

"갔다가 언제 또 오우?"

아저씨는 아무 대답도 없이 서랍에서 예쁜 인형을 하나 꺼내서 내게 주었습니다.

"옥희, 이것 가져, 응. 옥희는 아저씨 가고 나면 아저씨 이내 잊어버리고 말겠지!"

나는 갑자기 슬퍼졌습니다. 그래서,

"아니."

하고 얼른 대답하고 인형을 안고 안으로 들어왔습니다.

"엄마, 이것 봐. 아저씨가 이것 나 줬다우. 아저씨가 오늘 기차 타고 먼 데로 간대."

하고 내가 말했으나 어머니는 대답이 없으십니다.

"엄마, 아저씨 왜 가?"

"학교 방학했으니깐 가지."

"어디루 가우?"

"아저씨 집으로 가지, 어디로 가."

"갔다가 또 오우?"

어머니는 대답이 없으십니다.

"난 아저씨 가는 거 나쁘다."

하고 입을 종긋했으나, 어머니는 그 말은 대답 않고,

"옥희야, 벽장에 가서 달걀 몇 알 남았나 보아라."

하고 말씀하셨습니다.

나는 깡충깡충 방 안으로 들어갔습니다. 달걀은 여섯 알이 있었습니다.

"여스 알."

하고 나는 소리쳤습니다.

"응, 다 가지고 이리 나오너라."

어머니는 그 달걀 여섯 알을 다 삶았습니다. 그 삶은 달걀 여섯 알을 손수건에 싸 놓고 또 반지*에 소금을 조금 싸서 한 귀퉁이에 넣었습니다.

"옥희야, 너 이것 갖다 아저씨 드리고, 가시다가 찻간에서 잡수시랜다고, 응."

그날 오후에 아저씨가 떠나간 다음, 나는 방에서 아저씨가 준 인형을 업고 자장자장 잠을 재우고 있었습니다. 어머니가 부엌에서 들어오시더니,

"옥희야, 우리 뒷동산에 바람이나 쐬러 올라갈까?"

하십니다.

"응, 가, 가."

하면서 나는 좋아 덤비었습니다.

잠깐 다녀올 터이니 집을 보고 있으라고 외삼촌에게 이르고 어머니는 내 손목을 잡고 나섰습니다.

"엄마, 나 저, 아저씨가 준 인형 가지고 가?"

"그러렴."

나는 인형을 안고 어머니 손목을 잡고 뒷동산으로 올라갔습니다. 뒷동산에 올라가면 정거장이 빤히 내려다보입니다.

"엄마, 저 정거장 봐. 기차는 없군."

어머니는 아무 말씀도 없이 가만히 서 계십니다. 사르르 바람이 와서 어머니 모시 치맛자락을 산들산들 흔들어 주었습니다. 그렇게 산 위에 가만히 서 있는 어머니는 다른 때보다 더 한층 예쁘게 보였습니다.

저편 산모퉁이에서 기차가 나타났습니다.

"아, 저기 기차 온다."

하고 나는 좋아서 소리쳤습니다.

기차는 정거장에서 잠시 머물더니 금시에 '삑' 하고 소리를 지르면서 움직였습니다.

"기차 떠난다."

하면서 나는 손뼉을 쳤습니다. 기차가 저편 산모퉁이 뒤로 사라질 때까지, 그리고 그 굴뚝에서 나는 연기가 하늘 위로 모두 흩어져 없어질 때까지, 어머니는 가만히 서서 그것을 바라다보았습니다.

뒷동산에서 내려오자 어머니는 방으로 들어가시더니 이때까지 늘 열어 두었던 풍금 뚜껑을 닫으십니다. 그러고는 거기 쇠를 채우고 그 위에다가 이전 모양으로 반짇고리를 얹어 놓으십니다. 그러고는 그 옆에 있는 찬송가를 맥없이 들고 뒤적뒤적하시더니 빼빼 마른 꽃송이를 그 갈피에서 집어내시더니,

"옥희야, 이것 내다 버려라."

하고 그 마른 꽃을 내게 주었습니다. 그 꽃은 내가 유치원에서 갖다가 어머니께

◆ 반지半紙 얇고 흰 일본 종이.

드렸던 그 꽃입니다. 그러자 옆대문이 삐꺽하더니,

"달걀 사소."

하고 매일 오는 달걀 장수 노파가 달걀 버주기*를 이고 들어왔습니다.

"이젠 우리 달걀 안 사요. 달걀 먹는 이가 없어요."

하시는 어머니 목소리는 맥이 한 푼어치도 없었습니다.

나는 어머니의 이 말씀에 놀라서 떼를 좀 써 보려 했으나, 석양에 빤히 비치는 어머니 얼굴을 볼 때 그 용기가 없어지고 말았습니다. 그래서 아저씨가 주신 인형 귀에다가 내 입을 갖다 대고 가만히 속삭이었습니다.

"얘, 우리 엄마가 거짓부리* 썩 잘 하누나. 내가 달걀 좋아하는 줄 잘 알면서 생 먹을 사람이 없대누나. 떼를 좀 쓰구 싶다만 저 우리 엄마 얼굴을 좀 봐라. 어쩌면 저리도 새파래졌을까? 아마 어디가 아픈가 보다."

라고요.

◆ **버주기** 둥글넓적하고 아가리가 벌어진 큰 그릇.
◆ **거짓부리** '거짓말'을 속되게 이르는 말.

주요섭
朱耀燮, 1902~1972

평양에서 태어난 작가 주요섭은 목사인 아버지의 영향 아래 독실한 기독교 집안에서 자랐습니다. 그는 시 〈불놀이〉를 쓴 시인 주요한, 연극인 주영섭과 형제간이기도 합니다.

주요섭은 17세인 1918년 일본으로 건너가 아오야마 학원에서 공부하였습니다. 1919년 3·1운동 후 귀국한 그는 일제의 감시를 피해 지하신문을 발간했습니다. 지하신문이란 정식으로 허가를 받지 않고 발간되는 신문으로, 주로 정치권력을 비판하는 내용을 다룹니다. 이 활동으로 그는 10개월간 감옥살이를 치른 후, 1920년 중국으로 망명하여 상하이에 있는 후장대학을 거쳐 미국 스탠포드 대학원에서 교육학을 공부했습니다.

1931년 조국으로 돌아온 주요섭은 동아일보에서 기자로 활동하다가, 얼마 후 중국의 푸렌대학에 교수로 취임했습니다. 그러나 1943년 일본의 대륙 침략에 협조하지 않는다는 이유로 추방되어 다시 조국으로 돌아왔습니다. 그 후 경희대학교 교수로 재직하면서 문학 발전을 위한 여러 활동을 펼쳤습니다.

주요섭은 1921년《매일신보》에 소설 〈깨어진 항아리〉로 등단한 후 〈인력거꾼〉, 〈추운 밤〉 등 주로 하층민의 가난한 생활상을 그린 작품을 발표하였습니다. 1930년대 이후에는 〈사랑 손님과 어머니〉, 〈아네모네의 마담〉 등 여성의 심리가 잘 묘사된 작품을 발표하였습니다. 이 작품들은 전통적인 윤리관 때문에 좌절된 사랑, 향수 등을 소재로 삶의 의미를 드러낸 주요섭의 대표작입니다.

"난 아저씨가 우리 아빠라면 좋겠드라."

　1935년에 발표된 〈사랑 손님과 어머니〉는 어머니와 하숙 아저씨 사이에 피어난 미묘한 사랑을 어린 소녀인 '옥희'의 시점에서 풀어 낸 이야기입니다.

　화자인 옥희는 여섯 살 여자아이로, 어머니와 외삼촌과 함께 살고 있습니다. 옥희의 아버지는 옥희가 태어나기 한 달 전에 돌아가셨습니다. 젊은 나이에 과부가 된 엄마는 가끔씩 아버지의 사진을 보며 남몰래 눈물을 흘리곤 합니다.

　어느 날 아버지의 옛 친구분이 이 마을의 학교 선생님으로 부임하면서 옥희의 집에서 하숙을 하게 되었습니다. 작은외삼촌과 함께 사랑방에 머물게 된 아저씨는 옥희와 금세 친해졌습니다. 아저씨는 옥희에게 이야기책을 읽어 주기도 하고, 과자를 주기도 했습니다. 옥희도 아저씨를 좋아하여, 아저씨가 자기의 아버지가 되었으면 좋겠다고 말했습니다. 그러자 아저씨는 얼굴이 홍당무처럼 빨개졌습니다. 어머니는 아저씨가 삶은 달걀을 좋아한다는 말에 달걀을 많이 사들였고, 옥희가 아저씨의 방에 놀러 갈 때마다 머리를 곱게 빗어 주거나 새 저고리를 입혀 주었습니다. 어느 날 예배당에서 아저씨를 발견한 옥희가 아는 척을 했는데, 아저씨는 고개를 숙이고 어머니는 얼굴이 붉어졌습니다.

　며칠 뒤 옥희는 어머니를 기쁘게 해 주려고 유치원에 있는 꽃을 가지고 왔습니다. 괜스레 부끄러운 마음이 들어 사랑방 아저씨가 준 꽃이라고 말하자 어머니는 얼굴을 붉히면서 이 사실을 아무에게도 말하지 말라고 당부하셨습니다. 이후 어머니는 아버지가 돌아가신 뒤 한 번도 연주하지 않았던 풍금을 연주하였습니다.

어느 날 아저씨는 옥희에게 하얀 봉투를 내밀며 밥값이니 어머니에게 드리라고 하셨습니다. 어머니는 아저씨가 준 봉투를 열어 보고 어쩔 줄 몰라했습니다. 그날 밤 어머니는 아버지가 입던 옷가지를 매만지면서 혼자 기도를 하였습니다. 얼마 후 어머니는 종이가 든 하얀 손수건을 주면서 아저씨에게 갖다 드리라고 하였습니다. 손수건을 받은 아저씨는 평소와 달리 얼굴이 몹시 새파래졌습니다. 그날 밤 어머니는 밤늦도록 풍금을 연주했습니다.

며칠 뒤 아저씨는 기차를 타고 먼 곳으로 떠난다고 했습니다. 그러자 어머니는 달걀을 모두 삶아 아저씨에게 전해 주고는 옥희와 함께 산에 올라 기차가 지나가는 것을 내려다보았습니다. 집에 돌아온 어머니는 열어 두었던 풍금 뚜껑을 닫고, 옥희가 주었던 꽃도 내버리라고 합니다.

우리나라의 전통 가옥 구조와 사랑채

우리나라 전통 가옥은 사랑채, 안채, 행랑채 등 생활 공간이 나뉘어 있는 것이 특징입니다. 〈사랑 손님과 어머니〉에서도 하숙 아저씨는 사랑채에 머물고 옥희와 어머니는 안채에서 생활합니다.

사랑채는 주로 집안의 남자들이 기거하는 공간으로, 손님들이 찾아왔을 때 내주는 방이기도 합니다. 또 이웃이나 친지들이 모였을 때 친목을 도모하거나 집안 어른이 어린 자녀에게 학문과 교양을 가르치는 공간입니다.

안채는 주인마님을 비롯한 집안의 여성들을 위한 공간입니다. 보통 안방, 건넌방, 부엌으로 구성되어 있으며, 여성들은 이곳에서 가족들의 의식주를 위한 일을 합니다. 안채는 남편이나 친척 외에

오른쪽에 사랑채를 둔 전통 가옥 구조

다른 남자가 쉽게 드나들지 못하도록 하기 위해 가옥의 가장 안쪽인 북쪽에 배치됩니다.

〈사랑 손님과 어머니〉의 옥희 엄마도 안방과 부엌을 오고갈 뿐 사랑에는 좀처럼 드나들지 않습니다. 더욱이 옥희의 집은 사랑대문과 옆대문이 있어서 옥희 엄마는 항상 옆대문으로만 다녔습니다. 이 때문에 사랑 손님과 어머니는 한집에 살아도 좀처럼 만날 수가 없었지요.

이밖에도 소설에는 등장하지 않지만 우리의 전통 가옥에는 하인들이 살거나 곡식을 저장해 두는 '행랑채'와 조상을 모시는 '사당'이 있었습니다.

어린아이를 관찰자로 한 소설의 특징

소설의 '시점'이란 소설 속의 인물 및 사건을 바라보는 서술자의 위치와 각도를 뜻합니다. 〈사랑 손님과 어머니〉는 소설 속 인물인 어린 옥

희가 관찰자가 되어 어머니와 사랑 손님의 이야기를 들려주고 있는 1인칭 관찰자 시점입니다.

1인칭 관찰자 시점은 '나'의 눈에 비친 사실적인 정보만을 말할 수밖에 없기 때문에 관찰 대상인 인물의 내면을 파악할 수 없습니다. 또한 관찰자의 나이와 상황에 따라 서술 범위가 제한됩니다. 〈사랑 손님과 어머니〉를 통해 자세히 알아볼까요?

이 소설의 서술자인 옥희는 어머니와 사랑 손님의 감정을 이해할 수 없는 어린 소녀입니다. 유치원에서 가져온 꽃을 아저씨가 준 것이라고 했을 때, 옥희는 어머니의 얼굴이 왜 더 빨갛게 변했는지 모릅니다. 또 아저씨에게 "우리 아빠라면 좋겠다."라고 말했을 때 아저씨의 당황한 마음을 알 수 없어 화가 난 것으로 여깁니다.

1인칭 관찰자 시점일 때, 서술자인 '나'와 관찰 대상이 되는 인물 사이에는 심리적 거리가 있습니다. 반면 독자와 인물 사이의 심리적 거리는 가깝습니다. 다시 말해 '옥희-어머니', '옥희-아저씨'의 심리적 거리는 멀고 '독자-어머니', '독자-아저씨'의 심리적 거리는 가깝습니다. 그래서 옥희는 어머니와 아저씨의 감정을 이해하지 못한 채 관찰할 뿐이지만, 독자는 옥희의 관찰을 통해 두 남녀의 감정을 헤아리게 됩니다.

이렇듯 〈사랑 손님과 어머니〉는 어머니와 사랑 손님의 사랑을 순수하고 아름답게 그려 내기 위해 어린이를 관찰자로 선택한 것입니다.

주요섭의 대표작 〈인력거꾼〉과 〈아네모네의 마담〉

주요섭의 또 다른 대표작으로는 〈인력거꾼〉과 〈아네모네의 마담〉이
있습니다.

1925년 주요섭이 후장대학에 다닐 무렵 발표한 〈인력거꾼〉은 중국
상해를 배경으로 빈곤 속에서 살아가는 하층민의 생활을 그리고 있습
니다. 주인공 '아찡'은 뚱뚱보 동료와 함께 살고 있습니다. 그들은 하루
종일 상해 곳곳을 누비며 인력거를 끄는 인력거꾼이지요. 아찡은 뚱뚱
보에게 꿈자리가 사나웠다고 불평하지만, 꿈과는 반대로 여러 손님을
태우며 돈을 많이 벌었습니다. 그러다 갑자기 신음 소리를 내며 쓰러집
니다. 아찡은 돈을 받지 않고 병을 봐주는 청년회 의사가 있다는 동료
의 말에 그곳을 찾아갔습니다. 그러자 하인이 나타나 의사가 두 시 이
후에 올 테니 그때 다시 오라고 합니다. 집에 돌아온 아찡은 이제 얼마
후면 돈을 많이 모아 잘살 수 있을 거라는 생각을 하다가 갑자기 숨
을 거둡니다. 하루 종일 인력거를 끌고 새벽에 들어온 뚱뚱보가 아찡의
죽음을 공보국에 보고합니다.

아찡이 죽은 이유는 8년 동안 매일 달음질하며 인력거를 끌었기 때
문입니다. 의사와 순사부장은 인력거꾼은 대개 10년 안에 죽는다고 말
하며 시체를 거둡니다. 뚱뚱보는 몇 년 뒤 자신도 아찡의 뒤를 따르게
될 것을 모른 채 아스팔트 길 위로 기운차게 인력거를 끌고 달립니다.

이 작품은 현진건의 〈운수 좋은 날〉과 비교해서 읽어도 좋은 작품입
니다. 〈운수 좋은 날〉 역시 인력거꾼 김 첨지의 하루 동안 일과와 그 아
내의 죽음을 통해 하층민의 궁핍한 생활상을 그리고 있습니다.

〈아네모네의 마담〉은 1932년에 발표한 소설로, 두 남녀의 애정 심리

를 그린 작품입니다. 특히 여성의 미묘한 심리가 잘 드러나 있습니다.

다방 '아네모네'의 마담인 '영숙'이 자줏빛 귀걸이를 하고 카운터에 나타난 날, 다방의 손님들은 아름다운 영숙의 모습에 찬사를 보냅니다. 영숙이 귀걸이를 한 이유는 매일 다방을 찾아와 슈베르트의 〈미완성 교향곡〉을 틀어 달라고 하는 남학생 때문입니다. 영숙은 그 학생의 관심을 끌기 위해서 당시에는 흔하지 않은 귀걸이를 하고 온 것이지요.

그러던 어느 날 슈베르트의 음악을 듣던 그 남학생은 축음판을 깨는 등 소동을 벌이고서 다방을 나가 버렸습니다. 잠시 후 남학생의 친구가 찾아와 영숙에게 사과를 하며 이유를 설명했습니다. 사실 그 남학생은 교수의 부인을 사랑하고 있었으며, 이 다방에 와서 그 부인과의 추억이 담긴 슈베르트의 〈미완성 교향곡〉을 감상하곤 했던 것입니다. 또 영숙이 서 있는 카운터의 뒷벽에 〈모나리자〉 그림이 걸려 있었는데, 남학생은 교수 부인과 비슷한 이미지의 〈모나리자〉를 바라보며 그리움을 달래곤 했습니다. 그런데 오늘 교수 부인이 병으로 죽었다는 소식을 듣고 절망에 빠져 있는데, 마침 슈베르트의 〈미완성 교향곡〉이 흘러 나오자 발작을 일으킨 것입니다. 그 사실을 알게 된 영숙은 그날 이후로 더 이상 귀걸이를 하지 않았습니다.

또 다른 이야기 2 영화로 만들어진 〈사랑 손님과 어머니〉

1960년대의 대표적인 영화감독인 신상옥은 〈사랑 손님과 어머니〉를 영화로 만들었습니다. 이 작품은 한국 문예 영화의 대표작으로 알려져 있습니다. '문예 영화'란 문학 작품을 각색하여 만든 영화로, 오락성보다 순수한 예술성을 추구하는 영화를 말합니다. 〈사랑 손님과 어머니〉는 영상물에 맞도록 소설 내용을 각색하였으며, 당시 최고의 배우들이 출연하였습니다.

이 영화는 옥희의 역할이 돋보이는 작품으로, 아역 배우 전영선의 천연덕스러운 연기가

영화 〈사랑방 손님과 어머니〉의 포스터

화제가 되기도 했습니다. "아저씨는 무슨 반찬 좋아허우?" 하는 옥희 특유의 앙증맞은 대사는 한때 유행어처럼 떠돌기도 했습니다.

사랑 손님 역할의 김진규와 어머니 역할의 최은희, 두 배우가 한 화면에 잡히거나 대사를 주고받는 일은 거의 없습니다. 주로 옥희의 시선을 통해 두 사람의 사랑이 간접적으로 묘사되고 있지요. 그러나 영화 후반부에서 사랑 손님과 옥희 엄마가 포옹하는 장면이 삽입되어 있어, 소설과는 달리 두 사람의 사랑이 확실히 드러납니다.

이 영화의 감독 신상옥과 여배우 최은희는 부부입니다. 신상옥이 감독을 맡은 작품에 최은희는 여주인공으로 많이 참여했습니다. 정비석의 소설 《자유부인》을 각색한 〈지옥화〉, 현진건의 소설을 각색한 〈무영탑〉, 심훈의 소설을 각색한 〈상록수〉 등 여러 편의 문예 영화를 함께 만들었습니다.

생각하기

● 다음 중 이 작품 속 옥희 어머니가 아저씨를 좋아했음을 알 수 있는 소재는 무엇인가요?

① 바느질　② 삶은 달걀　③ 기도　④ 예배당　⑤ 기차

● 다음 중 〈사랑 손님과 어머니〉의 내용과 다른 것은 무엇인가요?

① 옥희의 아버지는 어머니와 결혼한 지 일 년 만에 돌아가셨다.
② 옥희는 사랑 손님이 아버지였으면 좋겠다고 생각한 적이 있다.
③ 사랑 손님은 옥희에게 꽃을 주며 어머니에게 갖다 주라고 했다.
④ 옥희는 사랑 손님과 어머니가 왜 그렇게 얼굴을 붉히는지 모른다.

● 이 작품 속의 서술자인 '옥희'는 어머니와 아저씨 사이에 무슨 일이 벌어졌는지 눈치채지 못 합니다. 둘 사이에 무슨 일이 있었는지, 아저씨는 왜 떠났는지 짐작하여 설명해 보세요.

● 다음의 두 문장 속에 나타난 소재의 색채 이미지는 무엇을 의미하는지 말해 보세요.

① 꽃을 들고 냄새를 맡고 있던 어머니는 내 말이 끝나기가 무섭게 무엇에 몹시 놀란 사람처럼 화다닥하였습니다. 그러고는 금시에 어머니 얼굴이 그 꽃보다도 더 빨갛게 되었습니다.

② 풍금 옆에서 새로 다린 하얀 손수건을 내리어 내 손에 쥐여 주면서 "이 손수건 저 사랑 아저씨 손수건인데, 이것 아저씨 갖다 드리고 와, 응? 오래 있지 말고 손수건만 갖다 드리고 이내 와, 응?" 하고 말씀하십니다.

● 여러분이 이 이야기 속의 한 인물인 옥희의 외삼촌이라면, 옥희 어머니와 아저씨를 위해 어떤 충고를 해 주겠습니까?

● 다음 중 이 작품 속 옥희 어머니가 아저씨를 좋아했음을 알 수 있는
소재는 무엇인가요?

① 바느질   ② 삶은 달걀   ③ 기도   ④ 예배당   ⑤ 기차

답 ②번.

● 다음 중 〈사랑 손님과 어머니〉의 내용과 다른 것은 무엇인가요?

① 옥희의 아버지는 어머니와 결혼한 지 일 년 만에 돌아가셨다.

② 옥희는 사랑 손님이 아버지였으면 좋겠다고 생각한 적이 있다.

③ 사랑 손님은 옥희에게 꽃을 주며 어머니에게 갖다 주라고 했다.

④ 옥희는 사랑 손님과 어머니가 왜 그렇게 얼굴을 붉히는지 모른다.

답 : ③번.

꽃은 옥희가 어머니를 기쁘게 해 드리기 위해서 유치원에서 가져
온 것입니다. 그런데 옥희는 유치원에서 가져왔다고 말하기 부끄
러워서 사랑 아저씨가 갖다 드리라고 했다며 거짓말을 합니다.

● 이 작품 속의 서술자인 '옥희'는 어머니와 아저씨 사이에 무슨 일이
벌어졌는지 눈치채지 못 합니다. 둘 사이에 무슨 일이 있었는지, 아
저씨는 왜 떠났는지 짐작하여 설명해 보세요.

아저씨가 보낸 하얀 봉투를 열어 본 어머니 얼굴이 붉어집니다.
이 봉투 안에는 사랑을 고백한 아저씨의 편지가 담겨 있었을 것입
니다. 그러나 과부는 평생 혼자 살면서 수절해야 한다는 인습 때
문에 어머니는 아저씨의 사랑을 받아들이지 못합니다. 그래서 하
얀 손수건에 거절의 편지를 끼워 보냈고, 이에 상심한 아저씨가
떠나게 된 것입니다.

● 다음의 두 문장 속에 나타난 소재의 색채 이미지는 무엇을 의미하는 지 말해 보세요.

① 꽃을 들고 냄새를 맡고 있던 어머니는 내 말이 끝나기가 무섭게 무엇에 몹시 놀란 사람처럼 화다닥하였습니다. 그러고는 금시에 어머니 얼굴이 그 꽃보다도 더 <u>빨갛게</u> 되었습니다.

이 소설에서 붉은색은 '사랑'을 의미합니다. 옥희가 가져다 준 빨간 꽃을 보고 어머니가 얼굴을 붉히는 것은 아저씨에 대한 사모의 감정 때문입니다.

② 풍금 옆에서 새로 다린 <u>하얀 손수건</u>을 내리어 내 손에 쥐여 주면서 "이 손수건 저 사랑 아저씨 손수건인데, 이것 아저씨 갖다 드리고 와, 응? 오래 있지 말고 손수건만 갖다 드리고 이내 와, 응?" 하고 말씀하십니다.

이 소설에서 하얀색은 이별을 뜻합니다. 아저씨는 어머니에게 하얀 손수건을 받고 멀리 떠나지요. 이밖에도 어머니가 장롱 속에 넣어 둔 사별한 남편의 옷도 하얀색이었지요.

● 여러분이 이 이야기 속의 한 인물인 옥희의 외삼촌이라면, 옥희 어머니와 아저씨를 위해 어떤 충고를 해 주겠습니까?

삼촌은 어린 옥희와 달리 두 남녀의 관계를 이해할 수 있습니다. 그렇게 볼 때 중간자로서 두 사람이 헤어지지 않도록 조정해 줄 수도 있을 겁니다. 옥희 어머니에게는 과부에 대한 주변 시선 앞에 당당히 나서도록 용기를 북돋워 준다거나, 아저씨에게는 인내심을 가지고 기다려서 사랑을 지키라고 말해 줄 수 있을 것입니다.

돌다리

: 이태준 :

여러분은 명절에 제사를 지내거나 성묘를 하는 우리의 오랜 전통에 대해 어떻게 생각하나요?

오늘날 우리의 의식주는 실용적인 이유로 많은 부분에서 서양의 방식을 따르고 있습니다. 그러나 아직도 많은 사람들은 제사 음식을 장만하거나 멀리 떨어져 사는 친척들이 한곳에 모여야 하는 번거로움에도 이러한 전통을 지키며 살아갑니다.

귀찮고 까다로운 것을 감수하더라도 반드시 지켜야 할 우리의 전통문화는 무엇일까요? 또 그것을 지켜 나간다는 것은 어떤 의미가 있는지 생각해 봅시다.

정거장 에서 샘말 십 리 길을 내려오노라면 반이 될락 말락한 데서부터 샘말 동네보다는 그 건너편 산

기슭에 놓인 공동묘지가 먼저 눈에 뜨인다.

창섭은 잠깐 걸음을 멈추고까지 바라보았다.

봄에 올 때 보면, 진달래가 불붙듯 피어 올라가는 야산이다. 지금은 단풍철도 지나고 누르테테한 가닥나무◆들만 묘지를 둘러, 듣지 않아도 적막한 버스럭 소리만 울릴 것 같았다. 어느 것이라고 집어낼 수는 없어도, 창옥의 무덤이 어디쯤이라고는 짐작이 된다. 창섭은 마음으로 '창옥아' 불러 보며 묵례를 보냈다.

다만 오뉘뿐으로 나이가 훨씬 떨어진 누이였다. 지금도 눈에 선하다. 자기가 마침 방학으로 와 있던 여름이었다. 창옥은 저녁 먹다 말고 갑자기 복통으로 뒹굴었다. 읍으로 뛰어 들어가 의사를 청해 왔다. 의사는 주사를 놓고 들어갔다. 그러나 밤새도록 열은 내리지 않았고 새벽녘엔 아파하는 것도 더해 갔다. 다시 의사를 데리러 갔으나 의사는 바쁘다고 환자를 데려오라 하였다. 하라는 대로 환자를 데리고 들어갔으나 역시 오진◆을 했다. 다시 하루를 지나 고름이 터지고 복막◆이 절망적으로 상해 버린 뒤에야 겨우 맹장염인 것을 알아낸 눈치였다.

그때 창섭은, 자기도 어른이기만 했으면 필시◆ 의사의 멱살을 들었을 것이었다. 이런, 누이의 허무한 죽음에서 창섭은 뜻을 세워, 아버지가 권하는 고농◆을 마다하고 의전◆으로 들어갔고, 오늘에 이르러

◆ **가닥나무** 떡가닥나무. '떡갈나무'의 사투리.
◆ **오진**誤診 병을 그릇되게 진단하는 일.
◆ **복막**腹膜 내장 기관을 싸고 있는 얇은 막.
◆ **필시**必是 아마도 틀림없이.
◆ **고농**高農 '고등농림학교'를 줄여 이르는 말. 일제 강점기에 농업 및 임업에 관한 전문 교육을 실시하던 실업학교.
◆ **의전**醫專 '의학 전문학교'를 줄여 이르는 말.

는, 맹장 수술로는 서울서도 정평*이 있는 한 권위가 된 것이다.

'창옥아, 기뻐해 다구. 이번에 내 병원이 좋은 건물을 만나 커지는 거다. 개인병원으론 제일 완비*한 수술실이 실현될 거다! 입원실 부족도 해결될 거다. 네 사진을 크게 확대해 내 새 진찰실에 걸어 놓으마……'

창섭은 바람도 쌀쌀할 뿐 아니라 오후 차로 돌아가야 할 길이라 걸음을 재우쳤다.*

길은 그전보다 넓어도 졌고 바닥도 평탄하였다. 비나 오면 진흙에 헤어날 수 없었는데 복판으로는 자갈이 깔리고, 어떤 목*은 좁아서 소바리*가 논으로 미끄러져 들어가기 십상이었는데 바위를 갈라 내어서까지 일매지게* 넓은 길로 닦아졌다. 창섭은 '이럴 줄 알았더면 정거장에서 자전거라도 빌려 타고 올걸.' 하였다.

눈에 익은 정자나무 선 논이며 돌각담*을 두른 밭들도 나타났다. 자기 집 논과 밭들이었다. 논둑에 선 정자나무는 그전부터 있은 것이나 밭에 돌각담들은 아버지께서 손수 쌓으신 것이다.

창섭의 아버지는 근검勤儉으로 근방에 소문난 영감이다. 그러나 자기 대에 와서는 밭 하루갈이*도 늘쿠지는* 못한 것으로도 소문난 영감이다. 곡식값보다는 다른 물가들이 높아졌을 뿐 아니라 전대前代에는 모르던 아들의 유학이란 것이 큰 부담인 데다가,

"할아버니와 아버지께서 나를 부자 소린 못 들어도 굶는단 소린 안 듣고 살도록 물려주시구 가셨다. 드럭드럭* 탐내 모아선 뭘 허니. 할아버니께서 쇠똥을 맨손으로 움켜다 넣으시던 논, 아버지께서 멍덜을 손수 이룩허신 밭을 더 건 논*으로 더 기름진 밭이 되도록, 닦달만 해 가기에도 내겐 벅찬 일일 게다."

하고 절용*해 쓰고 남는 돈이 있으면 그 돈으로는 품*을 몇씩 들여서

까지 비뚠 논배미[*]를 바로잡기, 밭에 돌을 추려 바람막이로 담을 두르기, 개울엔 둑막이하기.[*] 그러다가 아들이 의사가 된 후로는, 아들 학비로 쓰던 몫까지 들여서 동네 길들은 물론 읍길과 정거장 길까지 닦아 놓았다. 남을 주면 땅을 버린다고 여간 근실한 자국이 아니면 소작[*]을 주지 않았고, 소를 두 필[*]이나 매고 일꾼을 세 명씩이나 두고 적지 않은 전답을 전부 자농[*]으로 버티어 왔다. 실속이 타작[*]만 못하다는 둥, 일꾼 셋이 저희 농사 해 가지고 나간다는 둥 이해[*]만을 따져 비평하는 소리가 많았으나 창섭의 아버지는 땅을 위해서는 자기의 이해만으로 타산[*]하려 하지 않았다. 이와 같은 임자를 가진 땅들이라 곡식을 거둔 뒤 그루[*]만 남은 논과 밭이되, 그 바닥들의 고름, 그 언저리들의 바름, 흙의 부드러움이 마치 시루떡 모판[*]이나 대하는 것처럼 누구의 눈에나 탐스럽게 흐뭇해 보였다.

이런 땅을 팔기에는, 아무리 수입은 몇 배 더 나은 병원을 늘쿠기 위해서나 아버지께 미안하지 않을 수 없었다. 그러나 잡히거나 해 가지고는 삼만 원 돈을 만들 수가 없었고, 서울서 큰 양관[*]을 손에 넣

- ◆ 정평定評 모든 사람이 다 같이 인정하는 평판.
- ◆ 완비完備 빠짐없이 완전히 갖춤.
- ◆ 재우치다 빨리 몰아치거나 재촉하다.
- ◆ 목 통로 가운데 다른 곳으로는 빠져나갈 수 없는 중요하고 좁은 곳.
- ◆ 소바리 등에 짐을 실은 소.
- ◆ 일매지다 모두 다 고르고 가지런하다.
- ◆ 돌각담 돌로 쌓은 담.
- ◆ 하루갈이 소를 데리고 하룻낮 동안에 갈 수 있는 밭의 넓이.
- ◆ 늘쿠다 '늘리다'의 사투리.
- ◆ 드럭드럭 줄 같은 것이 드리우거나 늘어진 모양.
- ◆ 건 논 흙이나 거름이 기름지고 양분이 많아 농사가 잘되는 논.
- ◆ 절용節用 아껴 씀.
- ◆ 품 일꾼을 세는 단위.
- ◆ 논배미 논두렁으로 둘러싸인 논의 하나하나의 구역.
- ◆ 둑막이 하천 따위를 막아 둑을 만드는 일.
- ◆ 소작小作 일정한 소작료를 주고 다른 사람의 농지를 빌려 농사를 짓는 일.
- ◆ 필匹 말이나 소를 세는 단위.
- ◆ 자농自農 자기 땅에 자기가 직접 짓는 농사.
- ◆ 타작打作 곡식의 수확량.
- ◆ 이해利害 이익과 손해.
- ◆ 타산打算 자신에게 도움이 되는지를 따져 헤아림.
- ◆ 그루 작물을 심어 기르고 거둔 자리.
- ◆ 모판 '목판木板'의 잘못. 정사각형의 음식을 담아 나르는 나무 그릇이다.
- ◆ 양관洋館 양옥.

기란 돈만 있다고도 아무 때나 될 일이 아니었다.

'아버지께선 내년이 환갑이시다! 어머니께선 겨울이면 해마다 기침이 도지신다. 진작부터 내가 모셔야 했을 거다. 그런데 내가 시골로 올 순 없고, 천생* 부모님이 서울로 가시어야 한다. 한동네서도 땅을 당신만치 못 거둘 사람에겐 소작을 주지 않으셨다. 땅 전부를 소작을 내어 맡기고는 서울 가 편안히 계실 날이 하루도 없으실 게다. 아버님의 말년을 편안히 해 드리기 위해서도 땅은 전부 없애 버릴 필요가 있는 거다!'

창섭은 샘말에 들어서자 동구*에서 이내 아버지를 뵐 수가 있었다. 아버지는, 가에는 살얼음이 잡힌 찬물에 무릎까지 걷고 들어서서 동네 사람들을 축추겨* 돌다리를 고치고 계시었다.

"어떻게 갑재기 오느냐?"

"네, 좀 급히 여쭤 봐야 할 일이 생겼습니다."

"그래? 먼저 들어가 있거라."

동네 사람 수십 명이 쇠고삐 두 기장*은 흘러 내려간 다릿돌을 동아줄에 얽어 끌어 올리고 있었다. 개울은 동네 복판을 흐르고 있어 아래위로 징검다리는 서너 군데나 놓였으나 하룻밤 비에도 일쑤* 넘치어 모두 이 큰 돌다리로 통행하던 것이었다. 창섭은 어려서 아버지께 이 큰 돌다리의 내력*을 들은 것이 아직도 기억에 남아 있다.

"너희 증조부님 돌아가시어서다. 산소에 상돌*을 해 오시는데 징검다리로야 건네올 수가 있니? 그래 너희 조부님께서 다리부터 이렇게 넓구 튼튼한 돌루 놓으신 거란다."

그 후 오륙십 년 동안 한 번도 무너진 적이 없었는데 몇 해 전 어느 장마엔 어찌 된 셈인지 가운데 제일 큰 장*이 내려앉아 떠내려갔던 것이다. 두께가 한 자*는 실하고 폭이 여섯 자, 길이는 열 자가 넘는 자연석 그대로라 여간 몇 사람의 힘으로는 손을 댈 염두부터 나지 못하였다. 더구나 불과 수십 보 이내에 면*의 보조를 얻어 난간까지 달린 헌다헌* 나무다리가 놓인 뒤의 일이라 이 돌다리는 동네 사람들에게 완전히 잊혀진 채 던져져 있던 것이었다.

집에 들어가니, 어머니는 다리 고치는 사람들 점심을 짓느라고, 역시 여러 명의 동네 여편네들과 허둥거리고 계시었다.

"웬일인데 어째 혼자만 오느냐?"

어머니는 손자 아이들부터 보이지 않음을 물으신다.

"오늘루 가야겠어서 아무두 안 데리구 왔습니다."

"오늘루 갈 걸 뭘 허 오누?"

"인전* 어머니서껀* 서울로 모셔갈 채빌 허러 왔다우."

"서울루! 제발 아이들허구 한데*서 살아 봤음 원이 없겠다."

하고 어머니는 땅보다, 조상님들 산소나 사당보다 손자 아이들에게 더 마음이 끌리시는 눈치였다. 그러나 아버지만은 그처럼 단순히 들떠질 마음이 아니었다.

아버지는 아들의 뒤를 쫓아 이내 개울에서 들어왔다. 아들은, 의사인 아들은, 마치 환자에게 치료 방법을 이르듯이 냉정히 차근차근히 이야기를 시작하였다. 외아들인 자기가 부모님을 진작 모시지

◆ 천생天生 이미 정하여진 것처럼 어쩔 수 없이.
◆ 동구洞口 동네 어귀.
◆ 축추겨 '추기다'의 뜻. 다른 사람을 꾀어서 무엇을 하도록 하다.
◆ 기장 '길이'의 사투리.
◆ 일쑤 흔히 또는 으레 그러는 일.
◆ 내력來歷 지금까지 지내온 경로나 경력.
◆ 상돌 무덤 앞에 제물을 차려 놓기 위하여 넓적한 돌로 만들어 놓은 상.
◆ 장張 얇고 넓적한 물건을 세는 단위.
◆ 자 길이의 단위. 한 자는 약 30.3cm에 해당한다.
◆ 면 면사무소.
◆ 헌다헌 '한다하는'의 뜻으로 보임. 수준이나 실력 따위가 상당하다고 인정받는.
◆ 인전 '인제'의 사투리.
◆ 서껀 '~이랑 함께'의 뜻.
◆ 한데 한곳.

못한 것이 잘못인 것, 한집에 모이려면 자기가 병원을 버리기보다는 부모님이 농토를 버리시고 서울로 오시는 것이 순리인 것, 병원은 나날이 환자가 늘어 가나 입원실이 부족되어 오는 환자의 삼분지 일밖에 수용 못 하는 것, 지금 시국에 큰 건물을 새로 짓기란 거의 불가능의 일인 것, 마침 교통 편한 자리에 삼 층 양옥이 하나 난 것, 인쇄소였던 집인데 전체가 콘크리트여서 방화* 방공*으로 가치가 충분한 것, 삼층은 살림집과 직공들의 합숙실로 꾸미었던 것이라 입원실로 변장하기에 용이한 것, 각 층에 수도·가스가 다 들어온 것, 그러면서도 가격은 염한* 것, 염하기는 하나 삼만 이천 원이라, 지금의 병원을 팔면 일만 오천 원쯤은 받겠지만 그것은 새 집을 고치는 데와 수술실의 기계를 완비하는 데 다 들어갈 것이니 집값 삼만 이천 원은 따로 있어야 할 것, 시골에 땅을 둔대야 일 년에 고작 삼천 원의 실리*가 떨어질지 말지 하지만 땅을 팔아다 병원만 확장해 놓으면, 적어도 일 년에 만 원하나씩은 이익을 뽑을 자신이 있는 것, 돈만 있으면 땅은 이담에라도, 서울 가까이라도 얼마든지 좋은 것으로 살 수 있는 것……. 아버지는 아들의 의견을 끝까지 잠잠히 들었다. 그리고,

"점심이나 먹어라. 나두 좀 생각해 봐야 대답허겠다."

하고는 다시 개울로 나갔고, 떨어졌던 다릿돌을 올려놓고야 들어와 그도 점심상을 받았다.

점심을 자시면서였다.*

"원, 요즘 사람들은 힘두 줄었나 봐! 그 다리 첨 놀 제 내가 어려서 봤는데 불과 여남은* 이서 거들던 돌인데 장정* 수십 명이 한나절을 씨름을 허다니!"

"나무다리가 있는데 건 왜 고치시나요?"

"너두 그런 소릴 허는구나. 나무가 돌만 허다든? 넌 그 다리서 고기 잡던 생각두 안 나니? 서울루 공부 갈 때 그 다리 건너서 떠나던 생각 안 나니? 시체* 사람들은 모두 인정이란 게 사람헌테만 쓰는 건 줄 알드라! 내 할아버니 산소에 상돌을 그 다리로 건네다 모셨구, 내가 천잘* 끼구 그 다리루 글 읽으러 댕겼다. 네 어미두 그 다리루 가말 타구 내 집에 왔어. 나 죽건 그 다리루 건네다 묻어라……. 난 서울 갈 생각 없다."

"네?"

"천금이 쏟아진대두 난 땅은 못 팔겠다. 내 아버님께서 손수 이룩허시는 걸 내 눈으루 본 밭이구, 내 할아버님께서 손수 피땀을 흘려 모으신 돈으루 장만허신 논들이야. 돈 있다구 어디 가 느르지논 같은 게 있구, 독시장밭 같은 걸 사? 느르지 논둑에 선 느티나문 할아버님께서 심으신 거구, 저 사랑 마당에 은행나무는 아버님께서 심으신 거다. 그 나무 밑에를 설 때마다 난 그 어룬들 동상이나 다름없이 경건한 마음이 솟아 우러러보군 헌다. 땅이란 걸 어떻게 일시ᅳ時 이해를 따져 사구팔구 허느냐? 땅 없어 봐라, 집이 어딨으며 나라가 어딨는 줄 아니? 땅이란 천지만물의 근거야. 돈 있다구 땅이 뭔지두 모르구 욕심만 내 문서 쪽*으로 사 모으기만 하는 사람들, 돈놀이처럼 변리*만 생각허구 제 조상들과 그 땅과 어떤 인연이란 건 도시* 생각지 않구 헌신짝 버리듯 하는 사람들, 다 내 눈엔 괴이한 사람들루

◆ **방화防火** 불이 나는 것을 미리 방지함.
◆ **방공防空** 적의 항공기나 미사일의 공격을 막음.
◆ **염廉하다** 값이 싸다.
◆ **실리實利** 실제로 얻는 이익.
◆ **자시다** '먹다'의 높임말.
◆ **여남은** 열이 조금 넘는 수.
◆ **장정壯丁** 나이가 젊고 기운이 좋은 남자.
◆ **시체時體** 그 시대의 풍습과 유행을 따르거나 지식을 받음.
◆ **천잘** '천자문'을 줄여 부른 말.
◆ **쪽** '쪼가리'의 뜻.
◆ **변리邊利** 남에게 돈을 빌려 쓴 대가로 치르는 일정한 비율의 돈.
◆ **도시都是** 도무지.

밖엔 뵈지 않드라."

"……."

"네가 뉘 덕으루 오늘 의사가 됐니? 내 덕인 줄만 아느냐? 내가 땅 없이 뭘루? 밭에 가 절하구 논에 가 절해야 쓴다. 자고로 하늘 하늘 허나 하늘의 덕이 땅을 통허지 않군 사람헌테 미치는 줄 아니? 땅을 파는 건 그게 하늘을 파나 다름없는 거다."

"……."

"땅을 밟구 다니니까 땅을 우습게들 여기지? 땅처럼 응과◆가 분명헌 게 무어냐? 하늘은 차라리 못 믿을 때두 많다. 그러나 힘들이는 사람에겐 힘들이는 만큼 땅은 반드시 후헌 보답을 주시는 거다. 세상에 흔해 빠진 지주들, 땅은 작인들헌테나 맡겨 버리구 떡 도회지에 가 앉어 소출◆은 팔어다 모두 도회지에 낭비해 버리구, 땅 가꾸는 덴 단돈 일 원을 벌벌 떨구, 땅으루 살며 땅에 야박한 놈은 자식으로 치면 후레자식◆ 셈이야. 땅이 말을 할 줄 알어 봐라? 배가 고프단 땅이 얼마나 많을 테냐? 해마다 걷어만 가구, 땅은 자갈밭이 되니 아나? 둑이 떠나가니 아나? 거름 한 번을 제대로 넣나? 정 급허게 돼 작인이 우는 소리나 해야 요즘 너희 신의◆들 주사침 놓듯, 애꿎은 금비[肥料]◆만 갖다 털어 넣지. 그렇게 땅을 홀댈◆ 허군 인제 죽어서 땅이 무서워서 어디루들 갈 텐구!"

창섭은 입이 얼어 버리었다. 손만 부비었다. 자기의 생각은 너무나 자기 본위◆였던 것을 대뜸 깨달았다. 땅에는 이해를 초월한 일종 종교적 신념을 가진 아버지에게 아들의 이단적◆인 계획이 용납될 리 만무였다. 아버지는 상을 물리고도 말을 계속하였다.

"너루선 어떤 수단을 쓰든지 병원부터 확장허려는 게 과히 엉뚱헌 욕심은 아닐 줄두 안다. 그러나 욕심을 부련 못쓰는 거다. 의술은 예로부터 인술♦이라지 않니? 매살 순탄허게 진실허게 해라."

"……."

"네가 가업家業을 이어 나가지 않는다군 탄허지♦ 않겠다. 넌 너루서 발전헐 길을 열었구, 그게 또 모리지배♦의 악업惡業이 아니라 활인♦허는 인술이구나! 내가 어떻게 불평을 말허니? 다만 삼사 대 집안에서 공들여 이룩해 논 전장♦을 남의 손에 내맡기게 되는 게 적이 애석헌 심사가 없달 순 없구……."

"팔지 않으면 그만 아닙니까?"

"나 죽은 뒤에 누가 거두니? 너두 이제두 말했지만 너두 문서 쪽만 쥐구 서울 앉어 지주 노릇만 허게? 그따위 지주허구 작인 틈에서 땅들만 얼말 곯는지 아니? 안 된다. 팔 테다. 나 죽을 임시♦엔 다 팔 테다. 돈에 팔 줄 아니? 사람헌테 팔 테다. 건너 용문이는 우리 느르지논 같은 건 한 해만 부쳐 보구 죽어두 농군으로 태났던 걸 한허지♦ 않겠다구 했다. 독시장밭을 내논다구 해 봐라, 문보나 덕길이 같은 사람은 길바닥에 나앉드라두 집을 팔아 살려구 덤빌 게다. 그런 사람들이 땅 임자 안 되구 누가 돼야 옳으냐? 그러니 아주 말이 난 김에 내 유언이다. 그런 사람들 무슨 돈으로 땅값을 한몫

♦ 응과應果 응분의 보답.
♦ 소출所出 논밭에서 나는 곡식.
♦ 후레자식 막되게 자라 교양이나 버릇이 없는 사람을 낮잡아 이르는 말.
♦ 신의新醫 서양 의술을 배우는 사람.
♦ 금비 화학비료. 돈을 주고 사서 쓰는 거름.
♦ 홀대忽待 소홀히 대접함.
♦ 본위本位 판단이나 행동에 중심이 되는 기준.
♦ 이단적異端的 전통이나 권위에 반항하는.
♦ 인술仁術 사람을 살리는 어진 기술.
♦ 탄하다 남의 말을 탓하여 나무라다.
♦ 모리지배謀利之輩 온갖 수단과 방법으로 자신의 이익만을 꾀하는 사람.
♦ 활인活人 사람의 목숨을 구하여 살림.
♦ 전장田莊 개인이 소유하는 논밭.
♦ 임시臨時 정해진 시간에 이름. 또는 그 무렵.
♦ 한恨하다 몹시 억울하거나 원통하여 원망스럽게 생각하다.

내겠니? 몇몇 해구 그 땅 소출을 팔아 연년*이 갚어 나가게 헐 테니 너두 땅값을랑 그렇게 받어 갈 줄 미리 알구 있거라. 그리구 네 모母가 먼저 가면 내가 묻을 거구, 내가 먼저 가게 되면 네 모만은 네가 서울루 그때 데려가렴. 난 샘말서 이렇게 야인*으로나 죄 없는 밥을 먹다 야인인 채 묻힐 걸 흡족히 여긴다."

"······."

"자식의 젊은 욕망을 들어 못 주는 게 애비 된 맘으루두 섭섭허다. 그러나 이 늙은이헌테두 그만 신념쯤 지켜 오는 게 있다는 걸 무시하지 말어다구."

아버지는 다시 일어나 담배를 피우며 다리 고치는 데로 나갔다. 옆에 앉았던 어머니는 두 눈에 눈물을 쭈르루 흘리었다.

"너의 아버지가 여간 고집이시냐?"

"아뇨, 아버지가 어떤 어른이신 건 오늘 제가 더 잘 알았습니다. 우리 아버진 훌륭헌 인물이십니다."

그러나 창섭도 코허리가 찌르르하였다. 자기의 계획하고 온 일이 실패한 것쯤은 차라리 당연하게 생각되었고, 아버지와 자기와의 세계가 격리되는 일종의 결별의 심사를 체험하는 때문이었다.

아들은 아버지가 고쳐 놓은 돌다리를 건너 저녁차를 타러 가 버리었다. 동구 밖으로 사라지는 아들의 뒷모양을 지키고 섰을 때, 아버지의 마음도, 정말 임종*에서 유언이나 하고 난 것처럼 외롭고 한편 불안스러운 심사조차 설레었다.

아버지는 종일 개울에서 허덕였으나 저녁에 잠도 달게 오지 않았다. 젊어서 서당에서 읽던 백낙천*의 시가 다 생각이 났다. 늙은 제비

한 쌍을 두고 지은 노래였다. 제 뱃속이 고픈 것은 참아 가며 입에 얻어 문 것은 새끼들부터 먹여 길렀으나, 새끼들은 자라서 나래˙에 힘을 얻자 어디로인지 저희 좋을 대로 다 날아가 버리어, 야위고 늙은 어버이 제비 한 쌍만 가을바람 소슬한˙ 추녀 끝에 쭈그리고 앉았는 광경을 묘사하였고, 나중에는 그 늙은 어버이 제비들을 가리켜, 새끼들만 원망하지 말고 너희들이 새끼 적에 역시 그러했음도 깨달으라는 풍자의 시였다.

노인은 어두운 천장을 향해 쓴웃음을 짓고 날이 밝기를 기다려 누구보다도 먼저 어제 고쳐 놓은 돌다리를 보러 나왔다.

흙탕이라고는 어느 돌 틈에도 남아 있지 않았다. 첫곬˙으로도, 가운뎃곬으로도, 끝엣곬으로도 맑기만 한 소담한 물살이 우쭐우쭐 춤추며 빠져 내려갔다. 가운데 장으로 가 쾅 굴러 보았다. 발바닥만 아플 뿐 끄떡이 있을 리 없다. 노인은 쭈루루 집으로 들어와 소금 접시와 낯 수건을 가지고 나왔다. 제일 낮은 받침돌에 내려앉아 양치를 하고 세수를 하였다. 나중에는 다시 이가 저린 물을 한 입 물어 마시며 일어섰다. 속의 모든 게 씻기는 듯 시원하였다. 그리고 수염의 물을 닦으며 이렇게 생각하였다.

'비가 아무리 쏟아져도 어떤 한정을 넘는 법은 없다. 물이 분수없이 늘어 떠내려갔던 게 아니라 자갈이 밀려 내려와 물구멍이 좁아졌든지, 그렇지 않으면 어느 받침돌의 밑이 물살에 궁글어˙ 쓰러졌던 그런 까닭일 게다. 미리 바닥을 치고 미리 받침돌만 제대로 보살펴 준다면 만년을 간들

◆ 연년年年 매해.
◆ 야인野人 시골에 사는 사람.
◆ 임종臨終 죽음을 맞이함.
◆ 백낙천白樂天 중국의 시인인 백거이의 성姓과 자字를 함께 이르는 이름.
◆ 나래 '날개'의 사투리.
◆ 소슬한 으스스하고 쓸쓸한.
◆ 곬 한쪽으로 트여 나가는 방향이나 길.
◆ 궁글다 착 달라붙어 있어야 할 물건이 들떠서 속이 비다.

무너질 리 없을 게다. 그저 늘 보살펴야 허는 거다. 사람이란 하늘 밑에 사는 날까진 하루라도 천리*에 방심을 해선 안 되는 거다…….

◆ 천리天理 천지 자연의 이치.

이태준
李泰俊, 1904~?

강원도 철원에서 태어난 작가 이태준은 일찍 부모를 여의고 친척의 신세를 지고 살았습니다. 그는 어려운 형편 속에서도 공부를 열심히 하여 서울의 휘문고등보통학교를 거쳐 일본의 죠치대학에 입학하였습니다. 그러나 얼마 후 학업을 포기하고 조선으로 돌아와 본격적인 작가 생활을 시작하였습니다.

1929년에는 문학잡지 《개벽》의 기자로 일하다가 《조선중앙일보》학예부장을 맡아 일했습니다. 이후 1933년 이효석, 김기림, 정지용, 유치진 등과 함께 '구인회九人會'를 결성하고, 《문장》이라는 문예지를 이끌면서 이상, 박태원 등의 뛰어난 작가들을 발굴하기도 했습니다.

'한국 단편소설의 완성자'라는 평가를 받고 있는 이태준은 우리의 전통 문화에 각별한 애정을 가지고 있었으며, 그러한 관심을 작품에 반영하였습니다. 그 대표적인 작품으로 〈불우 선생〉, 〈돌다리〉 등이 있는데, 점차 사라져 가는 우리의 전통을 지키려는 인물들이 묘사되어 있습니다.

또한 이태준은 사회에서 소외된 가난하고 힘없는 사람들에 대한 따뜻한 관심을 가지고 소설을 썼습니다. 〈달밤〉, 〈손거부〉, 〈복덕방〉 속에 등장하는 인물들은 가난한 노인이거나 농민 또는 못 배운 사람으로, 사회에서 대접 받지는 못하지만 순수한 인간미를 지닌 인물들입니다.

이태준은 소설 외에도 섬세하고 세련된 문장이 돋보이는 수필집 《무서록》을 펴냈고, 자신의 문학관과 문장론을 밝혀 쓴 《문장강화》라는 책을 출간했습니다. 이 책들은 오늘날에도 많은 독자들의 사랑을 받고 있는 책입니다.

"땅이란 걸 어떻게 일시의 이해를 따져 사구팔구 허느냐?"

1943년에 발표된 〈돌다리〉는 땅에 각별한 애착을 가진 농사꾼 아버지와 땅을 팔아 병원을 확장하려 하는 의사 아들의 입장을 통해 전통적 가치관의 소중함을 그린 이야기입니다.

의사인 '창섭'은 어렸을 때 누이 창옥을 맹장염으로 잃었습니다. 의사의 오진으로 누이가 안타깝게 죽은 그 일로 인해 창섭은 의사가 되었고, 서울에서 맹장 수술을 가장 잘하는 의사로 알려졌습니다. 그의 병원에는 날마다 환자가 늘어 입원실이 부족한 지경이 되었는데 마침 병원을 옮기기에 적당한 큰 건물이 나타났습니다. 창섭은 이 일로 부모님을 찾아뵙기 위해 고향을 찾아갑니다. 그는 시골의 땅을 팔아 병원을 확장하는 데 쓰고, 부모님을 서울에서 모시고 살 계획이었습니다.

고향 마을에 들어섰을 때 아버지는 돌다리를 보수하고 계셨습니다. 창섭은 뒤따라 들어온 아버지에게 차근차근 자신의 계획을 이야기합니다. 외아들인 자기가 부모님을 모셔야 할 것이며, 그러려면 부모님이 농사를 그만두고 서울로 오시는 것이 순리라고 말입니다. 또한 시골에 땅을 두어 농사를 짓는 것보다 병원을 넓혀 얻는 이익이 훨씬 크다는 것을 말했습니다. 그러나 아버지는 다시 개울로 나가 다리를 고치고 들어와서는 땅을 팔지 않겠다고 말합니다. 조상님께서 손수 이룩하신 땅은 일시의 이해로 사고팔 수 있는 것이 아니며, 자신이 죽을 때까지 그 땅에서 농사를 지으며 살겠다고 합니다. 또 자신이 죽게 되면 그 땅은 진정한 농군에게 넘기겠다고 선언합니다.

창섭은 아버지의 말씀을 듣고 난 후 자기 위주로만 생각했던 것을 깨닫고, 아버지를 훌륭한 어른으로 인정합니다. 하지만 자신과 아버지의 세계가 따로 떼어지는 것 같아 코허리가 찌르르해집니다. 창섭은 아버지가 고쳐 놓은 돌다리를 건너 저녁차를 타고 서울로 가 버리고, 아버지는 그런 아들의 뒷모습을 보면서 외로움을 느낍니다.

다음 날, 창섭의 아버지는 누구보다도 먼저 어제 고쳐 놓은 돌다리를 보러 나옵니다. 그러고는 돌다리에 앉아 양치를 하고 세수를 하면서, 돌다리를 튼튼히 놓는 일의 소중한 의미를 되새깁니다.

 우리의 전통을 상징하는 '돌다리'

1940년대는 한국인의 정신을 없애려는 일제의 탄압이 극심한 시기였습니다. 이 무렵에 발표된 〈돌다리〉는 우리의 오랜 생활 터전인 농토의 소중함, 나아가 고유한 정신 문화의 가치를 전하는 소설입니다.

소설에서 창섭의 아버지는 서울에서 함께 살자는 아들의 제안을 거절하고 평생 농사를 지으며 살겠다고 말하는 인물입니다. "땅 없어 봐라, 집이 어딨으며 나라가 어딨는 줄 아니? 땅이란 천지만물의 근거야."라는 그의 말에는 땅을 만물의 근원으로 보고 귀하게 여긴 우리 조상들의 가치관이 드러나 있습니다.

또한 이 작품 속의 '돌다리'는 창섭의 아버지가 지닌 전통적인 가치관이 후대까지 이어지기를 바라는 마음이 상징적으로 담겨 있는 소재입니다. 이 돌다리는 증조부 산소에 상돌을 하기 위해 조부가 놓은 것으로, 이 다리를 건너 아버지는 글을 배우러 다녔고 어머니는 가마를 타고 시집을

옛날 방식으로 만든 돌다리

왔습니다. 창섭이 역시 이 다리에서 어린 시절 고기잡이를 하며 보냈고, 이 다리를 건너 서울로 공부하러 갔습니다.

여기에서 돌다리는 건너가거나 건너오는 쓰임새가 아닌, 앞 세대와 뒤 세대를 이어 주는 상징이라 할 수 있습니다. 새로 지은 나무다리가 있어도 돌다리를 고치는 아버지의 행동에는 우리의 전통이 튼튼하게 후대까지 이어지기를 바라는 마음이 담겨 있는 것입니다.

이것은 전통의 가치를 소중히 여겼던 작가 이태준의 정신이기도 합니다. 그는 이 작품을 통해 우리의 민족정신을 말살하려는 일제의 탄압에 대해 비판적인 태도를 드러내고 있습니다.

 ## 소설 속 갈등의 유형과 역할

소설에서 '갈등'이란 어떤 사건에 대한 인물 간의 대립이나 한 인물의 마음속에서 일어나는 심리적 충돌을 의미합니다. 인물과 인물 간의 대립을 '외적 갈등'이라고 한다면, 인물 내부에서 겪는 심리적 갈등을 '내적 갈등'이라고 합니다.

소설 속에서 갈등은 독자가 흥미를 가지고 사건의 전개를 지켜보게 하며, 이야기의 주제를 명확하게 드러내는 역할을 합니다. 또한 인물이 겪는 갈등과 그것을 표출하는 방법에 따라 인물의 성격을 뚜렷하게 보여 주기도 합니다. 〈돌다리〉의 아들과 아버지가 겪는 갈등의 내용을 요약하여 정리해 보면 다음과 같습니다.

〈돌다리〉는 아들과 아버지의 외적 갈등이 중심축으로 전개되고 있습니다. 아들은 병원을 확장하기 위해 땅을 팔고자 하는 입장이고, 아버지는 땅이란 이해를 따져 사고파는 수단이 될 수 없다는 입장입니다. 이러한 갈등은 아들이 아버지의 신념을 인정하는 결론으로 해소되고 있습니다.

한편 내적 갈등을 중심으로 한 작품, 나혜석의 〈경희〉를 살펴볼까요?

소설 속 화자인 경희는 일본에서 유학 중인 여학생입니다. 방학을 맞아 집에 돌아온 그녀에게 아버지는 공부를 그만두고 결혼할 것을 명령합니다. 그녀는 안전하게 결혼하여 평탄하게 살 것이냐, 한 인간으로서 자기 인생을 개척해 나갈 것이냐를 놓고 고민에 빠집니다. 흐느껴 울다가 벽에다 머리를 부딪기도 하며 안절부절 못한 채 "아이구, 어찌하면 좋은가."를 연발합니다. 이러한 고민 끝에 '여자'이기 전에 '사람'으로 살기를 결심합니다.

이처럼 〈경희〉에서는 아버지와 경희 사이에 외적 갈등이 벌어지긴 하지만 이보다는 경희의 심리적 갈등을 중심으로 전개되고 있습니다.

이태준 소설 속의 가난하지만 순수한 인물들

이태준은 "소설이란 인간 사전이라 느껴졌다."라는 말을 한 적이 있습니다. 그만큼 그는 소설 창작에서 다양하고 개성 있는 인물을 창조하기 위해 노력했습니다. 그가 창조한 인물들은 대부분 힘이 없고 가난하지만 저마다 한 가지씩 독특한 매력을 지니고 있습니다. 이태준의 대표작인 〈달밤〉과 〈복덕방〉에도 그런 인물들이 등장합니다.

〈달밤〉의 주인공 황수건은 '노랑 수건'이라는 별명을 가진, 다소 모자란 인물입니다. 그는 사람들과 이야기하기를 좋아해서 자신이 지금 당장 해야 할 일조차 잊어버리는 순수한 인물입니다. 그러한 이유로 학교 급사 자리에서 쫓겨난 그는 신문 배달일을 하였으나 그 일터에서도 쫓겨나고 말았습니다. '나'는 이러한 황수건을 안타깝게 여겨 장사 밑천을 마련해 주지만 그것 역시 뜻대로 풀리지 않습니다. 달밤에 술에 취해 비틀거리며 노래하는 황수건을 발견한 '나'는 쓸쓸함을 느낍니다.

〈복덕방〉에는 1930년대 서울 외곽의 한 복덕방에서 살아가는 세 노인이 등장합니다. 서 참의는 일제 강점기 전에는 어엿한 무관이었지만 이제는 복덕방 주인으로 전락한 인물이고, 박희완 영감은 뒤늦게 일자리를 구하기 위해 일어 공부를 하는 인물입니다. 안 초시는 무용수로 이름난 딸을 두었지만, 딸에게 안경다리 고칠 돈도 넉넉히 얻지 못하는 인물입니다. 안 초시는 다시 한번 잘살아 보겠다는 욕심으로 부동산 투기를 하지만 결국 사기를 당하여 자살하고 맙니다.

이처럼 이태준의 작품에는 사회에서 소외 받는 인물들에 대한 연민과 애정이 담겨 있습니다. 여기에는 고아로 자라 어렵게 공부했던 작가자신의 경험이 녹아 있습니다.

이태준이 실제 살았던 집, 수연산방

1933년 이태준은 성북동에 한옥집을 지었습니다. 평소 옛것과 전통을 소중히 여겼던 만큼 조선 건축의 순박하고 중후한 멋을 지닌 조선식 집을 짓기로 한 것입니다.

'수연산방壽硯山房'이라는 이름을 붙인 이 집은 현재 서울특별시 민속자료 제11호로 지정되어 있습니다. 이곳에서 이태준은 1933년부터 1946년까지 거주하면서 많은 작품을 집필하였습니다.

그의 수필집《무서록》에 담긴 〈목수들〉이라는 글을 보면 수연산방을 지을 당시의 이야기가 있습니다. 그는 제대로 된 전통 한옥을 짓기 위해 공인功人들을 고용하였는데, 장인정신을 가지고 정성껏 일하는 그들의 성실한 모습이 이 글에 자세히 묘사되어 있습니다.

자연물을 사랑한 이태준은 이 집의 마당에 여러 종류의 화초와 나무를 가꾸었습니다. 계절별로 색색의 아름다움을 감상할 수 있는 꽃나무를 심고 앵두나무, 감나무, 대추나무, 살구나무의 열매를 따 먹는 즐거움을 맛보았습니다.

단아하고 튼튼하게 지어 지금도 아름다운 자태를 자랑하고 있는 수연산방은 현재 전통찻집으로 운영되고 있습니다.

수연산방의 모습

● 다음 보기 중 이 소설에서 전통을 지켜 나가려는 창섭이 아버지
의 굳은 의지를 상징하는 소재는 무엇인가요?

① 돌다리　　② 나무다리　　③ 징검다리　　④ 상돌

● 이 소설에서 서울에 사는 창섭이가 고향을 찾아온 이유는 무엇인
가요?

● 이 소설에서 아버지와 창섭은 땅에 대해 서로 다른 태도를 가지고 있습니다. 아버지와 창섭의 태도를 각각 정리해 봅시다.

창섭 :

아버지 :

● 요즘 우리 사회에는 고유한 우리의 전통을 계승하고 발전시키려는 노력이 있습니다. 여러분이 가장 소중하게 여기는 전통문화는 어떤 것인지, 그렇게 생각하는 이유는 무엇인지 써 보세요.

● **다음 보기 중 이 소설에서 전통을 지켜 나가려는 창섭이 아버지의 굳은 의지를 상징하는 소재는 무엇인가요?**

① 돌다리　　② 나무다리　　③ 징검다리　　④ 상돌

답 ①번.

아버지는 나무다리가 있는데도 돌다리를 보수하는데, 이러한 행위는 우리의 전통이 돌처럼 단단하고 굳게 이어지기를 바라는 마음이 담겨 있습니다.

● **이 소설에서 서울에 사는 창섭이가 고향을 찾아온 이유는 무엇인가요?**

서울에서 맹장 수술로 권위 있는 의사 된 창섭은 병원을 더 큰 건물로 옮기려 합니다. 마침 근처에 적당한 값의 건물을 찾았으나 건물을 사고 병원 설비를 갖추는 데 적지 않은 돈이 듭니다. 창섭은 고향의 논밭을 팔아 병원을 확장하는 데에 쓰고, 이참에 서울에서 부모님을 모시겠다고 말씀드리기 위해 고향을 찾았습니다.

● 이 소설에서 아버지와 창섭은 땅에 대해 서로 다른 태도를 가지고 있습니다. 아버지와 창섭의 태도를 각각 정리해 봅시다.

창섭 : 창섭에게 땅은 돈으로 바꿀 수 있는 가치를 지닌 것입니다. 창섭이 땅을 팔아 병원을 짓고자 하는 데는 부모님을 서울로 모시겠다는 생각도 있지만 농사를 짓는 것보다 병원에 투자하는 것이 더 큰 이익을 가져다 준다는 생각 때문입니다.

아버지 : 조상 대대로 가꾸어 온 땅에서 평생 농사를 지으며 살아온 아버지는 땅이란 우리 삶의 근원이라고 생각합니다. 아버지에게 땅은 돈의 수단이 아니라 정성 들인 만큼 베푸는 정직한 존재이자, 죽으면 돌아가야 할 곳입니다.

● 요즘 우리 사회에는 고유한 우리의 전통을 계승하고 발전시키려는 노력이 있습니다. 여러분이 가장 소중하게 여기는 전통문화는 어떤 것인지, 그렇게 생각하는 이유는 무엇인지 써 보세요.

먼저 우리 일상생활 속에서 자주 접하는 전통문화를 떠올려 봅시다. 음식 중에는 된장, 고추장 또는 김치, 비빔밥 등을 생각할 수 있습니다. 이러한 한국의 전통 음식은 외국에서도 몸에 좋은 건강식이라는 평가를 받고 있습니다. 또 과학적으로 높은 평가를 받은 온돌식 난방, 아름다운 건축으로 인정된 한옥 등을 비롯한 주거문화도 있습니다. 그리고 강강술래, 줄다리기, 차전놀이, 윷놀이처럼 여러 사람이 함께 어울려 재미있게 놀 수 있는 민속놀이 등도 훌륭한 전통문화입니다.

메밀꽃 필 무렵

: 이효석 :

여러분은 새해를 맞아 해돋이를 해 보았나요? 또 여름 바닷가에서 노을 지는 풍경을 보거나 겨울 눈꽃을 구경한 적은 없었나요? 그때 여러분은 어떤 감동을 느꼈나요?

우리나라는 산과 바다가 있고 사계절이 뚜렷하여 자연 경관이 참 아름답습니다. 사람들은 이런 아름다운 자연으로부터 위로 받기도 하고 새 힘을 얻기도 합니다. 그래서 어떤 사람들은 도시의 삶을 버리고 전원생활을 택하기도 합니다.

여러분이 가장 좋아하는 풍경은 무엇인지, 그 풍경이 여러분에게 어떤 위로와 감동을 주는지 생각해 봅시다.

여름

장이란 애당초에 글러서 해는 아직 중천에 있건만 장판은 벌써 쓸쓸하고 더운 햇발이 벌여 놓은 전◆ 휘장 밑으로 등줄기를 훅훅 볶는다. 마을 사람들은 거지반◆ 돌아간 뒤요 팔리지 못한 나무꾼 패가 길거리에 궁싯거리고들◆ 있으나 석유 병이나 받고 고깃마리나 사면 족할 이 축◆들을 바라고 언제까지든지 버티고 있을 법은 없다. 츱츱스럽게◆ 날아드는 파리 떼도 장난꾼 각다귀◆들도 귀찮다. 얼금뱅이◆요 왼손잡이인 드팀전◆의 허 생원은 기어코 동업의 조 선달을 낚아 보았다.

"그만 걷을까?"

"잘 생각했네. 봉평◆ 장에서 한번이나 흐붓◆하게 사 본 일 있었을까. 내일 대화 장에서나 한몫 벌어야겠네."

"오늘 밤은 밤을 새서 걸어야 될걸."

"달이 뜨렷다."

절렁절렁 소리를 내며 조 선달이 그날 산 돈을 따지는 것을 보고 허 생원은 말뚝에서 넓은 휘장을 걷고 벌여 놓았던 물건을 거두기 시작하였다. 무명필과 주단 바리◆가 두 고리짝에 꼭 찼다. 멍석 위에는 천 조각이 어수선하게 남았다.

다른 축들도 벌써 거진 전들을 걷고 있었다. 약빠르게◆ 떠나는 패도 있었다. 어물 장수도 땜장이도 엿장수도 생강 장수도 꼴들이 보이지 않았다. 내일은 진부

◆ **전**廛 물건을 벌여 놓고 파는 가게.
◆ **거지반** 거의 절반.
◆ **궁싯거리다** 어찌할 바를 몰라 이리저리 머뭇거리다.
◆ **축** 일정한 특성에 따라 나누어지는 부류.
◆ **츱츱스럽다** 보기에 하찮고 염치없는 데가 있다.
◆ **각다귀** 남의 것을 뜯어먹고 사는 사람을 비유적으로 이르는 말.
◆ **얼금뱅이** 천연두를 앓아 얼굴에 얼룩덜룩한 마맛자국이 생긴 사람을 낮추어 이르는 말.
◆ **드팀전** 옷감을 파는 가게.
◆ **봉평, 대화, 진부** 강원도 평창군에 있는 고장들.
◆ **흐붓하다** 푸근하다.
◆ **주단 바리** '주단'은 명주와 비단, '바리'는 말이나 소의 등에 실은 짐을 세는 단위.
◆ **약빠르다** 눈치나 행동이 재빠르다.

와 대화에 장이 선다. 축들은 그 어느 쪽으로든지 밤을 새며 육칠십 리 밤길을 타박거리지 않으면 안 된다. 장판은 잔치 뒷마당같이 어수선하게 벌어지고 술집에서는 싸움이 터져 있었다. 주정꾼 욕지거리에 섞여 계집의 앙칼진 목소리가 찢어졌다. 장날 저녁은 정해 놓고 계집의 고함 소리로 시작되는 것이다.

"생원, 시침을 떼두 다 아네…… 충주집 말이야."

계집 목소리로 문득 생각난 듯이 조 선달은 비죽이 웃는다.

"화중지병◆이지. 연소◆ 패들을 적수로 하구야 대거리◆가 돼야 말이지."

"그렇지두 않을걸. 축들이 사족을 못 쓰는 것두 사실은 사실이나 아무리 그렇다군 해두 왜 그 동이 말일세. 감쪽같이 충주집을 후린◆ 눈치거든."

"무어, 그 애숭이가 물건 가지고 낚었나 부지. 착실한 녀석인 줄 알었더니."

"그 길만은 알 수 있나…… 궁리 말구 가보세나그려. 내 한턱 씀세."

그다지 마음이 당기지 않는 것을 쫓아갔다. 허 생원은 계집과는 연분이 멀었다. 얼금뱅이 상판을 쳐들고 대어 설 숫기◆도 없었으나 계집 편에서 정을 보낸 적도 없었고 쓸쓸하고 뒤틀린 반생◆이었다. 충주집을 생각만 하여도 철없이 얼굴이 붉어지고 발밑이 떨리고 그 자리에 소스라쳐 버린다. 충주집 문을 들어서 술좌석에서 짜장◆ 동이를 만났을 때에는 어찌 된 서슬엔지 빨끈 화가 나 버렸다. 상 위에 붉은 얼굴을 쳐들고 제법 계집과 농탕◆치는 것을 보고서야 견딜 수 없었던 것이다. 녀석이 제법 난질꾼◆인데 꼴사납다. 머리에 피도 안 마른 녀석이 낮부터 술 처먹고 계집과 농탕이야. 장돌뱅이◆ 망신만 시키고 돌아다니누나. 그 꼴에 우리들과 한몫 보자는 셈이지. 동이 앞에 막아서면서부터 책망이었다. 걱정두 팔자요 하는 듯이 빤히 쳐다보는 상기◆된 눈망울에 부딪힐 때 결김◆에 따귀를 하나 갈겨 주지 않고는 배길 수 없었다. 동이도 화를 쓰고 팩하고 일어서기는 하였으나 허 생원은 조금도 동색◆하는 법 없이 마음먹은 대로는 다 지껄였다. 어디서 주워 먹은 선머슴인지는 모르겠으나 네게도 아비 어미 있겠지. 그 사나운 꼴 보면 맘 좋겠다. 장사란 탐탐하게◆ 해야 되지, 계집이 다 무어야. 나가거라, 냉큼 꼴 치워.

그러나 한마디도 대거리하지 않고 하염없이 나가는 꼴을 보려니 도리어 측은히 여겨졌다. 아직도 서름서름한◆ 사인데 너무 과하지 않았을까 하고 마음이 섬뜩해졌다. 주제도 넘지, 같은 술손님이면서두 아무리 젊다고 자식 낳게 되는 것을 붙들고 치고 닦아셀◆ 것은 무어야 원. 충주집은 입술을 쭝긋하고 술 붓는 솜씨도 거칠었으나 젊은 애들한테는 그것이 약이 된다나 하고 그 자리는 조 선달이 얼버무려 넘겼다. 너 녀석한테 반했지. 애숭이를 빨면 죄 된다. 한참 법석을 친 후이다. 담도 생긴 데다가 웬일인지 흠뻑 취해 보고 싶은 생각도 있어서 허 생원은 주는 술잔이면 거의 다 들이켰다. 거나해짐을 따라 계집 생각보다도 동이의 뒷일이 한결같이 궁금해졌다. 내 꼴에 계집을 가로채서는 어떡할 작정이었

◆ 화중지병畫中之餠 그림의 떡.
◆ 연소年少 나이가 어린.
◆ 대거리 상대편에게 맞서서 대드는 말이나 행동.
◆ 후리다 매력으로 남을 유혹하여 정신을 매우 흐리게 하다.
◆ 숫기 활발하여 부끄러워하지 않는 기운.
◆ 반생半生 한평생의 반.
◆ 짜장 과연 정말로.
◆ 농탕 남녀가 난잡한 행동으로 노는 짓.
◆ 난질꾼 술과 여자에 빠져 노는 사람을 낮추어 이르는 말.
◆ 장돌뱅이 장날마다 찾아 다니면서 물건을 파는 장수.
◆ 상기 흥분이나 부끄러움으로 얼굴이 붉어짐.
◆ 결김 화가 난 나머지.
◆ 동색 확고하지 못하고 흔들리는 기색.
◆ 탐탐하다 위엄 있게 주시하는 데가 있다.
◆ 서름서름하다 사이가 자연스럽지 못하고 서먹서먹하다.
◆ 닦아세우다 꼼짝 못하도록 세차게 나무라다.

누 하고 어리석은 꼬락서니를 모질게 책망하는 마음도 한편에 있었다. 그렇기 때문에 얼마나 지난 뒤인지 동이가 헐레벌떡거리며 황급히 부르러 왔을 때에는 마시던 잔을 그 자리에 던지고 정신없이 허덕이며 충주집을 뛰어나간 것이었다.

"생원 당나귀가 바*를 끊구 야단이에요."

"각다귀들 장난이지 필연코."

짐승도 짐승이려니와 동이의 마음씨가 가슴을 울렸다. 뒤를 따라 장판*을 달음질하려니 게슴츠레한 눈이 뜨거워질 것 같다.

"부락스런* 녀석들이라 어쩌는 수 있어야죠."

"나귀를 몹시 구는* 녀석들은 그냥 두지는 않을걸."

반평생을 같이 지내 온 짐승이었다. 같은 주막에서 잠자고 같은 달빛에 젖으면서 장에서 장으로 걸어 다니는 동안에 이십 년의 세월이 사람과 짐승을 함께 늙게 하였다. 까스러진* 목 뒤 털은 주인의 머리털과도 같이 바스러지고 개진개진* 젖은 눈은 주인의 눈과 같이 눈곱을 흘렸다. 몽당비*처럼 짧게 쓸리운 꼬리는 파리를 쫓으려고 기껏 휘저어 보아야 벌써 다리까지는 닿지 않았다. 닳아 없어진 굽을 몇 번이나 도려내고 새 철을 신겼는지 모른다. 굽은 벌써 더 자라나기는 틀렸고 닳아 버린 철 사이로는 피가 빼짓이 흘렀다. 냄새만 맡고도 주인을 분간하였다. 호소하는 목소리로 야단스럽게 울며 반겨한다.

어린아이를 달래듯이 목덜미를 어루만져 주니 나귀는 코를 벌름거리고 입을 투르르거렸다. 콧물이 튀었다. 허 생원은 짐승 때문에 속도 무던히는 썩였다. 아이들의 장난이 심한 눈치여서 땀 밴 몸뚱어리가 부들부들 떨리고 좀체 흥분이 식지 않는 모양이었다. 굴레*가 벗어지고 안장도 떨어졌다. 요 몹쓸 자식들, 하고 허 생원은 호령을 하

였으나 패들은 벌써 줄행랑을 논 뒤요 몇 남지 않은 아이들이 호령에
놀라 비슬비슬 멀어졌다.

"우리들 장난이 아니우. 암놈을 보고 저 혼자 발광이지."

코흘리개 한 녀석이 멀리서 소리를 쳤다.

"고 녀석 말투가."

"김 첨지 당나귀가 가 버리니까 왠통 흙을 차고 거품을 흘리면서 미
친 소같이 날뛰는걸. 꼴이 우스워 우리는 보고만 있었다우. 배를 좀
보지."

아이는 앵돌아진* 투로 소리를 치며 깔깔 웃었다. 허 생원은 모르
는 결에 낯이 뜨거워졌다. 뭇시선을 막으려고 그는 짐승의 배 앞을 가
려 서지 않으면 안 되었다.

"늙은 주제에 암샘을 내는 셈이야, 저놈의 짐승이."

아이의 웃음소리에 허 생원은 주춤하면서 기어코 견딜 수 없어 채
찍을 들더니 아이를 쫓았다.

"쫓으려거든 쫓아 보지. 왼손잡이가 사람을 때려."

줄달음에 달아나는 각다귀에는 당하는
재주가 없었다. 왼손잡이는 아이 하나도
후릴 수 없다. 그만 채찍을 던졌다. 술기
도 돌아 몸이 유난스럽게 화끈거렸다.

"그만 떠나세. 녀석들과 어울리다가는
한이 없어. 장판의 각다귀들이란 어른보
다도 더 무서운 것들인걸."

조 선달과 동이는 각각 제 나귀에 안장
을 얹고 짐을 싣기 시작하였다. 해가 꽤

◆ **바** 삼이나 칡으로 굵게 지은 줄.
◆ **장판** 장이 선 곳.
◆ **부락스럽다** 생김새가 험상궂고 행동
이 거칠다.
◆ **몹시 굴다** 함부로 대하다.
◆ **까스러지다** 잔털 따위가 거칠게 일어
나다.
◆ **개진개진** 눈에 끈끈한 물기가 있는
모양.
◆ **몽당비** 끝이 거의 닳은 빗자루.
◆ **굴레** 말이나 소의 고삐에 얽어맨 줄.
◆ **앵돌다** 팩 토라지다.

많이 기울어진 모양이었다.

드팀전 장돌이를 시작한 지 이십 년이나 되어도 허 생원은 봉평장을 빼놓은 적은 드물었다. 충주, 제천 등의 이웃 군에도 가고 멀리 영남 지방도 헤매기는 하였으나 강릉쯤에 물건 하러 가는 외에는 처음부터 끝까지 군내*를 돌아다녔다. 닷새만큼씩의 장날에는 달보다도 확실하게 면에서 면으로 건너간다. 고향이 청주라고 자랑삼아 말하였으나 고향에 돌보러 간 일도 있는 것 같지는 않았다. 장에서 장으로 가는 길의 아름다운 강산이 그대로 그에게는 그리운 고향이었다. 반날 동안이나 뚜벅뚜벅 걷고 장터 있는 마을에 거지반 가까웠을 때 지친 나귀가 한바탕 우렁차게 울면, 더구나 그것이 저녁녘이어서 등불들이 어둠 속에 깜박거릴 무렵이면 늘 당하는 것이건만 허 생원은 변치 않고 언제든지 가슴이 뛰놀았다.

젊은 시절에는 알뜰하게 벌어 돈푼이나 모아 본 적도 있기는 있었으나 읍내에 백중*이 열린 해 호탕스럽게 놀고 투전*을 하고 하여 사흘 동안에 다 털어 버렸다. 나귀까지 팔게 된 판이었으나 애끊는 정분에 그것만은 이를 물고 단념하였다. 결국 도로아미타불로 장돌이를 다시 시작할 수밖에는 없었다. 짐승을 데리고 읍내를 도망해 나왔을 때에는 너를 팔지 않기 다행이었다고 길가에서 울면서 짐승의 등을 어루만졌던 것이었다. 빚을 지기 시작하니 재산을 모을 염*은 당초에 틀리고 간신히 입에 풀칠을 하러 장에서 장으로 돌아다니게 되었다.

호탕스럽게 놀았다고는 하여도 계집 하나 후려 보지는 못하였다. 계집이란 쌀쌀하고 매정한 것이었다. 평생 인연이 없는 것이라고 신세가 서글퍼졌다. 일신*에 가까운 것이라고는 언제나 변함없는 한 필의 당나귀였다.

그렇다고는 하여도 꼭 한 번의 첫 일을 잊을 수는 없었다. 뒤에도 처음에도 없는 단 한 번의 괴이한 인연. 봉평에 다니기 시작한 젊은 시절의 일이었으나 그것을 생각할 적만은 그도 산 보람을 느꼈다.

"달밤이었으나 어떻게 해서 그렇게 됐는지 지금 생각해두 도무지 알 수 없어."

허 생원은 오늘 밤도 또 그 이야기를 끄집어내려는 것이다. 조 선달은 친구가 된 이래 귀에 못이 박이도록 들어왔다. 그렇다고 싫증을 낼 수도 없었으나 허 생원은 시침을 떼고 되풀이할 대로는 되풀이하고야 말았다.

"달밤에는 그런 이야기가 격에 맞거든."

조 선달 편을 바라는 보았으나 물론 미안해서가 아니라 달빛에 감동하여서였다. 이지러는 졌으나 보름을 갓 지난 달은 부드러운 빛을 흐붓이 흘리고 있다. 대화까지는 칠십 리의 밤길, 고개를 둘이나 넘고 개울을 하나 건너고 벌판과 산길을 걸어야 된다. 길은 지금 긴 산허리에 걸려 있다. 밤중을 지난 무렵인지 죽은 듯이 고요한 속에서 짐승 같은 달의 숨소리가 손에 잡힐 듯이 들리며 콩 포기와 옥수수 잎새가 한층 달에 푸르게 젖었다. 산허리는 온통 메밀밭이어서 피기 시작한 꽃이 소금을 뿌린 듯이 흐붓한 달빛에 숨이 막힐 지경이다. 붉은 대궁이 향기같이 애잔하고 나귀들의 걸음도 시원하다. 길이 좁은 까닭에 세 사람은 나귀를 타고 외줄로 늘어섰다. 방울 소리가 시원스럽게 딸랑딸랑

◆ 군내郡內 군의 안.
◆ 백중 백중날. 음력 칠월 보름으로 승려들이 부처를 공양하는 날이다. 민간에서는 여러 과실과 음식을 마련하여 먹고 논다.
◆ 투전投錢 노름의 한 종류.
◆ 염 무엇을 하려고 하는 생각이나 마음.
◆ 일신一身 자기 한 몸.

메밀밭께로 흘러간다. 앞장선 허 생원의 이야기 소리는 꽁무니에 선동이에게는 확적히는◆ 안 들렸으나, 그는 그대로 개운한 제멋에 적적하지는 않았다.

"장 선 꼭 이런 날 밤이었네. 객줏집◆ 토방◆이란 무더워서 잠이 들어야지. 밤중은 돼서 혼자 일어나 개울가에 목욕하러 냐갔지. 봉평은 지금이나 그제나 마찬가지나 보이는 곳마다 메밀밭이어서 개울가가 어디 없이 하얀 꽃이야. 돌밭에 벗어도 좋을 것을 달이 너무도 밝은 까닭에 옷을 벗으러 물방앗간으로 들어가지 않았나. 이상한 일도 많지. 거기서 난데없는 성 서방네 처녀와 마주쳤단 말이네. 봉평서야 제일가는 일색◆이었지."

"팔자에 있었나 부지."

아무렴 하고 응답하면서 말머리를 아끼는 듯이 한참이나 담배를 빨 뿐이었다. 구수한 자줏빛 연기가 밤기운 속에 흘러서는 녹았다.

"날 기다린 것은 아니었으나 그렇다고 달리 기다리는 놈팽이가 있는 것두 아니었네. 처녀는 울고 있단 말이야. 짐작은 대고 있었으나 성서방네는 한창 어려워서 들고날 판인 때였지. 한집안 일이니 딸에겐들 걱정이 없을 리 있겠나. 좋은 데만 있으면 시집도 보내련만 시집은 죽어도 싫다지……. 그러나 처녀란 울 때같이 정을 끄는 때가 있을까. 처음에는 놀라기도 한 눈치였으나 걱정 있을 때는 누그러지기도 쉬운 듯해서 이럭저럭 이야기가 되었네……. 생각하면 무섭고도 기막힌 밤이었어."

"제천인지로 줄행랑을 놓은 건 그다음 날이렸다."

"다음 장도막◆에는 벌써 온 집안이 사라진 뒤였네. 장판은 소문에 발끈 뒤집혀 고작해야 술집에 팔려가기가 상수◆라고 처녀의 뒷공론◆이 자자들 하단 말이야. 제천 장판을 몇 번이나 뒤졌겠나. 하나 처녀의 꼴은 뀡 궈 먹은 자리야. 첫날밤이 마지막 밤이었지. 그때부터 봉평이 마음에 든 것이 반평생을 두고 다니게 되었네. 평생인들 잊을 수 있겠나."

"수 좋았지. 그렇게 신통한 일이란 쉽지 않어. 항용◆ 못난 것 얻어 새끼 낳고 걱정 늘고 생각만 해두 진저리가 나지……. 그러나 늘그막바지까지 장돌뱅이로 지내기도 힘드는 노릇 아닌가. 난 가을까지만 하구 이 생애와두 하직하려네. 대화쯤에 조그만 전방◆이나 하나 벌이구 식구들을 부르겠어. 사시장철 뚜벅뚜벅 걷기란 여간이래야지."

"옛 처녀나 만나면 같이나 살까……. 난 거꾸러질 때까지 이 길 걷고 저 달 볼 테야."

산길을 벗어나니 큰길로 틔어졌다. 꽁무니의 동이도 앞으로 나서 나귀들은 가로 늘어섰다.

"총각두 젊겠다, 지금이 한창 시절이렷다. 충주집에서는 그만 실수를 해서 그 꼴이 되었으나 섭게 생각 말게."

"처, 천만에요. 되려 부끄러워요. 계집이란 지금 웬 제격인가요. 자나 깨나 어머니 생각뿐인데요."

허 생원의 이야기로 실심◆해 한 끝이라 동이의 어조는 한풀 수그러진 것이었다.

"아비 어미란 말에 가슴이 터지는 것도 같았으나 제겐 아버지가 없어요. 피붙이라고는 어머니 하나뿐인걸요."

"돌아가셨나?"

"당초부터 없어요."

◆ 확적히 정확하게.
◆ 객줏집 술이나 음식을 팔고 손님을 재우는 영업을 하던 집.
◆ 토방土房 방문 앞에 좀 높이 다진 흙바닥으로 마루를 놓기도 한다.
◆ 일색一色 뛰어난 미인.
◆ 장도막 한 장날로부터 다음 장날 사이의 동안을 세는 단위.
◆ 상수上數 가장 좋은 꾀.
◆ 뒷공론 일이 끝난 뒤에 쓸데없이 이러니저러니 다시 말함.
◆ 항용 흔히 늘.
◆ 전방廛房 물건을 늘어놓고 파는 가게.
◆ 실심失心 근심 걱정으로 맥이 빠지고 마음이 산란하여짐.

"그런 법이 세상에."

생원과 선달이 야단스럽게 껄껄들 웃으니 동이는 정색하고 우길 수밖에는 없었다.

"부끄러워서 말하지 않으려 했으나 정말예요. 제천 촌에서 달도 차지 않은 아이를 낳고 어머니는 집을 쫓겨났죠. 우스운 이야기나 그러기 때문에 지금까지 아버지 얼굴도 본 적 없고 있는 고장도 모르고 지내 와요."

고개가 앞에 놓인 까닭에 세 사람은 나귀를 내렸다. 둔덕은 험하고 입을 벌리기도 대근하여◆이야기는 한동안 끊겼다. 나귀는 건듯하면◆미끄러졌다. 허 생원은 숨이 차 몇 번이고 다리를 쉬지 않으면 안 되었다. 고개를 넘을 때마다 나이가 알렸다. 동이 같은 젊은 축이 그지없이 부러웠다. 땀이 등을 한바탕 쪽 씻어 내렸다.

고개 너머는 바로 개울이었다. 장마에 흘러 버린 널다리◆가 아직도 걸리지 않은 채로 있는 까닭에 벗고 건너야 되었다. 고의◆를 벗어 띠로 등에 얽어매고 반벌거숭이의 우스꽝스러운 꼴로 물속에 뛰어들었다. 금방 땀을 흘린 뒤였으나 밤 물은 뼈를 찔렀다.

"그래, 대체 기르긴 누가 기르구?"

"어머니는 하는 수 없이 의부◆를 얻어 가서 술장사를 시작했죠. 술이 고주◆래서 의부라고 전 망나니예요. 철들어서부터 맞기 시작한 것이 하룬들 편한 날 있었을까. 어머니는 말리다가 채이고 맞고 칼부림을 당하고 하니 집 꼴이 무어겠소. 열여덟 살 때 집을 뛰쳐나와서부터 이 짓이죠."

"총각 나쎄◆론 동◆이 무던하다고 생각했더니 듣고 보니 딱한 신세로군."

물은 깊어 허리까지 찼다. 속 물살도 어지간히 센 데다가 발에 차이는 돌멩이도 미끄러워 금시에 훌칠◆ 듯하였다. 나귀와 조 선달은 재빨리 거의 건넜으나 동이는 허 생원을 붙드느라고 두 사람은 훨씬 떨어졌다.

"모친의 친정은 원래부터 제천이었던가?"

"웬걸요. 시원스레 말은 안 해 주나 봉평이라는 것만은 들었죠."

"봉평? 그래 그 아비 성은 무엇이구?"

"알 수 있나요. 도무지 듣지를 못했으니까."

그 그렇겠지, 하고 중얼거리며 흐려지는 눈을 까물까물하다가 허 생원은 경망하게도 발을 빗디뎠다.◆ 앞으로 고꾸라지기가 바쁘게 몸째 풍덩 빠져 버렸다. 허우적거릴수록 몸을 걷잡을 수 없어 동이가 소리를 치며 가까이 왔을 때에는 벌써 퍽이나 흘렀었다. 옷째 졸짝 젖으니 물에 젖은 개보다도 참혹한 꼴이었다. 동이는 물속에서 어른을 해깝게◆ 업을 수 있었다. 젖었다고는 하여도 여윈 몸이라 장정 등에는 오히려 가벼웠다.

"이렇게까지 해서 안됐네. 내 오늘은 정신이 빠진 모양이야."

"염려하실 것 없어요."

"그래 모친은 아비를 찾지는 않는 눈치지?"

"늘 한번 만나고 싶다고는 하는데요."

"지금 어디 계신가?"

"의부와도 갈라져 제천에 있죠. 가을에는 봉평에 모셔 오려고 생각 중인데요. 이를 물고 벌면 이럭저럭 살아갈 수 있겠죠."

"아무렴, 기특한 생각이야. 가을이랬다?"

◆ **대근하다** 견디기가 어지간히 힘들고 만만하지 않다.
◆ **건듯하면** 걸핏하면.
◆ **널다리** 널빤지로 만든 담.
◆ **고의** 남자의 여름 홑바지.
◆ **의부義父** 의붓아버지.
◆ **고주** 술에 몹시 취한 상태.
◆ **나쎄** 그만한 나이.
◆ **동動** 움직임.
◆ **훌치다** 뒤로 자빠질 듯 비스듬하게 쏠리다.
◆ **빗디디다** 잘못하여 디딜 자리가 아닌 다른 자리를 디디다.
◆ **해깝다** '가볍다'의 사투리.

동이의 탐탁한♦ 등허리가 뼈에 사무쳐 따뜻하다. 물을 다 건넜을 때에는 도리어 서글픈 생각에 좀 더 업혔으면도 하였다.

"진종일 실수만 하니 웬일이오, 생원."

조 선달은 바라보며 기어코 웃음이 터졌다.

"나귀야. 나귀 생각하다 실족♦을 했어. 말 안 했던가. 저 꼴에 제법 새끼를 얻었단 말이지. 읍내 강릉집 피마♦에게 말일세. 귀를 쭝긋 세우고 달랑달랑 뛰는 것이 나귀 새끼같이 귀여운 것이 있을까. 그것 보러 나는 일부러 읍내를 도는 때가 있다네."

"사람을 물에 빠치울 젠 딴은 대단한 나귀 새끼군."

허 생원은 젖은 옷을 웬만큼 짜서 입었다. 이가 덜덜 갈리고 가슴이 떨리며 몹시도 추웠으나 마음은 알 수 없이 둥실둥실 가벼웠다.

"주막까지 부지런히들 가세나. 뜰에 불을 피우고 훗훗이 쉬어. 나귀에겐 더운물을 끓여 주고. 내일 대화장 보고는 제천이다."

"생원도 제천으로?"

"오래간만에 가보고 싶어. 동행하려나 동이?"

나귀가 걷기 시작하였을 때 동이의 채찍은 왼손에 있었다. 오랫동안 아둑시니♦같이 눈이 어둡던 허 생원도 요번만은 동이의 왼손잡이가 눈에 띄지 않을 수 없었다.

걸음도 해깝고 방울 소리가 밤 벌판에 한층 청청하게 울렸다.

달이 어지간히 기울어졌다.

♦ **탐탁하다** 모양이나 태도, 또는 어떤 일 따위가 마음에 들어 만족하다.
♦ **실족失足** 발을 헛디딤.
♦ **피마** 다 자란 암말.
♦ **아둑시니** 눈이 어두워서 사물을 제대로 분간하지 못하는 사람을 비유하여 이르는 말.

이효석
吳貞姬, 1907~1942

강원도 평창군에서 태어난 이효석은 신동이라는 소리를 들을 정도로 똑똑했습니다. 그는 경성 제1고등보통학교를 다닐 때부터 문학에 관심을 가지기 시작했습니다. 그는 경성제국대학 영문학부에 다니며 문학 창작에 몰두했는데, 이때 절친한 친구가 〈김강사와 T교수〉를 쓴 유진오입니다.

이효석은 대학 시절부터 본격적으로 작품을 발표하여 일찌감치 문단의 주목을 받은 작가였습니다. 졸업 이후에는 경성농업학교, 숭실전문학교, 대동공업전문학교에서 영문학을 가르치면서 소설 창작 활동을 펼쳤습니다.

1930년대 이후에는 김기림, 이태준, 정지용 작가들과 '구인회'라는 문학 단체에 참여하였고, 1936년에는 그의 대표작인 〈메밀꽃 필 무렵〉을 발표하였습니다. 〈메밀꽃 필 무렵〉과 마찬가지로 인간과 자연의 교감을 다룬 작품으로 〈돈豚〉, 〈산〉, 〈들〉 등을 남겼는데, 특히 〈산〉에서는 자연과 교감하는 삶에 행복을 느끼는 인물을 서정적으로 그려 내고 있습니다. 또한 예술과 인간의 자유에 대해 남다른 관심을 보였던 이효석은 〈오리온과 능금〉, 《화분》 등 새로운 경향의 작품을 발표하여 주목을 받았습니다. 그러나 태평양 전쟁이 발발한 후에는 전쟁에 반대하는 색채가 강한 〈풀잎〉 등의 작품을 발표하기도 하였습니다. 그 후 1942년 결핵성 뇌막염을 얻어 짧은 삶을 마감하였습니다.

"오랜만에 가 보고 싶어. 동행하려나 동이?"

1936년에 발표된 〈메밀꽃 필 무렵〉은 봉평의 아름다운 메밀꽃 밭을 배경으로, 장돌뱅이 허 생원이 '동이'가 자신의 혈육임을 깨닫게 되는 과정을 그린 이야기입니다.

얼금뱅이요 왼손잡이인 허 생원은 장터를 돌아다니는 장돌뱅이입니다. 봉평 장이 서던 날 저녁, 허 생원은 장사를 마치고 동업자인 조 선달과 함께 충주집으로 갑니다. 그런데 나이 어린 장돌뱅이 동이가 계집과 수작 부리는 것을 보고 화가 나서 동이의 따귀를 때립니다. 아무 대꾸도 없이 나가는 동이를 보고 허 생원은 너무 심하게 대한 것 같아 마음이 무겁습니다. 그러던 중, 동이가 황급히 뛰어 들어와 아이들이 생원의 당나귀를 못살게 굴고 있음을 알려 줍니다. 나귀는 허 생원이 장돌뱅이로 살아온 이십 년의 세월을 함께 지내 온 짐승입니다. 허 생원은 아이들을 쫓아내고 나귀를 달래줍니다. 그리고 먼저 달려와 소식을 알려준 동이가 내심 기특하고 고맙습니다.

어느새 해가 기울자 허 생원은 조 선달, 동이와 함께 대화 장으로 향합니다. 허 생원은 젊은 시절에 모은 돈을 노름으로 모두 잃고 다시 장돌뱅이로 사는 처지입니다. 얼금뱅이에 장돌뱅이다 보니, 여자와 제대로 어울려 본 적이 없지만 꼭 한 번 잊을 수 없는 인연이 있었습니다. 달밤에 메밀꽃이 흐드러지게 핀 메밀밭을 지나게 되자, 허 생원은 옛 생각이 나 조 선달과 동이에게 숨겨 두었던 사연을 들려주기 시작합니다.

젊었을 적 허 생원은 메밀꽃이 하얗게 핀 개울가에 목욕을 하러 갔다가, 봉평에서 제일가는 미인이었던 성 서방네 처녀와 마주칩니다. 울고 있는 처녀와 이야기를 나누며 하룻밤을 보냈으나 다음 날 처녀는 자취를 감추었습니다.

동이도 자신의 어머니 이야기를 꺼냅니다. 동이는 어머니가 제천에서 열 달이 되기도 전에 아이를 낳고 쫓겨나서 아버지의 얼굴은 본 적도 없다고 합니다. 그런 동이 어머니의 친정이 봉평이라는 말에 허 생원은 혹시 동이가 자신의 아들일지도 모른다고 생각합니다. 허 생원은 개울물을 건너다가 발을 헛디디게 되고 동이의 등에 업힙니다. 그리고 동이의 어머니가 있다는 제천에 함께 가기로 마음먹으며, 동이가 자신과 마찬가지로 왼손잡이인 것을 눈여겨봅니다.

지금은 보기 힘들어진 장돌뱅이

〈메밀꽃 필 무렵〉에 등장하는 허 생원, 조 선달, 동이는 모두 장돌뱅이입니다. 장돌뱅이란 여러 장을 떠돌아다니며 장사를 하는 사람을 말합니다. 대형 할인점에 익숙한 요즘에는 낯선 풍경이지만, 이 시기에는 며칠에 한 번씩 장시場市가 열렸습니다.

〈메밀꽃 필 무렵〉에 등장하는 봉평 장, 대화 장 등은 실제로 이 지역

옛날 장시의 풍경

에서 열리던 대표적인 장시였습니다. 비슷한 지역의 장시는 날짜가 서로 겹치지 않도록 조정하여 각각 다른 날에 열었습니다. 그래야 상인들이 장날에 맞추어 지역을 이동하면서 장사를 할 수 있었던 것이지요. 당시만 하더라도 지금처럼 교통이 발달하지 않았기 때문에 쉽게 물건을 살 수 없었습니다. 그래서 사람들은 상인들이 다양한 물건을 가지고 모인 장날에 필요한 물건을 한꺼번에 장만하곤 했습니다.

이처럼 장이 서는 날짜에 맞추어 장사를 하기 위해 허 생원은 역시 봉평 장에서 대화 장으로 발길을 옮깁니다. 〈메밀꽃 필 무렵〉은 이러한 장돌뱅이들의 여정에서 벌어지는 일을 다룬 소설입니다. 만남과 헤어짐, 떠돌이의 애수 등이 아름다운 자연과 어우러져 있습니다.

 ## 객관적 묘사와 주관적 묘사의 차이점

소설에서 묘사란 인물이나 배경, 또는 사건 등의 대상에 대해 독자들이 생생한 인상을 받도록 보여 주는 것입니다. 보통 묘사를 '그림을 그리듯이'라는 말로 설명하는데, 독자가 글을 읽으면서 눈앞에 선명한 그림을 떠올릴 수 있을 만큼 풍부하게 서술해야 하기 때문입니다.

묘사 방법에는 크게 객관적 묘사와 주관적 묘사가 있습니다. 객관적 묘사란 모두가 그렇다고 인정할 만한 사실을 바탕으로 대상을 있는 그대로 표현한 것이고, 주관적 묘사란 서술자의 생각이나 심리를 강조해 표현한 것입니다. 다음 예를 통해 구체적으로 살펴봅시다.

　가스러진 목뒤 털은 주인의 머리털과도 같이 바스러지고, 개진개진 젖은 눈은 주인의 눈과 같이 눈곱을 흘렸다. 몽당비처럼 짧게 쓸리운 꼬리는, 파리를 쫓으려고 기껏 휘저어 보아야 벌써 다리까지는 닿지 않았다. 닳아 없어진 굽을 몇 번이나 도려내고 새 철을 신겼는지 모른다. 굽은 벌써 더 자라나기는 틀렸고 닳아 버린 철 사이로는 피가 빼짓이 흘렀다.

　위의 예문은 〈메밀꽃 필 무렵〉에서 허 생원의 늙은 나귀를 묘사한 장면입니다. 윤기를 잃은 털, 눈곱이 낀 눈, 몽당비처럼 짧아진 꼬리, 자라나지 않은 발굽 등의 객관적인 외양을 묘사함으로써 20년 동안 허 생원과 함께해 온 나귀의 상태를 전하고 있습니다. 이처럼 보편적으로 인정되는 사실에 근거함으로써 누구나 동일한 느낌을 전하는 묘사를 객관적 묘사라고 합니다.

　길은 지금 긴 산허리에 걸려 있다. 밤중을 지난 무렵인지 죽은 듯이 고요한 속에서 짐승 같은 달의 숨소리가 손에 잡힐 듯이 들리며 콩 포기와 옥수수 잎새가 한층 달에 푸르게 젖었다. 산허리는 온통 메밀밭이어서 피기 시작한 꽃이 소금을 뿌린 듯이 흐붓한 달빛에 숨이 막힐 지경이다.

위의 예문은 달빛 아래 펼쳐진 메밀밭의 풍경을 묘사한 장면으로, 서술자의 섬세하고 감각적인 표현을 느낄 수 있습니다. 고요한 달밤의 풍경을 '짐승 같은 달의 숨소리'로 표현한다든지, 하얗게 핀 메밀꽃을 '소금을 뿌린 듯이 흐붓한 달빛에 숨이 막힐 지경'이라고 표현한 것이 그렇습니다. 메밀꽃이 핀 밤길을 자세하면서도 참신한 표현으로 묘사함으로써 작품의 서정성과 예술성이 보다 높아졌습니다. 이처럼 서술자가 대상으로부터 받아들인 특별한 인상이나, 서술자만의 심리가 반영된 묘사를 주관적 묘사라고 합니다.

보통 객관적 묘사와 주관적 묘사는 서로 완전하게 따로 떼어질 수 없으며, 때에 따라 어느 한쪽이 강조되어 나타납니다. 사건이 벌어진 현장이나 사실을 전달해야 한다면 객관적 묘사가, 인물의 심리나 감성을 드러내야 한다면 주관적 묘사가 강조되곤 합니다.

이효석 삶의 향기로운 기록 〈낙엽을 태우면서〉

이효석은 당시로서는 흔하지 않은 피아노를 마련해 직접 쇼팽과 모차르트의 피아노곡을 연주할 정도로 음악을 사랑했고, 또한 먼 길을 마다않고 나가 커피를 사 올 정도로 커피를 좋아했습니다. 이렇듯 예술과 자연을 사랑하던 그의 취향은 그의 수필 속에 오롯이 담겨 있습니다. 이효석은 간결한 어휘와 문체로 취향, 예술, 사랑에 관한 여러 편의 수필을 남겼는데, 그중에서도 특히 유명한 〈낙엽을 태우면서〉의 일부를 읽어 봅시다.

> 낙엽 타는 냄새같이 좋은 것이 있을까. 가제 볶아 낸 커피의 냄새가 난다. 잘 익은 개금 냄새가 난다. 갈퀴를 손에 들고는 어느 때까지든지 연기 속에 우뚝 서서 타서 흩어지는 낙엽의 산더미를 바라보며 향기로운 냄새를 맡고 있노라면 별안간 맹렬한 생활의 의욕을 느끼게 된다. 연기는 몸에 배서 어느 결엔지 옷자락과 손등에도 냄새가 나게 된다. 나는 그 냄새를 한없이 사랑하면서 즐거운 생활감에 잠겨서는 새삼스럽게 생활의 제목을 진귀한 것으로 머릿속에 떠올린다. 음영과 윤택과 색채가 빈곤해지고 초록이 전혀 그 자취를 감추어 버린 꿈을 잃은 헐출한 뜰 복판에 서서 꿈의 껍질인 낙엽을 태우면서 오로지 생활의 상념에 잠기는 것이다. 가난한 벌거숭이의 뜰은 벌써 꿈을 베이기에는 적당하지 않은 탓일까? 화려한 초록의 기억은 참으로 멀리 까마아득하게 사라져 버렸다. 벌써 추억에 잠기고 감상에 젖어서는 안 된다. 가을이다. 가을은 생활의 시절이다. 나는 화단의 뒷자리를 깊게 파

고 다 타버린 낙엽의 재를, 죽어버린 꿈의 시체를 땅속 깊이 파묻고 엄연한 생활의 자세로 돌아서지 않으면 안 된다. 이야기 속의 소년같이 용감해지지 않으면 안 된다.

왼손잡이는 정말 유전일까?

<메밀꽃 필 무렵>은 주인공 허 생원이 동이가 자신과 똑같은 왼손잡이라는 것을 보는 것으로 끝을 맺습니다. 이는 독자에게 동이가 허 생원의 아들일지도 모른다는 여지를 남겨 둡니다. 그렇다면 왼손잡이는 정말 부모에게서 자식에게 유전되는 것일까요?

전 세계 인구 중 약 10퍼센트 정도만이 왼손잡이라고 합니다. 왼손을 주로 사용하게 되는 이유에 대해서는 유전설, 교정설, 자연설 등 매우 다양한 이야기가 있지만 아직 정확한 원인은 밝혀지지 않았습니다.

현실적으로 생각해 보면 <메밀 꽃 필 무렵>에서 동이가 왼손잡이라고 하여 반드시 허 생원의 아들이라고 확신할 수는 없습니다. 하지만 허 생원과 동이가 같은 왼손잡이라는 사실은 독자에게 긴장감과 즐거움을 불러일으키는 소설적 장치로 작용합니다. 김동리의 소설 <역마>에서도 이와 비슷한 효과를 보여 주는 장면이 있습니다. <역마>의 옥화와 계연은 각각 같은 자리에 돋아난 사마귀를 보고, 서로 자매지간이라고 확신합니다. 이 역시 과학적으로 증명되지 않은 사실입니다.

지금까지 왼손잡이는 오른손잡이로 교정해야 할 부정적인 것으로 생각되어 왔습니다. 생활용품도 대부분 오른손잡이에게 편리한 방식으

세계 왼손잡이의 날 행사. 매년 8월 3일

로 만들어져 왼손잡이는 생활 곳곳에서 불편을 겪었습니다. 특히 왼손잡이는 오른손잡이보다 교통사고를 당할 확률이 6배, 운전 중 사망할 가능성은 4배나 더 크다고 합니다. 요즘은 왼손잡이를 위한 물품들도 많이 제작되고 있고, 영국의 왼손잡이 협회에서는 세계 왼손잡이의 날을 정하기도 했습니다. 역사상 유명한 왼손잡이로는 간디, 슈바이처, 나폴레옹, 뉴튼, 아인슈타인 등이 있습니다.

● 다음 중 이 작품에 등장하는 인물들에 대한 설명으로 옳지 않은
　것은 무엇인가요?

　① 허 생원은 옷감을 팔러 다니는 장돌뱅이다.

　② 조 선달과 허 생원은 동업을 하는 사이다.

　③ 동이 어머니의 고향은 봉평이다.

　④ 동이는 윗사람에게 함부로 대드는 성격이다.

● 소설 안에서 허 생원과 떼려야 뗄 수 없는 존재이자 그의 삶을 상징
　적으로 드러내는 소재는 무엇인가요?

● 이 작품에서 아름다운 자연에 대한 묘사가 특히 두드러진 부분은
　어디인지 찾아 봅시다.

● 이 이야기에서 허 생원은 동이가 자신의 아들일지도 모른다고 생각
   합니다. 그런 짐작을 하게 된 이유는 무엇인지 써 봅시다.

● 이 소설 속에서 허 생원, 조 선달, 동이는 함께 밤길을 걷는데, 어
   디에서 어디로 이동하는 중인가요? 또한 작품 속 풍경을 볼 때 어
   느 계절인지 생각하여 써 봅시다.

● 다음 중 이 작품에 등장하는 인물들에 대한 설명으로 옳지 않은
것은 무엇인가요?

① 허 생원은 옷감을 팔러 다니는 장돌뱅이다.

② 조 선달과 허 생원은 동업을 하는 사이다.

③ 동이 어머니의 고향은 봉평이다.

④ 동이는 윗사람에게 함부로 대드는 성격이다.

답 ④번.

허 생원이 동이를 꾸짖었을 때 동이는 아무 말대답 없이 밖으로
나갔습니다. 뿐만 아니라 허 생원의 나귀가 동네 각다귀들에게
괴롭힘 당하는 것을 보고서는 달려와 알려 주었습니다. 또한 개
울에 빠진 허 생원을 업어 준 것으로 보아 윗사람에게 함부로 대
드는 성격이 아니라 오히려 인정 있는 성격임을 알 수 있습니다.

● 소설 안에서 허 생원과 떼려야 뗄 수 없는 존재이자 그의 삶을 상징
적으로 드러내는 소재는 무엇인가요?

나귀는 허 생원의 장돌뱅이 생활 이십 년을 함께 보냈으며, 외모
가 서로 닮은 것으로 묘사되어 있습니다. 나귀가 암컷을 보고 욕
정으로 발광하는 장면은 충주집을 찾아간 허 생원의 상황과 비
슷합니다. 또한 나귀가 새끼를 얻었다는 이야기 또한 동이를 자
식으로 생각하는 허 생원의 처지와 비슷합니다. 이처럼 나귀는
허 생원과 뗄 수 없는 존재로 그의 삶을 상징적으로 드러내는 소
재라고 할 수 있습니다.

● 이 작품에서 아름다운 자연에 대한 묘사가 특히 두드러진 부분은 어디인지 찾아 봅시다.

"길은 지금 긴 산허리에 걸려 있다. 밤중을 지난 무렵인지 죽은 듯이 고요한 속에서 짐승 같은 달의 숨소리가 손에 잡힐 듯이 들리며 콩 포기와 옥수수 잎새가 한층 달에 푸르게 젖었다. 산허리는 온통 메밀밭이어서 피기 시작한 꽃이 소금을 뿌린 듯이 흐뭇한 달빛에 숨이 막힐 지경이다."

● 이 이야기에서 허 생원은 동이가 자신의 아들일지도 모른다고 생각합니다. 그런 짐작을 하게 된 이유는 무엇인지 써 봅시다.

허 생원이 봉평에서 만나 하룻밤을 보냈던 성 서방네 처녀는 제천으로 도망을 갔습니다. 그런데 동이 역시 자신이 제천에서 아버지도 없이 태어났고, 어머니의 친정이 봉평이라는 말을 합니다. 그러자 허 생원은 동이의 어머니와 성 서방네 처녀가 같은 인물일지도 모른다고 생각하게 됩니다. 게다가 마지막에는 동이가 자신과 마찬가지로 왼손잡이임을 발견합니다.

● 이 소설 속에서 허 생원, 조 선달, 동이는 함께 밤길을 걷는데, 어디에서 어디로 이동하는 중인가요? 또한 작품 속 풍경을 볼 때 어느 계절인지 생각하여 써 봅시다.

허 생원, 조 선달, 동이는 봉평의 장시를 마치고 대화로 이동하는 중입니다. 그리고 메밀꽃이 피어 있는 것으로 보아 배경이 되는 계절은 여름입니다.

멀리 간 동무

: 백신애 :

여러분은 친한 친구가 이사가거나 전학하여 헤어진 적이 있나요? 지금도 그 친구와 연락을 주고받고 있나요?

인터넷이 발달한 요즘은 블로그나 메신저가 있어서 외국으로 떠난 친구라도 쉽게 소식을 주고받을 수 있게 되었습니다. 예전에 비하면 매우 다행스런 일이지만, 한편으로는 언제든 통신상에서 만날 수 있기 때문에 간절히 그리운 마음도 덜해졌습니다.

언제 다시 만날지 기약할 수 없는 친구를 떠나보내는 마음을 상상하며 〈멀리 간 동무〉를 읽어 봅시다.

그래도

벌써 몇 년 전 일입니다.

우리 집 가까이 내가 참 좋아하는 동무 한 사람이 살고 있었습니다. 그의 이름은 응칠이라고 부르는데, 나이는 그때 열두 살인 나와 동갑이었고 학교도 나와 한 반으로 오 학년 일 반이었습니다. 이 응칠 군이야말로 씩씩하고 용기 있는 무척 좋은 동무였습니다.

응칠 군의 아버지는 고기 장사를 하는데 사흘만큼 한 번씩 열리는 장날마다 고기 뭉치를 지고 가서 팝니다. 그의 어머니는 날마다 집에서 일을 하기도 하고 어떤 때는 남의 집에 가서 빨래도 해 주고 또 농사철에는 남의 밭도 매 주고 모도 심어 준답니다. 그리고 그의 동생은 열 살짜리 계집아이 순금이하고 일곱 살짜리 응팔이, 세 살 되는 응구하고 도합◆ 셋이었는데, 순금이는 날마다 놀 사이 없이 어머니 일을 거들어서 참 부지런한 것 같습니다만 거의 날마다 그의 어머니에게 얻어맞고 담 모퉁이에서 울고 있었습니다. 응팔이는 응구를 업고 길가에 나와 놀다가 무거우면 그냥 땅바닥에 응구를 내려놓고 저는 저대로 놀고 있으면, 응구는 코를 잴잴 흘리며 흙투성이가 되어 냅다 소리를 질러 울기를 잘 했습니다.

응칠이는 그래도 하루도 빠지지 않고 학교에 잘 다녔습니다. 공부는 나보다 조금 나을까요. 평균점은 꼭 같이 갑◆이었으니까요.

응칠이는 마음도 좋고, 기운도 세고 한 까닭에 우리 반 생도◆뿐만 아니라 아무하고도 잘 놀았습니다. 아이들이 싸움을 하면 반드시 복판에 뛰어 들어가서 커다

◆ 도합都合 모두.
◆ 갑甲 차례나 등급을 매길 때 첫째를 이르는 말. 일제 강점기에는 성적표에 '갑을병정순'으로 성적을 표기하였다.
◆ 생도生徒 중등학교 이하의 학생을 이르던 말.

란 소리로 웃고 떠들고 하여 싸움 중재를 일쑤 잘해 주기도 했습니다. 그러나 선생님에게는 거의 날마다 꾸지람을 받았습니다.

"왜 월사금*을 가져오지 않느냐. 왜 습자지*를 가지고 안 왔느냐. 왜 공책을 사 오지 않았느냐."

하고 벌을 서기도 자주였습니다.

그런데 어느 날 습자 시간이었습니다.

"응칠이는 왜 청서*를 한 번도 내지 않느냐."

하는 선생님의 말소리에 습자 쓰느라고 찍 소리 없이 엎드려 있던 우리 반 생도는 모두 일제히 응칠에게로 고개를 돌렸습니다. 응칠이는 신문지 조각에 글자를 쓰던 붓을 멈추고 아무 대답이 없었습니다.

"응칠이 너 이리 오너라."

선생님은 웬일인지 몹시 노해 계셨습니다.

응칠이는 교단 앞으로 나와서 고개를 숙이고 섰습니다.

"왜 너는 월사금도 벌써 반 년치나 가져오지 않고, 잡기장*도 습자지도 도화용지도 아무것도 사지도 않고 학교에는 왜 다니느냐?"

하고, 선생님이 꾸지람을 하셨습니다.

"아버지가 돈이 없다고 안 주었어요."

응칠이는 얼굴이 새빨갛습니다.

"왜 아버지가 돈이 없어. 네가 돈을 받아 가지고는 좋지 못한 데 써 버리는 것이겠지."

"아닙니다."

"잡기장도 안 사 줄 리가 있나. 네가 정녕코 돈을 다른 데 써 버린 것이지?"

"아닙니다."

"바른대로 말해."

선생님은 그만 응칠이 뺨을 한 번 휘갈겼습니다.

"선생님, 용서하십시오. 아버지가 안 사 줘요."

응칠이는 뺨에다 손을 대고 금방 소리쳐 울 것 같이 보였습니다.

그때 나는 가슴이 터질 것 같이 두근거리며 응칠이가 가엾어 못 견디겠습니다.

그래서 그만 벌떡 일어나서,

"선생님, 정말 응칠이 집에는 돈이 없어요. 잡기장 사려고 돈을 달라면 학교에 못 가게 합니다. 응칠이 아버지는 돈이 없어 밥도 못 먹는다고 야단을 합니다."

하고 나도 모르게 크게 소리가 터져 나왔습니다.

"그래, 너는 어떻게 아느냐?"

하고 선생님이 나를 노려보셨습니다.

나는 가슴이 막히는 것 같았습니다. 처음 응칠이를 학교에 보낼 때는 응칠이 아버지도 돈벌이가 좋으셨는데 응칠이가 사 학년 때부터는 돈벌이가 조금도 없었으므로 그의 아버지는 응칠이도 학교를 그만두고 집에서 무슨 일이라도 하라고 했습니다. 그러므로 월사금이나 학용품을 사려고 돈을 달라면 가지 못하게 하며 학교는 왜 자꾸 다니면서 돈을 달라 하느냐고 야단을 했습니다.

그래서 응칠이는 오 학년에 오른 후로는 거의 돈 한 푼 아버지에게 얻어 보지 못했습니다.

돈을 달라면 학교에 못 가게 하고, 돈 없이 월사금도 바치지 못하니 선생님이

◆ 월사금月謝金 다달이 내던 수업료.
◆ 습자지習字紙 글씨 쓰기를 연습할 때 쓰는 얇은 종이.
◆ 청서淸書 초 잡은 글을 깨끗이 베껴 씀.
◆ 잡기장雜記帳 여러 가지 잡다한 내용을 적는 공책.

꾸지람을 하시고, 정말 응칠이 사정은 딱했습니다. 나는 이 모든 사정을 잘 알고 있었으므로 응칠이가 무척 가여웠습니다.

그러나 그 후 얼마 되지 않아서 응칠이는 그만 학교에 오지 않았습니다.

그런데 어느 날입니다. 그날도 나는 형님이 사다 주신 잡지책과 그림책을 들고, 어서 응칠에게 갖다 보이려고 집을 나섰습니다. 막 대문을 나서서 응칠이 집 가는 편으로 다섯 자국도 못 걸어갔을 때, 웬일입니까. 응칠이가 담 모퉁이에 붙어 서서 우리 집 대문을 엿보고 있지 않습니까. 나는 어떻게 반가운지,

"너, 우리 집에 놀러 오는 길이냐?"

하고 곁으로 달려갔습니다.

"응!"

웬일인지 응칠이는 몹시 기운이 없어 보였습니다.

'요즘은 제 아버지가 아주 돈벌이를 못해서 밥을 못 먹나 보다.'

하는 생각이 들었습니다. 그래서 나는 응칠이 어깨를 잡고 우리 집으로 가자고 끌었습니다.

"아니, 네 집에는 안 간다."

응칠이는 나의 팔을 뿌리쳤습니다.

"왜 문간까지 와서 안 들어갈 테냐. 이것 봐라, 이것. 형님이 사다 주신 건데 너하고 같이 읽자꾸나."

"아니."

응칠이는 그렇게 좋아하던 잡지와 그림을 보고도 기뻐하지 않았습니다.

"나는 인제 너하고 같이 놀지 못한단다."

응칠이는 멍하니 서 있는 나를 바라보며 금방 울 것 같이 말했습니다.

나는 응칠의 이 한 말에 깜짝 놀랐습니다. 얼마 전부터 만주로 돈벌이 간다고 하던 응칠이 아버지 말이 생각났습니다.

"너 만주 가니?"

응칠이는 대답 대신 머리를 끄덕였습니다.

"아니, 만주에는 마적◆이 많아서 사람을 막 죽인다는데, 얘야 가지 마라."

하고 나는 응칠에게 다가섰습니다.

"내 맘대로 할 수 있나. 우리 아버지가 기어이 가신다는데 머……."

"그러면 언제 가니?"

"오늘 저녁에 간단다."

나는 어떻게 했으면 좋을지 몰랐습니다. 어느 사이엔지 우리들은 어깨동무를 해 가지고 느껴 울고 있었습니다. 울면서 걸어온 것이 응칠이 집 앞이었습니다. 다 찌그러져 가는 그의 집 방 안에는 시커먼 커다란 보퉁이 한 개가 놓여 있고 건넌방에 곁방살이◆하는 순덕이네 방에는 응칠이 집 식구가 모두 둘러앉아 밥을 먹고 있었습니다.

"응칠아, 너 어디 갔다 오냐. 어서 밥을 먹어야 가지!"

하는 순덕이 어머니 얼굴을 바라본 나는 눈물이 자꾸 더 흘러내렸습니다.

"인제 이 집은 순덕이네 집이 됐단다. 우리가 간다고 순덕이네 집에서 밥을 했다나."

하고 응칠이는 삽짝◆에 붙어 섰습니다.

"어서 들어가거라."

◆ **마적馬賊** 말을 타고 떼를 지어 다니는 도둑.
◆ **곁방살이** 남의 집 곁방을 빌려서 생활하는 일.
◆ **삽짝** '사립짝'의 준말. 나뭇가지를 엮어서 만든 문짝.

"잘 있어라. 나는 밥 먹고 곧 간단다."

하고 응칠이는 순덕이네 방으로 들어갔습니다. 나는 얼른 눈물을 씻고 집으로 달려와서 어머니보고 응칠이 이야기를 했습니다. 그리고 돈을 좀 주어서 응칠이 아버지가 만주에 가지 않더라도 돈벌이할 수 있도록 하자고 떼를 써 보았습니다마는 어머니에게 무척 꾸지람만 듣고 집을 쫓겨났습니다. 나는 하는 수 없이 정거장 가는 길인 서문 거리에서 응칠이 집 사람이 오기를 기다렸습니다.

이윽고 커다란 짐을 진 응칠이 아버지와 응구를 업은 어머니, 아무것도 가지지 않은 응팔이, 보퉁이를 인 순금이, 또 조그만 궤짝을 걸머진 응칠이가 순덕 어머니, 아버지와 함께 걸어왔습니다.

"너 여기서 뭣 하니? 잘 있거라. 이제 언제나 또 만나겠니."

하며 제일 앞선 응칠이 어머니가 나를 보고 말했습니다. 나도 제일 뒤떨어져 가는 응칠이 뒤에 따라 걸었습니다.

"어서 돈벌이하거든 돌아오너라. 또 같이 학교에 다니게, 응."

하며 나는 응칠이가 걸머진 궤를 만졌습니다.

"이 궤 속에는 내 책이 들어 있단다. 만주 가서도 틈만 있으면 공부할 터이다."

하고 응칠이는 힘 있게 말했습니다. 나도 가슴속으로 어서 공부를 해서 훌륭한 사람이 되어 응칠이와 다시 만나게 할 테다, 하고 굳게 결심했습니다.

"자, 그만 들어가소."

벌써 서문 고개를 넘어섰으므로 응칠이 아버지는 돌아서서 순덕이네를 보고 하직*했습니다.

"그러면 잘들 가소. 죽지만 않으면 다시 만나리."

순덕이네 엄마는 그만 울어 버렸습니다.

나도 응칠이 목을 안고 터져 오르는 울음소리를 억지로 참으며 느껴 울었습니다. 응칠이도 커다란 눈에 눈물이 고였습니다.

나는 가슴이 터져 나가는 것같이 아팠습니다. 그래서 서로 목을 안은 채 참다못해 소리쳐 울고 말았습니다.

응칠이 아버지는 내 어깨를 쓰다듬으며 달래 주셨습니다.

그의 눈에도 눈물이 고여 흐르고 있었습니다.

"……울지 말고 어서 돌아가거라."

하며 응칠이 팔을 잡아끌었습니다.

나는 발버둥을 치며 응칠이 뒤를 따르려 했으나 순덕이 어머니가 나를 꼭 붙잡고 놓지 않았습니다.

한 걸음 한 걸음 우리 사이는 멀어져 갔습니다.

◆ **하직下直** 먼 길을 떠날 때 웃어른께 작별을 고하는 것.

백신애
白信愛, 1908~1939

경상북도 영천군에서 태어난 작가 백신애는 일제 강점기에 활동한 여류 소설가입니다. 어릴 때는 학교에 다니지 못할 정도로 허약하였으나 집에서도 공부를 게을리하지 않았습니다. 15세인 1923년에는 대구사범학교 강습과에 입학하였고, 졸업 후에는 경산자인보통학교에서 교직 생활을 하였습니다. 그러나 사회주의 성격의 여성 단체에 가입한 사실이 드러나자 강제로 교단을 떠날 수밖에 없었습니다.

그 후 백신애는 적극적으로 여성운동과 항일운동을 펼쳤습니다. 1927년 시베리아로 여행을 떠났다가 돌아오는 길에 그는 일본 경찰에 잡혀 고문을 당하기도 했습니다.

1928년 소설가가 되기로 결심한 그는 소설 〈나의 어머니〉를 써서 1929년 조선일보 신춘문예에 응모하여, 최초로 신춘문예에 당선된 여성 작가가 되었습니다. 그의 대표적인 작품으로는 시베리아와 만주를 방황하는 실향민들의 모습을 그린 〈꺼래이〉, 농촌에서 빈곤하게 살아가는 한 늙은 여인의 생활고를 그린 〈적빈〉 등이 있습니다. 또한 사회주의 활동을 하면서 느낀 남성 지식인들의 허위의식을 이야기한 〈정현수〉, 〈학사〉, 〈일여인—女人〉 등의 작품을 발표했습니다.

그의 소설에는 궁핍한 현실에 쫓겨 살았던 조선 민중에 대한 애정, 여성에게 순종을 강요하는 가부장적인 제도에 대한 비판의식이 담겨 있습니다. 건강이 악화되어 병원에 입원한 후에도 펜을 놓지 않았던 백신애는 서른두 살이라는 짧은 나이로 생을 마감했습니다.

"나는 인제 너하고 같이 놀지 못한단다."

1935년에 발표된 〈멀리 간 동무〉는 이웃에 살던 동무가 가난 때문에 만주로 떠나간 슬픈 사연을 회상하는 이야기입니다.

'나'는 학교에서 한 반이며 집도 가까운 '응칠'이와 친하게 지내는 사이였습니다. 가족이 많은 응칠이네는 아버지의 돈벌이가 신통치 않아 항상 형편이 어려웠습니다. 그래도 응칠이는 한 번도 결석하지 않고 씩씩하게 학교에 다녔으며 마음도 올바르고 기운도 세서 다른 아이들과도 잘 어울리곤 했습니다.

가난한 응칠이는 월사금도 못 내고 습자지, 잡기장 같은 준비물도 가져올 수 없었습니다. 그러자 어느 날 선생님은 응칠이를 호되게 혼냈습니다. 응칠이는 아버지가 돈을 안 주셨다고 대답했지만 선생님은 그 말을 믿지 않았습니다. 응칠이가 아버지께 받은 돈을 다른 데에 썼다고 생각하신 것입니다. '나'는 벌떡 일어나서 응칠이네 집에는 정말 돈이 없으며 아버지에게 돈을 달라고 하면 학교에 못 가게 한다고 변호했습니다.

며칠 뒤부터 응칠이는 학교에 나오지 않았습니다. '나'는 형님이 사다 주신 책을 응칠이와 함께 보려고 집을 나서다가 마침 집 대문을 엿보고 있던 응칠이와 마주쳤습니다. 응칠이는 금방 울음을 터뜨릴 것 같은 표정으로 "나는 인제 너하고 같이 놀지 못한단다."라고 말했습니다. 응칠이네 아버지는 돈을 벌기 위해 가족을 데리고 만주로 가기로 했다는 것입니다. '나'는 응칠이에게 만주에는 마적이 많아서 사람을 죽인다고 하니 가지 말라고 했지만, 응칠이는 오늘 저녁에 떠난다고 할 뿐입니다.

'나'는 응칠이네에게 돈을 빌려 주라고 어머니에게 떼를 쓰다가 꾸지람만 듣고 쫓겨났습니다. 할 수 없이 '나'는 응칠이를 배웅하러 나섭니다. '나'는 만주를 향해 가는 응칠이에게 어서 돌아오라고, 다시 같이 학교에 다니자고 말합니다. 응칠이는 만주에 가서도 틈만 나면 공부를 하겠다며 힘 있게 대답합니다. 둘은 서로를 꼭 끌어안고 울었습니다. 한 걸음 한 걸음 '나'와 응칠의 사이는 점점 멀어져 갔습니다.

1930년대 만주라는 공간의 의미

이 소설은 일제 강점기였던 1930년대를 배경으로 하고 있습니다. 이 시기에 많은 조선인들은 일제의 착취와 억압으로부터 벗어나기 위해 만주로 이주하였습니다. 그중에는 항일운동을 목표로 하는 지식인들도 있었지만, 대부분은 소작농 이하의 가난한 농민들이었습니다. 경제적 어려움을 벗어나고자 많은 농민들이 국경을 넘어 만주를 찾아간 것이지요. 소설에서 응칠이네 가족이 만주로 떠나는 것도 그러한 이유에서였습니다.

만주는 압록강 북쪽 지역으로, 우리 민족은 백두산 북쪽의 만주 지역인 '간도'로 많이 이주했습니다. 당시 만주는 대부분 농사를 짓기 힘

간도가 포함된 만주 지역

든 척박한 땅이었습니다. 특히 논농사를 전혀 짓지 않는 곳이었는데, 만주로 이주해 간 조선인들은 오로지 자신들의 노동력만으로 황무지를 개간하여 논농사를 지었습니다. 그렇게 고생스럽게 생활의 터전을 일군 사람들은 또 다른 난관에 부딪혔습니다. 원래 만주 지역에 살고 있던 중국인들과의 갈등이 끊이지 않았던 데다가, 당시 마적이라 불리는 도적 집단이 수시로 습격하여 사람을 해치고 곡식을 강탈해 갔기 때문입니다. 만주의 경찰들은 항일 세력을 잡아들이는 데만 주력하였기 때문에, 이주한 조선 농민들의 안전은 뒷전이었습니다.

이처럼 이 시기 만주는 우리 민족에게 새로운 가능성의 공간이기도 했지만 치안이 좋지 않고 정착하기 쉽지 않은 위험한 공간이기도 했습니다.

 ## 서술적 자아와 체험적 자아

소설의 시점은 크게 1인칭 시점과 3인칭 시점으로 나뉩니다. 3인칭 시점은 이야기의 바깥에 있는 화자가 이야기 안에서 벌어지는 모든 사건들을 서술하는 방식입니다. 1인칭 시점은 화자가 보고 듣고 경험한 것을 직접 이야기하는 방식입니다.

1인칭 시점의 화자는 이야기를 들려주는 '서술적 자아'와 이야기 속에 등장하는 '체험적 자아'로 구별됩니다. 즉 서술적 자아는 사건이 다 끝난 뒤에 자신이 경험하거나 목격한 사건을 이야기하는 존재이며, 체험적 자아는 사건이 진행되는 시간 속에 있는 존재입니다. 이렇듯 화자는 사건의 '시간'을 기준으로 두 개의 자아로 구분됩니다.

〈멀리 간 동무〉의 첫머리는 "그래도 벌써 몇 년 전 일입니다."라는 문장으로 시작됩니다. 이때의 화자는 현재에 있는 '서술적 자아'로서 곧 몇년 전 과거의 일을 들려주게 됩니다. 그 과거의 이야기 속에서 친구 응칠이와 헤어지고 싶지 않아 눈물을 흘리고 발버둥을 치는 '나'는 체험적 자아입니다.

이렇듯 1인칭 소설 속의 화자는 두 유형으로 자아를 구별할 수 있으나, 이야기가 전개되는 상황에서는 그 차이를 명확히 구분할 수 없습니다. 체험적 자아는 이미 서술적 자아가 회상하고 있는 내용 속에 포함되어 있기 때문입니다.

신춘문예로 등단한 최초의 여성 작가

　서양 문물이 본격적으로 흘러들기 시작한 개화기 때, 신식 교육을 받은 여자를 '신여성'이라고 불렀습니다. 1910년대에 서서히 등장한 신여성은 1920년대에 이르러 그 수가 더욱 많아졌습니다. 이 무렵에 등장한 여류 작가인 나혜석, 김명순, 김일엽 등도 신여성에 속하였으나 문단에서 지속적인 작품 활동을 펼치지 못한 아쉬움을 남겼습니다.

　반면 1930년대에 활동하기 시작한 강경애, 박화성, 백신애, 최정희, 노천명, 모윤숙 등은 문단에서 꾸준히 활동하면서 다양한 작품을 남겼습니다. 특히 보수적인 사회 속에서 억압 받는 여성의 문제에 깊은 관심을 가지고 작품을 썼습니다. 이러한 여성 작가들의 작품 활동은 1930년대 문단의 중요한 특징으로 볼 수 있습니다.

　백신애는 신춘문예에 당선되어 등단한 최초의 여성 작가라는 점에서 많은 주목을 받았습니다. 신춘문예란 일간 신문사에서 매년 연말에 문학작품을 공모하여 새해에 당선자를 뽑아 발표하는 등단 제도로, 새로운 문인을 발굴하는 권위 있는 행사입니다.

　백신애는 여성의 사회 활동을 반대하는 보수적인 아버지의 눈을 피해 사촌 동생 박계화의 이름을 빌려 1929년 조선일보 신춘문예에 소설을 응모하였습니다. 이때 당선된 것을 계기로 본격적인 작가의 길로 들어선 그녀는 짧은 생을 마감할 때까지 여러 편의 작품을 내놓은 선구적인 여성 작가입니다.

고향을 떠난 민중의 현실을 그린 작품 〈꺼래이〉

백신애는 우리 민족의 빈곤한 현실에 주목한 작가입니다. 〈멀리 간 동무〉에서 응칠이네 가족이 가난을 견디다 못해 만주로 떠났듯이, 백신애의 다른 작품에서도 고향을 떠나 타국에서 방황하는 조선인이 등장합니다. 그 대표적인 소설이 〈꺼래이〉입니다.

만주로 이주한 농민

〈꺼래이〉는 일제의 착취와 억압을 피해 먼 시베리아로 떠나간 조선인들의 이야기입니다. 여기서 '꺼래이'란 고려인, 즉 조선인을 뜻하는 러시아 말입니다.

주인공인 순이는 러시아로 건너간 아버지가 죽었다는 소식을 듣고 유해를 찾기 위해 할아버지, 어머니를 따라 시베리아에 오게 됩니다. 그러나 아버지의 유해를 찾기도 전에 순이의 가족은 첩자로 오인되어 체포됩니다. 갖은 고생을 거쳐 결국 추방당하는 도중에 순이의 할아버지는 세상을 떠나게 됩니다.

〈꺼래이〉는 백신애가 젊은 날 시베리아를 여행했던 경험을 토대로 쓴 작품으로, 조국을 떠나 낯선 땅으로 올 수밖에 없었던 가난한 농민들의 처절한 상황이 드러나 있습니다. 그러나 절망적인 현실을 조명하는 데 그치지 않고 순이를 통해 현실 극복의 의지를 드러내고 있습니다. 중국인 쿨리(노동자)를 차별하지 않고, 러시아 병사들에게 거침없이 항의도 하는 순이의 당당한 모습 속에 그러한 의지를 담은 것입니다.

● 다음 중 〈멀리 간 동무〉에 등장하는 응칠이에 대한 설명으로 적당하지 않은 것은 무엇인가요?

　① 씩씩하다.　② 기운이 세다.　③ 싸움을 잘한다.　④ 마음이 좋다.

● 이 소설 속에서 응칠이는 자주 선생님께 꾸지람을 듣습니다. 그 이유는 무엇인가요?

　① 부모님이 주신 돈을 다른 곳에 써 버려서.

　② 친구들과 싸움을 벌여서.

　③ 친구에게 거짓말을 시켰기 때문에.

　④ 월사금이나 학용품을 가져오지 못해서.

● 이 소설에서 화자인 '나'와 응칠이의 우정을 느낄 수 있는 대목을 찾아 써 보세요.

● 다음은 이 소설 속에 등장하는 한 장면입니다. 다음 글에서 당시 '만주'라는 지역은 어떤 곳인지 생각하여 써 봅시다.

얼마 전부터 만주로 돈벌이 간다고 하던 응칠이 아버지 말이 생각났습니다.
"너 만주 가니?"
응칠이는 대답 대신 머리를 끄덕였습니다.
"아니, 만주에는 마적이 많아서 사람을 막 죽인다는데, 얘야 가지 마라."

● 다음은 화자인 '나'와 응칠이가 헤어질 때 나눈 대화입니다. 여러분 주위에 응칠이처럼 어려운 형편 속에서 공부하는 친구가 있다면 어떤 도움을 주고 싶은지 써 봅시다.

"어서 돈벌이하거든 돌아오너라. 또 같이 학교에 다니게, 응"
하며 나는 응칠이가 걸어진 궤를 만졌습니다.
"이 궤 속에는 내 책이 들어 있단다. 만주 가서도 틈만 있으면 공부할 터이다."
하고 응칠이는 힘 있게 말했습니다. 나도 가슴속으로 어서 공부를 해서 훌륭한 사람이 되어 응칠이와 다시 만나게 할 테다, 하고 굳게 결심했습니다.

● 다음 중 〈멀리 간 동무〉에 등장하는 응칠이에 대한 설명으로 적당하지 <u>않은</u> 것은 무엇인가요?

① 씩씩하다. ② 기운이 세다. ③ 싸움을 잘한다. ④ 마음이 좋다.

답 ③번.

응칠이는 씩씩하고 용감하면서, 마음도 좋고 기운도 세서 반 학생들과 잘 어울립니다. 싸움이 일어나면 복판에 뛰어 들어가서 커다란 소리로 웃고 떠들고 하여 싸움을 말리는 역할을 합니다. 그러나 본인이 싸움을 잘한다는 내용은 확인할 수 없습니다.

● 이 소설 속에서 응칠이는 자주 선생님께 꾸지람을 듣습니다. 그 이유는 무엇인가요?

① 부모님이 주신 돈을 다른 곳에 써 버려서.

② 친구들과 싸움을 벌여서.

③ 친구에게 거짓말을 시켰기 때문에.

④ 월사금이나 학용품을 가져오지 못해서.

답 ④번.

응칠의 아버지는 집안 형편이 어려워지면서 응칠이가 학교 다니는 것을 못마땅하게 생각합니다. 응칠이가 월사금이나 학용품을 사려고 돈을 달라면 차라리 학교에 가지 말라고 합니다. 이러한 사정을 알지 못하는 선생님은 응칠이가 아버지에게 돈을 받아 다른 데써 버린 것으로 오해하고 꾸지람을 했던 것입니다.

● 이 소설에서 화자인 '나'와 응칠이의 우정을 느낄 수 있는 대목을 찾아 써 보세요.

① "선생님, 정말 응칠이 집에는 돈이 없어요. 잡기장 사려고 돈을 달라면 학교에 못 가게 합니다. 응칠이 아버지는 돈이 없어 밥도 못 먹는다고 야단을 합니다."

② 그날도 나는 형님이 사다 주신 잡지책과 그림책을 들고, 어서 응칠이에게 갖다 보이려고 집을 나섰습니다.

③ 나도 응칠이 목을 안고 터져 오르는 울음소리를 억지로 참으며 느껴 울었습니다. 응칠이도 커다란 눈물이 고였습니다.

● 다음은 이 소설 속에 등장하는 한 장면입니다. 다음 글에서 당시 '만주'라는 지역은 어떤 곳인지 생각하여 써 봅시다.

> 얼마 전부터 만주로 돈벌이 간다고 하던 응칠이 아버지 말이 생각났습니다.
> "너 만주 가니?"
> 응칠이는 대답 대신 머리를 끄덕였습니다.
> "아니, 만주에는 마적이 많아서 사람을 막 죽인다는데, 애야 가지 마라."

응칠이네게 만주는 가난을 벗어날 수 있는 희망의 공간입니다. 하지만 "만주에는 마적이 많아서 사람을 막 죽인다는데"라는 구절에서 짐작할 수 있듯이, 만주는 위험하고 사람이 살기 힘든 공간이기도 합니다.

실제로 일제 강점기에는 일제의 착취와 억압을 벗어나기 위해 많은 사람들이 만주로 이주해 갔습니다. 하지만 땅은 척박하고 도적의 위협이 도사리는 힘든 터전이기도 합니다.

● 다음은 화자인 '나'와 응칠이가 헤어질 때 나눈 대화입니다. 여러분
주위에 응칠이처럼 어려운 형편 속에서 공부하는 친구가 있다면 어
떤 도움을 주고 싶은지 써 봅시다.

> "어서 돈벌이하거든 돌아오너라. 또 같이 학교에 다니게, 응"
> 하며 나는 응칠이가 걸어진 궤를 만졌습니다.
> "이 궤 속에는 내 책이 들어 있단다. 만주 가서도 틈만 있으면 공부할 터이다."
> 하고 응칠이는 힘 있게 말했습니다. 나도 가슴속으로 어서 공부를 해서 훌
> 륭한 사람이 되어 응칠이와 다시 만나게 할 테다, 하고 굳게 결심했습니다.

응칠이는 학교를 다니지 못할 정도로 가난하기 때문에 만주로 떠
나게 되었습니다. 하지만 응칠이는 만주에서도 틈만 있으면 공부
하겠다고 힘 있게 말합니다. '나' 역시 그러한 응칠이의 모습에 감
동을 받고, 열심히 공부해서 훌륭한 사람이 되어 응칠이와 다시
만날 것을 다짐합니다.
여러분 주변에도 이처럼 어려운 상황에 처한 친구가 있을 겁니
다. 그 친구에게 가장 필요한 도움이 무엇인지 먼저 생각해 봅시
다. 참고서나 문제집이 필요한지, 마음을 터놓고 대화할 친구가
필요한지 살펴본 후 자신이 할 수 있는 일을 실천합시다.

소나기

: 황순원 :

여러분이 처음으로 사랑의 감정을 느낀 적은 언제인 가요? 지금 그 '첫사랑'의 상대를 떠올려 보면 어떤 감정 을 느끼게 되나요?

사랑하는 사람 앞에 서면 마음이 들뜨고 설렙니다. 상 대에게 선물을 주기도 하고, 잘 보이고 싶어 우쭐대기도 합니다. 아예 말 한마디 못 건네고 주위에서 맴돌기만 하 는 경우도 있죠. 이런 추억 때문에 첫사랑은 더욱 오랫동 안 기억에 남는 법입니다.

누군가를 사랑할 때의 설레는 감정을 떠올리며 〈소나 기〉를 읽어 봅시다.

소년

은 개울가에서 소녀를 보자 곧 윤 초시[*]네 증손자[*] 딸이라는 걸 알 수 있었다. 소녀는 개울에다 손을 잠그고 물장난을 하고 있는 것이다. 서울서는 이런 개울물을 보지 못하기나 한 듯이.

벌써 며칠째 소녀는 학교서 돌아오는 길에 물장난이었다. 그런데 어제까지는 개울 기슭에서 하더니, 오늘은 징검다리 한가운데 앉아서 하고 있다.

소년은 개울둑에 앉아 버렸다. 소녀가 비키기를 기다리자는 것이다.

요행 지나가는 사람이 있어, 소녀가 길을 비켜 주었다.

다음 날은 좀 늦게 개울가로 나왔다.

이날은 소녀가 징검다리 한가운데 앉아 세수를 하고 있었다. 분홍 스웨터 소매를 걷어 올린 팔과 목덜미가 마냥 희었다.

한참 세수를 하고 나더니, 이번에는 물속을 빤히 들여다본다. 얼굴이라도 비추어 보는 것이리라. 갑자기 물을 움켜 낸다. 고기 새끼라도 지나가는 듯.

소녀는 소년이 개울둑에 앉아 있는 걸 아는지 모르는지 그냥 날쌔게 물만 움켜 낸다. 그러나 번번이 허탕이다. 그대로 재미있는 양, 자꾸 물을 움킨다. 어제처럼 개울을 건너는 사람이 있어야 자리를 비킬 모양이다.

그러다가 소녀가 물속에서 무엇을 하나 집어낸다. 하얀 조약돌이었다. 그러고는 홀 일어나 팔짝팔짝 징검다리를 뛰어 건너간다.

다 건너가더니만 홱 이리로 돌아서며,

◆ 초시初試 예전, 우리나라에서 관리를 뽑을 때 실시하던 과거科擧의 첫 시험에 합격한 사람.
◆ 증손자曾孫子 손자의 아들.

"이 바보."

조약돌이 날아왔다.

소년은 저도 모르게 벌떡 일어섰다.

단발머리를 나풀거리며 소녀가 막 달린다. 갈밭* 사잇길로 들어섰다. 뒤에는 청량한 가을 햇살 아래 빛나는 갈꽃뿐.

이제 저쯤 갈밭머리로 소녀가 나타나리라. 꽤 오랜 시간이 지났다고 생각됐다. 그런데도 소녀는 나타나지 않는다. 발돋움을 했다. 그러고도 상당한 시간이 지났다고 생각됐다.

저쪽 갈밭머리에 갈꽃이 한 옴큼 움직였다. 소녀가 갈꽃을 안고 있었다. 그리고 이제는 천천한 걸음이었다. 유난히 맑은 가을 햇살이 소녀의 갈꽃머리에서 반짝거렸다. 소녀 아닌 갈꽃이 들길을 걸어가는 것만 같았다.

소년은 이 갈꽃이 아주 뵈지 않게 되기까지 그대로 서 있었다. 문득 소녀가 던진 조약돌을 내려다보았다. 물기가 걷혀 있었다. 소년은 조약돌을 집어 주머니에 넣었다.

다음 날부터 좀 더 늦게 개울가로 나왔다. 소녀의 그림자가 뵈지 않았다. 다행이었다.

그러나 이상한 일이었다. 소녀의 그림자가 뵈지 않는 날이 계속될수록 소년의 가슴 한구석에는 어딘가 허전함이 자리 잡는 것이었다. 주머니 속 조약돌을 주무르는 버릇이 생겼다.

그러한 어떤 날, 소년은 전에 소녀가 앉아 물장난을 하던 징검다리 한가운데에 앉아 보았다. 물속에 손을 잠갔다. 세수를 하였다. 물속을 들여다보았다. 검게 탄 얼굴이 그대로 비치었다. 싫었다.

소년은 두 손으로 물속의 얼굴을 움키었다. 몇 번이고 움키었다. 그러다가 깜짝 놀라 일어서고 말았다. 소녀가 이리 건너오고 있지 않느냐.

숨어서 내 하는 꼴을 엿보고 있었구나. 소년은 달리기 시작했다. 디딤돌을 헛짚었다. 한 발이 물속에 빠졌다. 더 달렸다.

몸을 가릴 데가 있어 줬으면 좋겠다. 이쪽 길에는 갈밭도 없다. 메밀밭이다. 전에없이 메밀꽃 내가 짜릿하니 코를 찌른다고 생각됐다. 미간◆이 아찔했다. 찝찔한 액체가 입술에 흘러들었다. 코피였다.

소년은 한 손으로 코피를 훔쳐 내면서 그냥 달렸다. 어디선가 바보, 바보 하는 소리가 자꾸만 뒤따라오는 것 같았다.

토요일이었다.

개울가에 이르니, 며칠째 보이지 않던 소녀가 건너편 가에 앉아 물장난을 하고 있었다.

모르는 체 징검다리를 건너기 시작했다. 얼마 전에 소녀 앞에서 한 번 실수를 했을 뿐, 여태 큰길 가듯이 건너던 징검다리를 오늘은 조심성스럽게 건넌다.

"얘."

못 들은 체했다. 둑 위로 올라섰다.

"얘, 이게 무슨 조개지?"

자기도 모르게 돌아섰다. 소녀의 맑고 검은 눈과 마주쳤다. 얼른 소녀의 손바닥으로 눈을 떨구었다.

"비단조개."

"이름두 참 곱다."

갈림길에 왔다. 여기서 소녀는 아래편

◆ 갈밭 갈대밭.
◆ 미간眉間 두 눈썹 사이.

으로 한 삼 마장*쯤, 소년은 우대*로 한 십 리 가까이 길을 가야 한다.

소녀가 걸음을 멈추며,

"너, 저 산 너머에 가 본 일 있니?"

벌* 끝을 가리켰다.

"없다."

"우리 가 보지 않으련? 시골 오니까 혼자서 심심해 못 견디겠다."

"저래 봬두 멀다."

"멀믄 얼마나 멀갔게? 서울 있을 땐 사뭇 먼 데까지 소풍 갔었다."

소녀의 눈이 금세, 바보, 바보 할 것만 같았다.

논 사잇길로 들어섰다. 올 벼 가을걷이하는 곁을 지났다.

허수아비가 서 있었다. 소년이 새끼줄을 흔들었다. 참새가 몇 마리 날아난다. 참, 오늘은 일찍 집으로 돌아가, 텃논*의 참새를 봐야 할 걸 하는 생각이 든다.

"아이, 재밌다!"

소녀가 허수아비 줄을 잡더니 흔들어 댄다. 허수아비가 대고* 우쭐거리며 춤을 춘다. 소녀의 왼쪽 볼에 살포시 보조개가 패었다.

저만치 허수아비가 또 서 있다. 소녀가 그리로 달려간다. 그 뒤를 소년도 달렸다. 오늘 같은 날은 일찍 집으로 돌아가 집안일을 도와야 한다는 생각을 잊어버리기라도 하려는 듯이.

소녀의 곁을 스쳐 그냥 달린다. 베짱이가 따끔따끔 얼굴에 와 부딪친다. 쪽빛*으로 한껏 갠 가을 하늘이 소년의 눈앞에서 맴을 돈다. 어지럽다. 저놈의 독수리, 저놈의 독수리, 저놈의 독수리가 맴을 돌고 있기 때문이다.

돌아다보니, 소녀는 지금 자기가 지나쳐 온 허수아비를 흔들고 있다. 좀 전 허수아비보다도 더 우쭐거린다.

논이 끝난 곳에 도랑이 하나 있었다. 소녀가 먼저 뛰어 건넜다.

거기서부터 산 밑까지는 밭이었다.

수숫단을 세워 놓은 밭머리를 지났다.

"저게 뭐니?"

"원두막."

"여기 참외, 맛있니?"

"그럼, 참외 맛두 좋지만 수박 맛은 더 좋다."

"하나 먹어 봤으면."

소년이 참외 그루에 심은 무밭으로 들어가, 무 두 밑＊을 뽑아 왔다. 아직 밑이 덜 들어 있었다. 잎을 비틀어 팽개친 후, 소녀에게 한 밑 건넨다. 그러고는 이렇게 먹어야 한다는 듯이, 먼저 대강이를 한 입 베물어 낸 다음, 손톱으로 한 돌이＊ 껍질을 벗겨 우적 깨문다.

소녀도 따라 했다. 그러나 세 입도 못 먹고,

"아, 맵고 지려."

하며 집어던지고 만다.

"참 맛없어 못 먹겠다."

소년이 더 멀리 팽개쳐 버렸다.

산이 가까워졌다.

단풍잎이 눈에 따가웠다.

"야아!"

소녀가 산을 향해 달려갔다. 이번은 소년이 뒤따라 달리지 않았다. 그러고도 곧 소녀보다 더 많은 꽃을 꺾었다.

- ◆ **마장** 거리의 단위. 한 마장은 오 리나 십 리가 못 되는 거리를 이른다.
- ◆ **우대** 위쪽.
- ◆ **벌** 넓고 평평하게 생긴 땅.
- ◆ **텃논** 집터에 딸리거나 마을 가까이 있는 논.
- ◆ **대고** 계속하여 자꾸.
- ◆ **쪽빛** 짙은 푸른빛.
- ◆ **밑** '뿌리'의 뜻.
- ◆ **돌이** 무엇의 둘레로 한 바퀴 돌아가거나 감긴 것을 세는 단위.

"이게 들국화, 이게 싸리꽃, 이게 도라지꽃……."

"도라지꽃이 이렇게 예쁜 줄은 몰랐네. 난 보랏빛이 좋아! ……근데 이 양산같이 생긴 노란 꽃이 뭐지?"

"마타리꽃."

소녀는 마타리꽃을 양산 받듯이 해 보인다. 약간 상기된 얼굴에 살 포시 보조개를 떠올리며.

다시 소년은 꽃 한 옴큼을 꺾어 왔다. 싱싱한 꽃가지만 골라 소녀에 게 건넨다.

그러나 소녀는,

"하나두 버리지 말어."

산마루로 올라갔다.

맞은편 골짜기에 오순도순 초가집이 몇 모여 있었다.

누가 말한 것도 아닌데 바위에 나란히 걸터앉았다. 별로◆ 주위가 조용해진 것 같았다. 따가운 가을 햇살만이 말라 가는 풀 냄새를 퍼 뜨리고 있었다.

"저건 또 무슨 꽃이지?"

적잖이 비탈진 곳에 칡덩굴이 엉키어 꽃을 달고 있었다.

"꼭 등꽃 같네. 서울 우리 학교에 큰 등나무가 있었단다. 저 꽃을 보 니까 등나무 밑에서 놀든 동무들 생각이 난다."

소녀가 조용히 일어나 비탈진 곳으로 간다. 뒷걸음을 쳐 기어 내려간 다. 꽃송이가 많이 달린 줄기를 잡고 끊기 시작한다. 좀처럼 끊어지지 않는다. 안간힘을 쓰다가 그만 미끄러지고 만다. 칡덩굴을 그러쥐었다.

소년이 놀라 달려갔다. 소녀가 손을 내밀었다. 손을 잡아 이끌어 올 리며, 소년은 제가 꺾어다 줄 것을 잘못했다고 뉘우친다.

소녀의 오른쪽 무릎에 핏방울이 내맺혔다. 소년은 저도 모르게 생채기*에 입술을 가져다 대고 빨기 시작했다. 그러다가 무슨 생각을 했는지 획 일어나 저쪽으로 달려간다.

좀 만에 숨이 차 돌아온 소년은,

"이걸 바르면 낫는다."

송진을 생채기에다 문질러 바르고는 그 담음*으로 칡덩굴 있는 데로 내려가, 꽃 많이 달린 몇 줄기를 이빨로 끊어 가지고 올라온다. 그러고는,

"저기 송아지가 있다. 그리 가 보자."

누렁 송아지였다. 아직 코뚜레도 꿰지 않았다.

소년이 고삐를 바투* 잡아 쥐고 등을 긁어 주는 척 훌딱 올라탔다. 송아지가 껑충거리며 돌아간다.

소녀의 흰 얼굴이, 분홍 스웨터가, 남색 스커트가, 안고 있는 꽃과 함께 범벅이 된다. 모두가 하나의 큰 꽃묶음 같다. 어지럽다. 그러나 내리지 않으리라. 자랑스러웠다. 이것만은 소녀가 흉내 내지 못할, 자기 혼자만이 할 수 있는 일인 것이다.

"너희 예서 뭣들 하느냐."

농부 하나가 억새풀 사이로 올라왔다.

송아지 등에서 뛰어내렸다. 어린 송아지를 타서 허리가 상하면 어쩌느냐고 꾸지람을 들을 것만 같다.

그런데 나룻*이 긴 농부는 소녀 편을 한 번 훑어보고는 그저 송아지 고삐를 풀어 내면서,

◆ **별로** 따로 특별히.
◆ **생채기** 할퀴거나 긁혀서 생긴 상처.
◆ **담음** 어떤 행동의 여세를 몰아 계속함.
◆ **바투** 두 대상이나 물체의 사이가 썩 가깝게.
◆ **나룻** 수염.

"어서들 집으루 가거라. 소나기가 올라."

참 먹장구름 한 장이 머리 위에 와 있다. 갑자기 사면이 소란스러워진 것 같다. 바람이 우수수 소리를 내며 지나간다. 삽시간에 주위가 보랏빛으로 변했다.

산마루를 넘는데 떡갈나무 잎에서 빗방울 듣는* 소리가 난다. 굵은 빗방울이었다. 목덜미가 선뜩선뜩했다. 그러자, 대번에 눈앞을 가로막는 빗줄기.

비안개 속에 원두막이 보였다. 그리로 가 비를 그을* 수밖에.

그러나 원두막은 기둥이 기울고 지붕도 갈래갈래 찢어져 있었다. 그런 대로 비가 덜 새는 곳을 가려 소녀를 들어서게 했다.

소녀의 입술이 파아랗게 질렸다. 어깨를 자꾸 떨었다.

무명 겹저고리를 벗어 소녀의 어깨를 싸 주었다. 소녀는 비에 젖은 눈을 들어 한 번 쳐다보았을 뿐, 소년이 하는 대로 잠자코 있었다. 그러고는 안고 온 꽃묶음 속에서 가지가 꺾이고 꽃이 일그러진 송이를 골라 발밑에 버린다. 소녀가 들어선 곳도 비가 새기 시작했다. 더 거기서 비를 그을 수 없었다.

밖을 내다보던 소년이 무엇을 생각했는지 수수밭 쪽으로 달려간다. 세워 놓은 수숫단 속을 비집어 보더니, 옆의 수숫단을 날라다 덧세운다. 다시 속을 비집어 본다. 그러고는 이쪽을 향해 손짓을 한다.

수숫단 속은 비는 안 새었다. 그저 어둡고 좁은 게 안 됐다. 앞에 나앉은 소년은 그냥 비를 맞아야만 했다. 그런 소년의 어깨에서 김이 올랐다.

소녀가 속삭이듯이, 이리 들어와 앉으라고 했다. 괜찮다고 했다. 소녀가 다시 들어와 앉으라고 했다. 할 수 없이 뒷걸음을 쳤다. 그 바람에 소녀가 안고 있는 꽃묶음이 우그러들었다. 그러나 소녀는 상관없다고 생각했다. 비에 젖은 소년의 몸 내음새가 확 코에 끼얹혀졌다. 그러나 고개를 돌리지 않았다. 도리어 소녀의 몸기운으로 해서 떨리던 몸이 적이 누그러지는 느낌이었다.

소란하던 수숫잎 소리가 뚝 그쳤다. 밖이 멀개졌다.

수숫단 속을 벗어 나왔다. 멀지 않은 앞쪽에 햇빛이 눈부시게 내리붓고 있었다. 도랑 있는 곳까지 와 보니, 엄청나게 물이 불어 있었다. 빛마저 제법 붉은 흙탕물이었다. 뛰어 건널 수가 없었다.

소년이 등을 돌려 댔다. 소녀가 순순히 업히었다. 걷어 올린 소년의 잠방이*까지 물이 올라왔다. 소녀는, 어머나 소리를 지르며 소년의 목을 끌어안았다.

개울가에 다다르기 전에 가을 하늘은 언제 그랬는 성싶게 구름 한 점 없이 쪽빛으로 개어 있었다.

그러고는 소녀의 모양이 뵈지 않았다. 매일같이 개울가로 달려와 봐도 뵈지 않았다.

학교에서 쉬는 시간에 운동장을 살피기도 했다. 남몰래 오 학년 여자반을 엿보기도 했다. 그러나 뵈지 않았다.

그날도 소년은 주머니 속 흰 조약돌만 만지작거리며 개울가로 나왔다. 그랬더니 이쪽 개울둑에 소녀가 앉아 있는 게 아닌가.

소년은 가슴부터 두근거렸다.

"그동안 앓았다."

어쩐지 소녀의 얼굴이 해쓱해져 있었다.

◆ 듣다 눈물, 빗물 따위의 액체가 방울져 떨어지다.
◆ 긋다 비를 잠시 피하여 그치기를 기다리다.
◆ 잠방이 가랑이가 무릎까지 내려오도록 짧게 만든 홑바지.

"그날 소내기 맞은 탓 아니냐?"

소녀가 가만히 고개를 끄덕이었다.

"인제 다 낫냐?"

"아직도……."

"그럼 누워 있어야지."

"하도 갑갑해서 나왔다. ……참, 그날 재밌었어. ……근데 그날 어디서 이런 물이 들었는지 잘 지지 않는다."

소녀가 분홍 스웨터 앞자락을 내려다본다. 거기에 검붉은 진흙물 같은 게 들어 있었다.

소녀가 가만한 보조개를 떠올리며,

"그래 이게 무슨 물 같니?"

소년은 스웨터 앞자락만 바라다보고 있었다.

"내, 생각해 냈다. 그날, 도랑을 건너면서 내가 업힌 일이 있지? 그때, 네 등에서 옮은 물이다."

소년은 얼굴이 확 달아오름을 느꼈다.

갈림길에서 소녀는,

"저, 오늘 아침에 우리 집에서 대추를 땄다. 추석에 제사 지낼려구……."

대추 한 줌을 내어 준다. 소년은 주춤한다.

"맛봐라, 우리 고조할아버지◆가 심었다는데 아주 달다."

소년은 두 손을 오그려 내밀며,

"참, 알도 굵다!"

"그리구 저, 우리 이번에 추석 지나선 집을 내주게 됐다."

소년은 소녀네가 이사해 오기 전에 벌써 어른들의 이야기를 들어서 윤 초시 손자가 서울서 사업에 실패해 가지고 고향에 돌아오지 않을 수 없게 됐다는 걸 알고 있었다. 그것이 이번에는 고향집마저 남의 손에 넘기게 된 모양이었다.

"왜 그런지 난 이사 가는 게 싫어졌다. 어른들이 하는 일이니 어쩔 수 없지만……."

전에 없이 소녀의 까만 눈에 쓸쓸한 빛이 떠돌았다.

소녀와 헤어져 돌아오는 길에, 소년은 혼잣속으로 소녀가 이사를 간다는 말을 수없이 되뇌어 보았다. 무어 그리 안타까울 것도 서러울 것도 없었다. 그렇건만 소년은 지금 자기가 씹고 있는 대추알의 단맛을 모르고 있었다.

이날 밤, 소년은 몰래 덕쇠 할아버지네 호두밭으로 갔다.

낮에 봐 두었던 나무로 올라갔다. 그리고 봐 두었던 가지를 향해 작대기를 내리쳤다. 호두송이 떨어지는 소리가 별나게 크게 들렸다. 가슴이 선뜻했다. 그러나 다음 순간, 굵은 호두야 많이 떨어져라, 많이 떨어져라, 저도 모를 힘에 이끌려 마구 작대기를 내리치는 것이었다.

돌아오는 길에는 열이틀 달이 지우는 그늘만 골라 짚었다.[*] 그늘의 고마움을 처음 느꼈다.

불룩한 주머니를 어루만졌다. 호두송이를 맨손으로 깠다가는 옴[*]이 오르기 쉽다는 말 같은 건 아무렇지도 않았다. 그저 근동[*]에서 제일가는 이 덕쇠 할아버지네 호두를 어서 소녀에게 맛보여야 한다는 생각만이 앞섰다.

그러다, 아차 하는 생각이 들었다. 소녀더러 병이 좀 낫거들랑 이사 가기 전에 한번 개울가로 나와 달라는 말을 못 해 둔

◆ **고조할아버지** 할아버지의 할아버지.
◆ **열이틀 달이~골라 짚었다** 열이틀 달은 보름에 가까운 밝은 달. 소년은 호두를 훔친 것이 들킬까 봐 밝은 달이 짓는 그늘을 골라 다녔다는 뜻.
◆ **옴** 옴진드기가 기생하여 일으키는 전염 피부병.
◆ **근동近洞** 가까운 이웃 동네.

것이었다. 바보 같은 것, 바보 같은 것.

  추석 전날, 소년이 학교에서 돌아오니 아버지가 나들이옷을 갈아입고 닭 한 마리를 안고 있었다.

  어디 가시느냐고 물었다.

  그 말에도 대꾸도 없이 아버지는 안고 있는 닭의 무게를 겨냥해 보면서,

  "이만하면 될까?"

  어머니가 망태기*를 내주며,

  "벌써 며칠째 꺌꺌 하구 알 날 자리를 보든데요. 크진 않아두 살은 쪘을 거예요."

  소년이 이번에는 어머니한테 아버지가 어디 가시느냐고 물어보았다.

  "저, 서당골 윤 초시 댁에 가신다. 내일이 추석날이라 제삿상에라도 놓으시라구……."

  "그럼 큰 놈으로 하나 가져가지. 저 얼룩 수탉으루……."

  이 말에 아버지는 허허 웃고 나서,

  "임마, 그래두 이게 실속이 있다."

  소년은 공연히 열적어,* 책보를 집어던지고는 외양간으로 가, 소 잔등을 한 번 철썩 갈겼다. 소파리*라도 잡는 체.

  개울물은 날로 여물어 갔다.

  소년은 갈림길에서 아래쪽으로 가 보았다. 갈밭머리에서 바라보는 서당골 마을은 쪽빛 하늘 아래 한결 가까워 보였다.

  어른들의 말이, 내일 소녀네가 양평읍으로 이사 간다는 것이었다.

거기 가서는 조그마한 가겟방을 보게 되리라는 것이었다.

　소년은 저도 모르게 주머니 속 호두알을 만지작거리며, 한 손으로는 수없이 갈꽃을 휘어 꺾고 있었다.

　그날 밤, 소년은 자리에 누워서도 같은 생각뿐이었다. 내일 소녀네가 이사하는 걸 가 보나 어쩌나. 가면 소녀를 보게 될까 어떨까.

　그러다가 까무룩 잠이 들었는가 하는데,

　"허, 참, 세상일두……"

　마을 갔던 아버지가 언제 돌아왔는지,

　"윤 초시 댁두 말이 아니어, 그 많든 전답◆을 다 팔아 버리구, 대대루 살아오든 집마저 남의 손에 넘기드니, 또 악상◆꺼지 당하는 걸 보면……"

　남폿불 밑에서 바느질감을 안고 있던 어머니가,

　"증손자라곤 기집애 그 애 하나뿐이었지요?"

　"그렇지, 사내 애 둘 있든 건 어려서 잃어버리구……"

　"어쩌면 그렇게 자식 복이 없을까."

　"글쎄 말이지. 이번 앤 꽤 여러 날 앓는 걸 약두 변변히 못 써 봤다드군. 지금 같아서는 윤 초시네두 대가 끊긴 셈이지. ……그런데 참, 이번 기집애는 어린것이 여간 잔망◆스럽지가 않어. 글쎄, 죽기 전에 이런 말을 했다지 않어? 자기가 죽거든 자기 입든 옷을 꼭 그대로 입혀서 묻어 달라구……"

◆ 망태기 물건을 담아 들거나 어깨에 메고 다닐 수 있도록 만든 그릇.
◆ 열적다 '열없다'의 잘못. 좀 겸연쩍고 부끄럽다.
◆ 소파리 '쇠파리'의 사투리. 소나 말의 살갗을 파고들어 피를 빨아 먹고 사는 곤충.
◆ 전답田畓 논밭.
◆ 악상惡喪 흔히 젊어서 부모보다 먼저 자식이 죽는 경우를 이른다.
◆ 잔망孱妄 얄밉도록 맹랑함.

황순원

黃順元, 1915~2000

평안남도 대동군에서 태어난 작가 황순원은 평양에서 어린 시절을 보냈습니다. 여유 있는 가정에서 태어나 중학교 교사였던 아버지 밑에서 예술적 감수성을 키운 그는 16세라는 젊은 나이에 등단하였습니다. 1931년 잡지 《동광》에 첫 시 〈나의 꿈〉을 발표한 이후로 줄곧 시를 발표했습니다. 그는 1934년 일본으로 유학을 떠나 1939년 와세다대학 영문과를 졸업하였습니다. 이 무렵 첫 시집 《방가放歌》와 《골동품》을 펴냈습니다.

시인으로만 활동했던 황순원은 1937년부터 소설을 쓰기 시작하여 1940년에 첫 단편집 《늪》을 출간했습니다. 이후부터 소설 창작에 힘썼는데, 일본의 한글 말살 정책이 심화되었을 때는 고향에 숨어 지내며 단편소설을 썼습니다.

해방 후 황순원은 남한으로 내려와 한국 사회와 인간의 본질적인 문제를 다룬 장편소설을 여러 편 발표하였습니다. 특히 북한의 토지 개혁으로 비롯된 민족의 비극을 그린 《카인의 후예》, 한국전쟁 이후 고아들의 고통스러운 삶을 통해 사회의 어두움을 드러내는 《인간 접목》, 전쟁으로 상처 입은 젊은이들의 삶을 보여 주는 《나무들 비탈에 서다》 등은 해방 이후부터 한국 전쟁 이후까지 한국 사회의 주요한 문제들을 다룬 소설들입니다.

황순원의 단편소설은 간결하면서도 세련된 문체와 아름다운 묘사가 많아 '시적인 소설'로 평가 받고 있습니다. 그 대표작인 〈소나기〉는 순수하고 낭만적인 황순원 문학 세계를 잘 드러내는 작품입니다.

"자기가 죽거든 자기 입던 옷을
꼭 그대로 입혀서 묻어 달라구……"

1959년에 발표된 〈소나기〉는 아름다운 시골을 배경으로 소년과 소녀의 순수한 사랑을 그린 작품입니다.

소년은 개울 징검다리에서 물장난을 하고 있는 소녀를 보자 곧 윤 초시네 증손자 딸이라는 걸 알았습니다. 소녀는 서울에서는 이런 개울을 보지도 못했다는 듯, 며칠째 학교에서 돌아오는 길에 물장난을 하고 있었습니다. 다음 날에도 징검다리 위에 앉아 있는 소녀를 보자 소년은 개울둑에 앉아 소녀가 길을 비켜 주기를 기다렸습니다. 물속을 빤히 들여다보던 소녀는 하얀 조약돌을 집어 들고 징검다리를 건너가더니 갑자기 소년을 향해 돌아서서 "이 바보." 하며 조약돌을 던졌습니다. 소년은 소녀가 던진 조약돌을 주머니에 넣었습니다.

다음 날 개울가로 나온 소년은 소녀를 볼 수 없었습니다. 다행이라고 생각하면서도 어딘가 가슴 한구석이 허전함을 느꼈습니다. 그럴 때마다 주머니 속의 조약돌을 어루만졌습니다.

토요일이었습니다. 며칠째 보이지 않던 소녀가 개울 건너편에 앉아 물장난을 하고 있었습니다. 모르는 척하며 징검다리를 건너는데 소녀가 말을 걸며 조개 이름을 물었습니다. 소년은 비단조개라고 대답해 주었습니다. 함께 갈림길까지 걸어왔을 때 소녀는 벌 끝을 가리키며 함께 가 보자고 합니다. 둘은 무도 뽑아 먹고 허수아비를 흔들어 보기도 하면서 산에 도착합니다. 그곳에서 꽃을 꺾기도 하고, 송아지를 타고 돌기도 하는 등 즐거운 한때를 보냅니다. 그런데 갑자기 소나기가 내렸습니다. 비를 피하려 원두막을 찾아 들어갔지만 지붕이 낡아 비가 샜습니다. 소녀는 점차 입술이 파랗게 질리고 어깨를 자꾸 떨었습니다. 소년은 수숫단 속을 비집어 자리를 만들었고, 그 안에서 서로의 온기를 나누며 비가 그치기를 기다렸습니다. 소나기가 그친 후 집으로 돌아가는데, 개울물이 불어 쉽게 건널 수가 없었습니다. 소년은 소녀를 업고 개울을 건너갔습니다.

그 일이 있은 후 소년은 한동안 소녀를 볼 수 없었습니다. 어느 날 개울가에서 다시 만난 소녀는 소년의 옷에 묻은 흙물이 자신의 스웨터에 물들었다면서 곧 서울로 이사 가게 되었다고 말합니다.

소녀네가 이사 가기 전날 밤, 소년은 잠결에 부모님이 나누는 대화를 듣습니다. 소녀가 앓다가 죽었다는 것과, 죽기 전에 자기가 입던 옷을 꼭 그대로 입혀서 묻어 달라고 했다는 것입니다.

 ## 〈소녀〉에서 〈소나기〉로

황순원의 가장 널리 알려진 작품 〈소나기〉는 1959년 4월 《신태양》이라는 잡지에 발표되었는데, 이보다 6년 전인 1953년 11월 《협동》이라는 잡지에서 다른 제목으로 먼저 발표된 적이 있습니다. 〈소녀〉라는 제목으로 먼저 발표된 이 작품은 내용도 조금 다릅니다. 마지막 장면에서, 소녀의 유언을 전하는 아버지의 대사 뒤에 대화가 좀 더 이어지고 있습니다.

그 장면을 비교해 보면 다음과 같습니다.

〈소나기〉의 마지막 장면	〈소녀〉의 마지막 장면
"그런데 참 이번 기집애는 어린것이 여간 잔망스럽지가 않어? 자기가 죽거든 자기 입든 옷을 꼭 그대로 입혀서 묻어 달라구……." (끝)	"아마 어린것이래두 집안 꼴이 안 될걸 알구 그랬든가 부지요?" 끄응! 소년이 자리에서 저도 모를 신음 소리를 지르며 돌아누웠다. "쟤가 여적 안 자나?" "아니, 벌써 아까 잠들었어요. ……애, 잠꼬대 말구 자라!" (끝)

〈소녀〉의 마지막 장면은 나중에 〈소나기〉로 고쳐 쓰면서 삭제되었습니다. 이 결말의 차이는 무엇일까요? 〈소나기〉는 소녀의 유언을 전하면서 끝맺음으로써 독자에게 강렬한 여운을 안겨 줍니다.

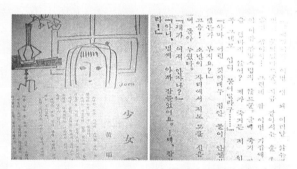

1953년 《협동》에 발표되었던 〈소녀〉 원본

작품 속에서 '상징'으로 쓰인 소재 찾기

'상징'이란 눈에 잘 보이지 않는 생각이나 감정을 눈에 보이는 구체적인 모습으로 드러내는 것을 말합니다. 예를 들어 '비둘기'는 평화를 상징합니다. 비둘기와 평화 사이에는 겉으로 확인할 수 있는 비슷한 점은 없지만 언젠가부터 사람들은 비둘기를 평화의 상징으로 생각했습니다. 아마도 비둘기가 평온하게 하늘을 나는 모습에서 사람들은 평화로움을 느꼈을 것입니다. 그런 인식이 오랜 시간을 거쳐 자리 잡힘으로써 비둘기가 평화의 상징이 된 것입니다.

〈소나기〉에는 소년과 소녀의 관계를 보여 주는 여러 개의 상징이 등장합니다.

우선 제목인 '소나기'가 상징하는 것은, 갑자기 쏟아지다가 곧 그치는 비와 같이 짧고 강렬했던 소년과 소녀의 만남을 상징하고 있습니다.

그러면 이야기 초반에 나타나는 '조약돌'은 무엇을 상징할까요? 여러 날 개울물에서 마주쳐도 말 한마디 건네지 않는 소년을 향해 소녀가 조약돌을 던지는데, 소년은 그 조약돌을 주머니에 넣고 소녀를 생각할 때마다 어루만집니다. 따라서 '하얀 조약돌'은 서로에 대한 관심 또는 호감을 상징합니다. 또한 소녀가 가져온 대추, 소년이 딴 호두 역시 서로에 대한 애틋한 마음을 상징합니다.

이 작품에서 가장 인상적인 상징은 흙물이 든 소녀의 '스웨터'입니다. 소년의 등에 업혀 개울을 건널 때 검붉은 흙물이 든 소녀의 스웨터는 소년과 소녀가 가장 친밀했던 순간의 상징이라고 할 수 있습니다. 그래서 소녀는 죽기 전에 입던 옷을 그대로 입혀서 묻어 달라고 했던 것입니다.

황순원의 서정적인 소설 〈별〉

황순원의 〈별〉은 〈소나기〉와 같이 아름답고 서정적인 작품입니다. 이 소설은 하늘의 별과 눈물 속의 별을 통해 잃어버린 어머니와 누이를 그리워하는 아이의 마음이 시적으로 그려져 있습니다. 이야기의 내용은 다음과 같습니다.

어렸을 때 어머니를 잃은 아이는 어느 할머니에게서 누이가 죽은 어머니와 닮았다는 이야기를 듣습니다. 입술은 너무 크고 눈은 작은 데다 검은 잇몸을 가진 추한 누이가 어머니와 닮았다는 사실에 아이는 충격을 받습니다. 아이의 상상 속에서 어머니는 가장 아름다운 존재였기 때문입니다. 그때부터 아이는 누이가 준 각시 인형도 땅에 묻어 버리고 누이가 준 옥수수도 버리는 등 누이를 꺼리기 시작합니다.

아버지가 정한 어떤 사업가의 막내아들과 결혼하게 된 누이는 결혼하던 날 슬프게 울면서 동생을 찾습니다. 하지만 아이는 누이를 외면합니다. 결혼한 누이는 얼마 되지 않아 죽게 되고, 그 소식을 들은 아이의 눈에는 눈물이 고입니다.

이 소설은 다음과 같은 아름다운 문장으로 마무리되고 있습니다.

"어느새 어두워지는 하늘에 별이 돋아났다가 눈물 고인 아이의 눈에 내려왔다. 아이는 지금 자기의 오른편 눈에 내려온 별이 돌아간 어머니라고 느끼면서 그럼 왼편 눈에 내려온 별은 죽은 누이가 아니냐는 생각이 미치자, 아무래도 누이는 어머니와 같은 아름다운 별이 되어서는 안 된다고 머리를 저으며 눈을 감아 눈속의 별을 내몰았다."

또 다른
이야기

황순원의 정치적 입장이 드러나는 장편소설《카인의 후예》

황순원은 북한에서 태어나고 자란 작가입니다. 그러나 그의 가족은 38선을 경계로 남과 북이 갈라지자 고향을 떠나 남한으로 내려왔습니다.

한국전쟁 이후 남한은 자본주의가 들어서고 북한은 공산주의가 들어섰습니다. 당시 공산화된 북한에서는 지주들의 땅을 거두어 가난한 농민들에게 나눠 주는 토지 개혁이 실시되었습니다. 지주 집안인 황순원은 이러한 정책 속에서 비판의 대상으로 몰리자 가족과 함께 고향을 떠날 수밖에 없었습니다. 작가는 이 당시의 경험을 바탕으로《카인의 후예》라는 장편소설을 썼습니다. 이 작품은 해방 직후 토지 개혁이 한창이던 북한을 배경으로 '박훈'이라는 지주의 삶을 그리고 있습니다.

박훈은 농민들을 탄압하고 혹사시켰다는 죄로 숙청당하는 다른 지주들처럼 급박한 위기에 몰리게 됩니다. 그러나 오작녀라는 여성의 도움으로 위기를 모면하게 됩니다. 오작녀는 예전에 박훈의 집에서 마름으로 일했던 도섭 영감의 딸입니다. 도섭 영감은 현재 토지 개혁 제도에 앞장서는 인물로 박훈과 그의 사촌동생인 혁에게 몹쓸 짓을 하는 사람입니다. 결국 박훈은 도섭 영감을 없애야겠다는 결심을 하고 도섭 영감의 옆구리에 칼을 찌릅니다. 도섭 영감 역시 낫을 들어 박훈을 내려치려는 순간, 도섭 영감의 아들인 삼득이가 아버지를 말리며 박훈에게 오작녀(누나)와 함께 어서 여길 떠나라고 말합니다.

이 소설은 한국전쟁 직후, 체제 변화로 인해 지주와 농민 간에 빚어진 비극을 그리고 있습니다.

제목 속의 '카인'은 성경 속의 인물을 모티프로 한 것입니다. 하나님이 처음으로 만든 인간인 아담과 이브에게는 두 아들이 있었습니다. 큰 아들인 카인은 농사를 지었고 아벨은 양을 길렀습니다. 둘은 하나님께 제물을 바쳤는데 하나님은 아벨의 제물만 흡족하게 받았습니다. 카인은 아벨을 질투하여 결국 그를 죽이고 말았습니다.

영화로 제작된 《카인의 후예》 포스터

그렇다면 《카인의 후예》라는 제목은 무엇을 의미할까요? 동생을 죽인 카인처럼 서로 다른 이념 때문에 같은 민족끼리 칼부림을 하게 된 숙명적인 비극을 암시한다고 볼 수 있습니다. 덧붙여 카인의 후예란 농경민족인 우리 민족을 의미하는 것이라 할 수 있습니다. 즉 우리 민족은 농사를 지었던 카인의 핏줄로, 형제를 죽인 카인의 폭력성을 물려받아 전쟁이라는 비극을 낳았음을 암시하는 것입니다. 결국 작가는 카인이라는 상징적 인물을 통해 이러한 폭력의 문제를 비판하려 한 것입니다.

● 다음 중 〈소나기〉에서 소녀를 향한 소년의 마음을 상징하는 소재가 아닌 것은 무엇인가요?

① 조약돌　　② 송진　　③ 수숫단　　④ 호두　　⑤ 대추

● 이 소설에서 여러 날 개울에서 물장난을 하던 소녀가 "이 바보"라고 외치며 소년에게 조약돌을 던진 이유는 무엇인가요?

● 이 소설에서 소나기가 내리던 날 소년과 소녀는 무엇을 하였는지 차례대로 적어 봅시다.

• 개울가에서 조개 이름을 물으며 소녀가 말을 걸었다.

• 무밭에서 _____

• 산마루로 올라가서 꽃을 꺾으려던 소녀가 다치자 소년이 송진을 발라 주었다.

• 송아지를 발견하고 _____

• 소나기가 내리자 소년과 소녀는 수숫단 속에서 비를 피했다.

• 개울물이 불어나 _____

● 이 소설의 제목이기도 한 '소나기'는 무엇을 상징하는 것인가요?

● 이 소설에서 소녀는 죽기 전에 자기 입던 옷을 같이 묻어 달라는 유
언을 남깁니다. 소녀가 그런 말을 남긴 이유는 무엇인가요?

● 다음 중 〈소나기〉에서 소녀를 향한 소년의 마음을 상징하는 소재가
아닌 것은 무엇인가요?

① 조약돌　　② 송진　　③ 수숫단　　④ 호두　　⑤ 대추

답 ⑤번.

대추는 소녀가 소년을 위해 가져온 것으로 소녀가 소년을 위하는
마음을 드러낸 소재입니다.

● 이 소설에서 여러 날 개울에서 물장난을 하던 소녀가 "이 바보"라고
외치며 소년에게 조약돌을 던진 이유는 무엇인가요?

소녀는 여러 날 개울에서 물장난을 치며 놀았습니다. 수줍은 성격
인 소년은 자주 소녀와 마주치면서도 말을 걸지 않았습니다. 소녀
가 조약돌을 던진 것은 소년이 미워서 그랬다기보다는 소년에 대
한 관심의 표현입니다.

● 이 소설에서 소나기가 내리던 날 소년과 소녀는 무엇을 하였는지 차
례대로 적어 봅시다.

• 개울가에서 조개 이름을 물으며 소녀가 말을 걸었다.

• 무밭에서 무를 뽑아 덜 익은 무를 씹어 먹었다.

• 산마루로 올라가서 꽃을 꺾으려던 소녀가 다치자 소년이 송진
을 발라 주었다.

• 송아지를 발견하고 소년은 송아지 등에 올라탔다.

• 소나기가 내리자 소년과 소녀는 수숫단 속에서 비를 피했다.

• 개울물이 불어나 소년은 소녀를 업고 개울을 건넜다.

● 이 소설의 제목이기도 한 '소나기'는 무엇을 상징하는 것인가요?

짧은 시간 동안 내리쏟고 그치는 소나기는 소년과 소녀의 짧은 만남과 사랑을 상징합니다.

● 이 소설에서 소녀는 죽기 전에 자기 입던 옷을 같이 묻어 달라는 유언을 남깁니다. 소녀가 그런 말을 남긴 이유는 무엇인가요?

소년이 소녀를 업고 개울을 건널 때 소녀의 스웨터에 검붉은 진흙물이 들었습니다. 이 스웨터는 소년과 소녀가 가장 친밀했던 한 순간을 상징하는 것으로, 죽음을 앞둔 소녀는 소년과 함께했던 소중한 추억을 끝까지 간직하고 싶었던 것입니다.

노새 두 마리

: 최일남 :

생각해 볼까요?

　버스 안내양, 전화 교환수, 물장수, 굴뚝 청소부……
여러분들은 이런 직업에 대해서 알고 있나요? 지금은 사
라지고 없지만 예전에는 일상에서 흔히 볼 수 있는 직업
이었습니다. 반면 요즘에는 프로게이머, 웹 디자이너, 커
플 매니저 같은 새로운 직업들이 생겨났습니다.

　이처럼 시대가 발전하면 쓸모가 없어져 사라지는 직업
들이 있습니다. 앞으로 필요성이 감소하여 사라질 만한
직업은 무엇일까요? 또한 그러한 직업을 가진 사람들의
심정은 어떠할지 생각해 봅시다.

그 골목은 몹시도 가팔랐다. 아버지는 그 골목에 들어서기만 하면 미리 저만치 앞에서부터 마차를 세게 몰아 가지고는 그 힘으로 하여 단숨에 올라가곤 했다. 그러나 이 작전이 매번 성공하는 것은 아니고 더러는 마차가 언덕의 중간쯤에서 더 올라가지를 못 하고 주춤거릴 때도 있었다. 그러면 아버지는 이마에 심줄[◆]을 잔뜩 돋우며,

"이랴 이랴."

하면서 노새[◆]의 잔등을 손에 휘감고 있는 긴 고삐줄로 세 번 네 번 후려쳤다. 노새는 그럴 때마다 뒷다리를 바득바득 바둥거리며 안간힘을 쓰는 듯했으나 그쯤 되면 마차가 슬슬 아래쪽으로 미끄러 내리기는 할망정 조금씩이라도 올라가는 일은 드물었다.

물론 마차에 연탄을 많이 실었을 때와 적게 실었을 때에도 차이는 있었다. 적게 실었을 때는 그깟 것 달랑달랑 단숨에 오르기도 했지만, 그런 때는 드물고 대개는 짐을 가득가득 싣고 다녔다. 가득 실으면 대충 500장에서 600장까지 실었는데 아버지는 그래야만 다소 신명이 나지 200장이나 300장 같은 것은 처음부터 성이 안 차는 눈치였으며, 100장쯤은 누가 부탁도 안 할 뿐더러 아버지도 아예 실으려고 하지도 않았다.

우리 동네는 변두리였으므로 얼마 전까지도 모두 그날그날 벌어먹고 사는 사람들이 많아 연탄 배달도 일거리가 그리 많지 않았다. 기껏해야 구멍가게에서 두서너 장을 사서는 새끼줄에 대롱대롱 매달고 가는 게 고작이었다. 그랬는데 2, 3년 전부터 아직도 많은 빈터에 집터가 다져지고, 하나둘 문화주택[◆]이 들어서더니 이제는 제법 그럴듯한 동네 꼴이 잡혀 갔

◆ 심줄 힘줄.
◆ 노새 암말과 수나귀 사이에서 난 잡종.
◆ 문화주택 생활하기에 편리하게 만든 새로운 형식의 주택.

다. 원래부터 있던 허름한 집들과 새로 생긴 집들과는 골목 하나를 경계로 하여 금을 긋듯 나누어져 있었는데, 먼 데서 보면 제법 그럴 싸한 동네로 보였다. 일단 들어와 보면 지저분한 헌 동네가 이웃에 널려 있지만 그냥 먼발치로만 보면 2층 슬라브 집*들에 가려 닥지닥지 붙인 판잣집 등속*이 보이지 않았으므로 서울의 변두리에 흔한 여느 신흥 부락*으로만 보였다.

동네가 이렇게 바뀌자 그것을 가장 좋아한 사람 중의 하나가 아버지였다. 아까 말한 대로 그전에는 동네 사람들이 연탄을 두서너 장, 많아야 2, 30장씩만 사 가는 터여서 아버지의 일거리가 적고 따라서 이곳에서 2, 3킬로나 떨어진 딴 동네까지 배달을 가야 했는데 동네에 새 집이 많이 들어서면서부터는 그렇게 먼 걸음을 하지 않아도 되었기 때문이다. 그런 집에서 연탄을 한번 들여놓았다 하면 몇 달씩 때니까 자주 주문을 하지 않아서 아버지의 일감이 이 동네에서 끝나는 것만은 아니고, 여전히 타동네까지 노새 마차를 몰기는 했지만 그전보다는 자주 먼 곳까지 가지 않아도 된 것만은 사실이었다.

새동네(우리는 우리가 그전부터 살던 동네는 구동네, 문화주택들이 차지하고 들어선 동네는 새동네라 불렀다.)가 생기면서 좋아한 것은 비단 아버지만은 아니었다. 구동네에 두 곳 있던 구멍가게 주인들도 은근히 무언가를 기대하는 눈치였다. 그전까지는 가게의 물건들이 뽀얗게 먼지를 쓰고 있었고, 두 홉*짜리 소주병만 육실하게 많았는데 그 병들 사이에 차츰 환타니 미린다니 하는 음료수 병들이며 퍼모스트 아이스크림*도 섞이고, 할머니의 주름살처럼 주름이 좍좍 가 말라비틀어진 사과 사이에 귤 상자도 끼게 되었다. 그전에는 볼 수 없었던 우유배달부가 아침마다 골목을 드나들고, 갖가지 신문배달부가 조석*으로 골목 안

을 누비고 다녔다. 전에는 얼씬도 않던 슈사인 보이◆가 새벽이면,

"구두 닦으……."

하면서 외치고 다녔다. 전에는 저 아래 큰 한길◆ 가 근처에 차를 대 놓고 올 테면 오고 말 테면 말라는 식으로 버티던 청소부들이 골목 안까지 차를 들이대고 쓰레기를 퍼 갔다.

그러나 동네의 모습이 이처럼 달라지기는 했어도 구동네와 새동네 사람들이 서로 어울리는 일은 없었다. 너는 너, 나는 나 하는 식으로 새동네 사람들은 문을 꼭꼭 걸어 잠그고 누가 다가오는 것을 거절하고 있었다. 다만 그들이 들어옴으로 해서 구동네 사람들의 사는 모습이 조금 달라지기는 했는데 아무도 그걸 입에 올리지는 않았다. 아버지도 배달 일이 늘어나서 속으로는 새동네가 생긴 것을 은근히 싫어하지는 않는 눈치였지만 식구들 앞에서조차 맞대 놓고 그런 내색을 하지는 않았다. 그런 가운데서도 우리 노새는 온 동네 사람들의 눈길을 모으고 짤랑짤랑 이 골목 저 골목을 헤집고 다녔다. 아니 그것은 새동네 쪽에서 더욱 그랬다. 원래의 우리 동네에서야 아무도 거들떠보지 않았다. 자기들은 아이들의 싯누런 똥이 든 요강 따위를 예사롭게 수챗구멍 같은 데 버리면서도 어쩌다 우리 노새가 짐을 부리는◆ 골목 한쪽에서 오줌을 찍 깔기면,

"왜 하필이면 여기서 싸, 어이구, 저 지린내, 말을 부리려면 오줌통이라도 갖고 다닐 일이지, 이게 뭐야. 동네가 뭐 공동

◆ 슬라브 집 솟아오른 지붕 대신 옥상을 사용할 수 있도록 평평하게 만든 집.
◆ 등속等屬 나열한 사물과 같은 종류의 것들을 몰아서 이르는 말.
◆ 신흥 부락 새로 생긴 마을.
◆ 홉 곡식, 가루, 액체 따위의 부피를 잴 때 쓰는 단위. 한 홉은 약 180ml.
◆ 퍼모스트 아이스크림 우리나라 최초의 떠 먹는 아이스크림 제품 이름.
◆ 조석朝夕 아침과 저녁.
◆ 슈샤인 보이Shoe shine boy 구두닦이 소년을 이르는 말.
◆ 한길 넓은 길.
◆ 부리다 사람의 등에 지거나 자동차나 배 따위에 실었던 것을 내려놓다.

변손가."

어쩌구 하면서 아낙네들은 코를 찡 풀어 노새 앞에다 팽개쳤다. 말과 노새의 구별도 잘 못 하는 주제에, 아무 데서나 가래침을 퉤퉤 뱉는 주제에 우리 노새를 보고 눈을 찢어지게 흘겼다. 그러나 새동네에서는 단연 달랐다. 여간해서 말을 잘 않는 아주머니들도 우리 노새를 보면 입가에 미소를 머금었다. 개중[♦]에는,

"아이, 귀여워, 오랜만에 보는 노샌데."

하기도 하고,

"어머, 지금도 노새가 있었네."

하기도 하고,

"아니, 이게 노새 아니에요? 아주 이쁘게 생겼네."

하기도 하고,

"오머 오머, 이게 망아지는 아니고…… 네? 노새라구요? 아, 노새가 이렇게 생겼구나아."

하면서 모가지에 매달린 방울을 한번 만져 보려다가 노새가 고개를 젓는 바람에 찔끔 놀라기도 했다. 비단 연탄 배달을 간 집에서만이 아니라 이 근처의 길을 가던 사람들도 우리 노새를 힐끗 쳐다본 순간 분명히 다소 놀라는 기색으로 다시 한번 거들떠보곤 했다. 대야를 옆에 끼고 볼이 빨갛게 익은 채 목욕 갔다 오던 아주머니도 부드러운 눈길로 노새를 바라보고, 다정하게 나들이를 가려고 막 대문을 나서던 내외분도 우리 노새가 짤랑짤랑 지나가면 '고것……' 하는 표정으로 한동안 지켜보고, 파 한 단 사 가지고 잰걸음으로 쫄쫄거리고 가던 식모 아가씨도 잠시 발을 멈추고 노새를 바라보았다.

무엇보다도 우리 노새를 보고 좋아하는 것은 새동네 아이들이었다.

노새만 지나가면 지금까지 하던 공차기나 배드민턴을 멈추고 한동안 노새를 따라왔다.

"야, 노새다."

한 아이가 외치면 다른 아이들도 덩달아 외쳤다.

"그래 그래, 노새다."

"야, 이게 노새구나."

"그래 임마, 넌 몰랐니?"

"듣기는 했는데 보기는 처음이야."

"야, 귀 한번 대빵 크다."

"힘도 세니?"

"그럼, 저것 봐, 저렇게 연탄을 많이 싣고 가지 않니."

아이들이 이러면 나는 나의 시커먼 몰골도 생각하지 않고 어깨가 으쓱해졌다. 아버지도 그런 심정일까, 이런 때는 그럴 만한 대목도 아닌데 괜히,

"이랴 이랴!"

하면서 고삐를 잡아끌었다. 나는 사실 새동네 아이들을 그리 좋아하지 않았다. 걔네들은 집 안에서 무얼 하는지 도무지 밖에 나오는 일도 드물었는데, 나온다 해도 저희네끼리만 어울리지 우리 구동네 아이들을 붙여 주지 않았다. 처음부터 우리가 걔네들더러 끼워 달라고 한 일은 없으니까 붙여 주고 안 붙여 주고 한 것은 없었는데, 보면 알지 돌아가는 꼴이 그런 처지가 못 되었다. 우리 구동네 아이들이야 학교 가는 시간을 빼고는 내내 밖에서만 노는데, 놀아도 여간 시망스럽게* 놀지 않았다. 걸핏하면 싸움질이요, 걸핏하면

◆ 개중個中 여럿이 있는 그 가운데.
◆ 시망스럽게 몹시 짓궂은 데가 있게.

욕질이었다. 말썽은 어찌 그리도 잘 부리는지 아이들 싸움이 커진 어른 싸움도 끊일 날이 없었다. 그러자니 구동네 아이들은 자연히 새동네 골목에까지 진출했다. 같은 골목이라도 새동네는 조금 널찍한 데다가 사람들의 왕래도 그리 잦지 않아서 놀기에 좋았다. 그렇다고 새동네 아이들이 텃세를 부리지도 않았다. 그들은 저희끼리 놀다가도 우리들이 내려가면 하나둘씩 슬며시 자기네 집으로 들어갔다. 그런 아이들이었으므로 나는 평소에 데면데면* 하게 대했는데 이들이 우리 노새를 보고 놀라거나 칭찬할 때만은 어쩐지 그들이 좋았다. 거기 비해서 우리 동네 아이들은 노새만 보면 엉덩이를 툭 치거나, 꼬챙이 같은 걸로 자지를 건드리고 머리를 쓰다듬는 척하면서 콧잔등을 한 대씩 쥐어박고 하기가 일쑤였다. 평소에 말수가 적고 화내는 일이 드문 아버지도 이런 때는 눈에 불을 켜고 개구쟁이들을 내몰았다.

"이 때갈* 놈의 새끼들, 노새가 밥 달라던, 옷 달라던? 왜 지랄들이야!"

우리 집에 노새가 들어온 것은 2년 전이었다. 그전까지는 말을 부렸는데 누군가가 노새와 바꾸지 않겠느냐고 제의해 왔다. 싫으면 웃돈을 조금 얹어 주고라도 바꾸어 주겠다는 것이었다. 한 3년 가까이 그 말을 부려 온 아버지는 막상 놓기가 싫은 모양이었으나 그 말이 눈이 자주 짓무르고, 뒷다리 복사뼈* 근처에 늘 상처가 가시지 않는 등 잔병치레가 잦은 터라 두 번째 말을 걸어 왔을 때 그러자고 응낙해 버렸다. 할머니와 어머니, 그리고 큰형은 그래도 말이 낫지 그까짓 노새가 무슨 힘을 쓰겠느냐고, 바꾸지 말자고 했으나 노새를 한번 보고 온 아버지는 어떻게 생각했는지 그길로 노새와 말을 맞바꾸었다. 아닌 게 아니라 노새는 힘이 하나도 없어 보였다. 보기에도 비리비리한 게 약하디약하게만 보였다. 할머니나 어머니, 그리고 큰형은 그것 보

라고, 이게 어떻게 그 무거운 연탄 짐을 나르겠느냐고 빈정댔는데 그
래도 아버지는 가타부타◆ 말이 없이 노새를 우리로 끌고 가 우선 솔
질부터 시작했다. 말이 우리지 그것은 방과 바로 잇닿아 있는 처마
를 조금 더 달아 낸 곳에 있었다. 그래서 우리 집에는 항상 말 오줌 냄
새가, 똥 냄새가 가실 날이 없었다. 그뿐 아니라 그 우리의 바로 옆방
이 내가 할머니나 큰형과 함께 자는 방이었으므로 나는 잠결에도 노
새가 앉았다 일어나는 소리, 히힝거리는 소리, 방귀 소리까지 들을 수
있었다. 어쨌거나 이 노새가 들어오면서 그 뒤치다꺼리는 주로 내가
맡게 되었다. 큰형도 더러 돌봐 주기는 했으나 큰형마저 군에 들어가
고 난 뒤부터는 나에게 전적으로 그 일이 맡겨졌다. 고등학교를 나온
작은형이 있기는 해도 그는 아버지나 어머니의 성화◆에 아랑곳없이,
늘상 밖으로 싸다니기만 하고 집에 있을 때도 기타를 들고 골방에 처
박히기가 일쑤였다. 가엾게도 노새는 원래는 회색빛이었는데도 우리
집에 온 뒤로는 차츰 연탄 때가 묻어 검정빛으로 변해 갔다. 엉덩이
께는 물론 갈기도 까맣게 연탄가루가 앉아 있었다. 내가 깜냥◆으로
는 지성스럽게 털어 주고 닦아 주고 하는
데도, 연탄 때는 속살까지 틀어박히는지
닦아 줄 때만 조금 희끗하다가 한바탕 배
달을 갔다 오면 도로 그 모양이었다. 하
지만 노새도 내 그런 정성을 짐작은 하는
지 멍청히 서 있다가도 내가 가까이 가면
고개를 위아래로 흔들어 아는 체를 했
다. 그랬는데 그 노새가 오늘은 우리 집
에 없다.

◆ 데면데면 사람을 대하는 태도가 친밀
  감이 없는 모양.
◆ 때가다 죄지은 사람이 잡혀가는 것을
  속되게 이르는 말.
◆ 복사뼈 발목 부근에 안팎으로 둥글게
  나온 뼈.
◆ 가타부타 어떤 일에 대하여 옳다느니
  그르다느니 함.
◆ 성화成火 몹시 귀찮게 구는 일.
◆ 깜냥 스스로 일을 헤아림. 또는 헤아
  릴 수 있는 능력.

노새가 갑자기 달아난 건 어저께 일이었다. 아버지는 연탄을 실은 뒤 노새의 고삐를 잡고 나는 그냥 뒤따르고 있었다. 내가 뒤따르는 것은 아버지에게 큰 도움이 못 되고 할 일 없이 따라다니기만 할 뿐이었다. 야트막한 언덕길을 오를 때 마차의 뒤를 밀기도 했으나 그것은 그대로 시늉일 뿐, 내 어린 힘으로 어떻게 된다든가 하는 일은 없었다. 아버지는 이따금 따라다니지 말고 집에 가서 공부나 하라고 했지만, 내가, 공부를 다 했어요, 하면 그 이상 더 말리지는 않았다. 그러나 탄을 싣거나 부릴 때 내가 거들려고 나서면 아버지는 한사코 그걸 말렸다. 아버지가 그랬으므로 나는 그러면 더 좋지 하는 홀가분한 마음으로 망아지 모양 마차 뒤만 졸졸 따라다녔다. 바로 어저께도 그랬다. 새동네의 두 집에서 200장씩 갖다 달라고 해서 아버지는 연탄 400장을 싣고 새동네로 들어가는 그 가파른 골목길을 들어서고 있었다. 얘기의 앞뒤가 조금 뒤바뀌었지만 우리 아버지는 연탄 가게의 주인이 아니고 큰길가에 있는 연탄 공장에서 배달 일만 맡고 있다. 그러므로 연탄 공장의 배달 주임*이 어느 동네 어느 집에 몇 장을 배달해 주라고 하면, 그만한 양의 탄을 실어다 주고 거기 따르는 구전*만 받으면 그만이었다. 그런데 한 가지 자랑스러운 일은 아버지는 아무리 찾기 힘든 집이라도 척척 알아낸다는 것이다. 연탄 공장 사람들의 설명이 미처 끝나기도 전에 알 만하오, 한마디면 그만이었다. 열이면 열 거의 틀리는 일이 없었다. 오죽하면 공장 사람들도,

"마차 영감은 집 찾는 데 귀신이니깐."

하면서 혀를 내두를까. 그들도 아버지에게 실려 보내면 마음이 놓인다는 것이었다. 어저께도 아버지는 이러이러한 댁에 갖다 주라는 말을 듣자, 두 번 다시 물어보지 않고 짐을 싣고 나선 것이다.

그 가파른 골목길 어귀에 이르자 아버지는 미리서 노새 고삐를 낚아 잡고 한달음에 올라갈 채비를 하였다. 그러나 어쩐 일인지 다른 때 같으면 400장 정도 신고는 힘 안 들이고 올라설 수 있는 고개인데도 이날따라 오름길 중턱에서 턱 걸리고 말았다. 아버지는 어, 하는 눈치더니 고삐를 거머쥐고 힘껏 당겼다. 이마에 힘줄이 굵게 돋았다. 얼굴이 빨개졌다. 나는 얼른 달라붙어 죽어라고 밀었다. 그러나 길바닥에는 살얼음이 한 겹 살짝 깔려 있어서 마차를 미는 내 발도 줄줄 미끄러져 나가기만 했다. 노새는 앞뒷발을 딱딱 소리를 낼 만큼 힘껏 땅을 밀어냈으나 마차는 그때마다 살얼음 위에 노새의 발자국만 하얗게 긁힐 뿐 조금도 올라가지 않았다. 아직은 아래쪽으로 밀려 내리지 않고 제자리에 버티고 선 것만도 다행이었다. 사람들이 몇 명 지나갔으나 모두 쳐다보기만 할 뿐 아무도 달라붙지는 않았다. 그전에도 그랬다. 사람들은 얼핏 도와주고 싶은 생각이 났다가도, 상대가 연탄마차인 것을 알고는 감히 손을 내밀지 못했다. 도대체 어디다 손을 댄단 말인가, 제대로 하자면 손만 아니라 배도 착 붙이고 밀어야 할 판인데 그랬다간 옷을 모두 망치지 않겠는가, 옷을 망치면서까지 친절을 베풀 사람은 이 세상엔 없다고 나는 믿어 오고 있다. 그건 그렇고, 그런 시간에도 마차는 자꾸 밀려 내려오고 있었다. 돌을 괴려고 주변을 살펴보았으나 그만한 돌이 얼른 눈에 띄지 않을 뿐더러, 그나마 나까지 손을 놓으면 와르르 밀려 내려올 것 같아서 손을 뗄 수가 없었다. 아버지는 평소의 그답지 않게 사정없이 노새에게 매질을 해 댔다.

"이랴, 우라질 놈의 노새, 이랴!"

◆ **주임主任** 직장, 단체 따위에서 어떤 일을 주로 담당하는 사람.
◆ **구전口錢** 흥정을 붙여 주고 그 대가로 받는 돈.

노새는 눈을 뒤집어 까다시피 하면서 바득바득 악을 써 댔으나 판은 이미 그른 판이었다. 그때였다. 노새가 발에서 잠깐 힘을 빼는가 싶더니 마차가 아래쪽으로 와르르 흘러내렸다. 뒤미처 노새가 고꾸라지고 연탄 더미가 대그르르 무너졌다. 아버지는 밀려 내려가는 마차를 따라 몇 발짝 뒷걸음질을 치다가 홀랑 물구나무 서는 꼴로 나자빠졌다. 나는 얼른 한옆으로 비켜 섰기 때문에 아무 일도 없었다. 그러나 정작 일은 그다음에 벌어지고 말았다. 허우적거리며 마차에 질질 끌려가던 노새가 마차가 내박질러진* 자리에서 벌떡 일어서더니 뒤도 안 돌아보고 냅다 뛰기 시작한 것이다. 정확히 말하면 벌떡 일어섰다가 순간적으로 아버지와 내가 있는 쪽을 힐끔 쳐다보고는 이내 뛰어 버린 것이다. 마차가 넘어지면서 무엇이 부러져 몸이 자유롭게 된 모양이었다.

"어 어, 내 노새."

아버지는 넘어진 채 그 경황에도 뛰어가는 노새를 쳐다보더니 얼굴이 새하얘졌다. 그러나 그런 망설임도 그때뿐 아버지는 힘들게 일어서자 딴사람이 되어 빠른 걸음으로 노새를 뒤쫓았다.

"내 노새, 내 노새."

아버지는 크게 소리 지르는 것도 아니고 그렇다고 입안엣소리도 아닌, 엉거주춤한 소리로 연방* 뇌면서 노새가 달려간 곳으로 뛰어갔다. 나도 얼른 아버지의 뒤를 따랐다. 노새는 10미터쯤 앞에 뛰어가고 있었다. 뒤미처 앞쪽에서는 악악 하는 비명 소리가 들려왔다. 어깨에 스케이트 주머니를 메고 오던 아이들 둘이 기겁을 해서 길 옆으로 비켜서고, 뒤따라오던 여학생 한 명이 엄마! 하면서 오던 길을 달려갔다. 손자를 업고 오던 할머니 한 분은 이런 이런! 하면서 어쩔 줄

몰라하다가 그 자리에 폭싹 주저앉고 말았다. 막 옆 골목을 빠져나오
던 택시가 찍, 브레이크를 걸더니 덜렁 한바탕 춤을 추고 멎었다. 금
세 이 집 저 집에서 사람들이 쏟아져 나와서 골목은 어느 사이 수많
은 사람들이 모여 웅성대기 시작했다.

"왜 그래, 왜 그래."

"무슨 일이야, 무슨 일이야."

"말이 도망갔나 봐, 말이 도망갔나 봐."

"무슨 말이, 무슨 말이."

"저기 뛰어가지 않아."

"얼라 얼라, 그렇군. 말이 뛰어가는군."

"별꼴이야, 말 마차가 지금도 있었군."

이런 웅성거림 속을 아버지는 두 주먹을 불끈 쥐고 뜀박질 쳐 갔다.

"내 노새, 내 노새."

그때 나는 아버지보다 몇 발짝 앞서 있었다. 아버지의 헉헉 소리가
들려왔다. 하지만 노새는 우리보다 훨씬 빨랐다. 노새는 이미 큰길로
나가고 있었다. 드디어 아버지는 큰길을 나오자 덜컥 그 자리에 주저
앉고 말았다. 노새는 이제 보이지 않았지만 나는 노새보다도 아버지
의 일이 더 큰일일 것 같아서, 뛰던 것을 멈추고 아버지의 손을 잡고
끌어 일으키려고 했다. 한데 아버지는 쉽게 일어나지를 못했다. 아버
지의 눈은 더할 수 없는 실망과 깊은 낭
패[◆]로 가득 차 나는 제대로 쳐다보지도
못하고 슬며시 고개를 돌리다가 이내 축
처지고 말았다. 얼굴 근육이 실룩거리는
것이 옆얼굴에도 보였다. 불현듯 슬픔이

◆ **내박지르다** '내박치다'의 잘못. 힘껏
  집어 내던지다.
◆ **연방連方** 잇따라 자꾸.
◆ **낭패狼狽** 계획한 일이 실패로 돌아가
  거나 기대에 어긋나 매우 딱하게 됨.

북받쳐 내 눈도 썸벅거렸으나* 나는 그것을 억지로 참고 계속해서 아버지의 팔목을 이끌었다.

"아버지, 여기서 이렇게 앉아 있으면 어떻게 해요. 노새를 찾아야지요."

지나가는 사람들이 우리 부자의 이런 모습을 구경거리나 되는 듯이 잠깐잠깐 쳐다보았다.

"그래."

아버지는 힘없이 일어났으나 나는 어디를 어떻게 가야 할지 그저 막막하기만 했다. 아버지도 그런 눈치인 듯 나를 한번 덤덤히 쳐다보다가 아무 말 없이 앞장을 서기 시작했다. 두 사람 중 아무도 내박질러진 마차며 연탄 이야기를 꺼내지 않았다. 그 뒤처리도 큰일일 테니 말이다. 터덜터덜 걸어서 네거리까지 온 우리는 정작 그때부터 막막함을 느꼈다. 동서남북 어느 쪽으로 가야 할 것인가.

"아버지, 이렇게 하면 어때요. 둘이 같이 다닐 게 아니라 따로따로 헤어져서 찾아보도록 해요. 내가 이쪽 길로 갈 테니깐 아버지는 저쪽 길로 가세요, 네?"

아버지는 아무 말 없이 나와는 반대 방향으로 걸어갔다.

아버지와 헤어진 나는 사뭇 뛰었다. 사람들은 거리에 가득 넘쳐 있었다. 크고 작은 자동차는 뿡빵거리면서 씽씽 달려가고 달려오고 하였다. 5층 건물 3층 건물이 즐비한 거리는 언제나처럼 분주했다. 아무도 나를 붙잡고 왜 뛰느냐고, 노새를 찾아 나선 길이냐고 묻지 않았다. 아무도 네가 찾는 노새가 방금 저쪽으로 뛰어갔다고 걱정 말라고 일러 주지 않았다. 나는 이 사람에게 툭 부딪치고, 저 사람에게 탁 부딪치면서 사뭇 뛰었다. 그러나 뛰면서도 둘레둘레 사방을 쳐다보는 것을 잊지 않았다. 벌써 거리는 조금씩 어두워지고 있었다. 이미 앞이마에 헤드라이트를 켠 자동차도 있었다. 나는 그런 자동차들이 막 뛰어다니는 노새로 보였다. 파랑 노새, 빨강 노새, 까만 노새 들이 마구 뛰어다니는 것이 아닌가. 바람같이 달리는 놈, 슬슬 가는 놈, 엉금엉금 기는 놈, 갑자기 멈추는 놈, 막 가다가 홱 돌아서는 놈, 그것은 가지가지였다. 그런데도 그중에 우리 노새는 없었다. 두 귀가 쫑긋하고 눈이 멀뚱멀뚱 크고, 코가 예쁘고, 알맞게 살이 찐, 엉덩이에 까맣게 연탄 가루가 묻어 반질반질하고, 우리 사촌이모 머리채처럼 꼬리를 길게 늘어뜨린 우리 노새는 안 보였다.

어디까지 왔는지도 몰랐다. 차츰 다리가 아프기 시작했다. 배도 아프기 시작했다. 그러고 보면 나는 오늘 점심도 설친 채였다. 아이들하고 한참 놀다가 집에서 점심을 몇 술 뜨는 둥 마는 둥하다가 아버지의 일이 궁금하여 연탄 공장에 갔었는데 그때 마침 아버지가 짐을 싣고 나오는 것이었다. 그러나 나는 걸음을 멈출 수가 없었다. 노새를 찾아야 한다. 노새를 찾아야 한다는 마음이 내 걸음에 앞서 몇 번 고꾸라지기도 하였다. 더러는 어떤 신사 아저씨의 옆구리에 넘어지듯 부닥치기도 하였는데, 그러면 그 아저씨는,

"이 녀석아……."

어쩌고 하면서 못마땅하게 쳐다보고, 더러는 어떤 아주머니의 치마꼬리를 밟기도 하였는데, 그러면 그 아주머니는,

"얘가 왜 이래, 눈을 어디 두고 다녀?"

하면서 호통을 치기도 하였다. 그럴 때마다 나는,

"미안해요, 우리 노새를 찾느라고 그래요."

하고 뇌까렸으나* 그것이 입 밖으로 말

◆ **썸벅거리다** 눈꺼풀을 움직여 눈을 세게 자꾸 감았다 떴다 하다.
◆ **뇌까리다** 아무렇게나 되는대로 마구 지껄이다.

이 되어 나오지는 않았다. 입안이 메말라서 도무지 말을 하고 싶지도 않았다. 언뜻 내가 왜 이렇게 쏘다니고 있을까, 노새가 어디로 간지도 모르고 왜 이렇게 방황해야만 하는가 하는 생각이 없지도 않았으나 그런 마음에 앞서 내 눈은 부산하게* 거리의 구석구석을 살피고 있었다. 그러고 보면 나는 그동안 우리 노새와 깊이 정이 들어 있었는지도 몰랐다. 자다가도 바로 옆 마구간에서 노새가 푸레질*하는 소리, 발을 들었다 놓았다 하는 소리를 들으면 왠지 마음이 놓였고, 길에서 놀다가도 저만치서 아버지에게 끌려오는 노새가 보이면 후딱 달려가 그 시커먼 엉덩이를 한번 두들겨 주기도 했다. 그러면 저도 나를 알아보는지 그 큰 눈을 한번 크게 치떴다가 내리곤 했다. 아이들은 그런 나를 더욱 놀려 댔다.

"비리비리 노새 새끼."

"자지만 큰 노새."

그리고 나더러는 '까마귀 새끼'라고 말이다. 까마귀 새끼라는 것은 우리 아버지가 까맣게 연탄 가루를 뒤집어쓰고 다닌대서 그 아들인 나를 가리키는 말이다. 사실 아버지는 노상 시커먼 몰골을 하고 다녔다. 옷은 물론 국방색,* 신발도 어느새 깜장 구두가 되어 있었다. 손 얼굴 할 것 없이 온몸이 껌정투성이였다. 어쩌다 헹 하고 코를 풀면 콧물조차도 까맸다. 그런 가운데에서도 눈 하나만은 퀭하니 크게 빛났다. 아이들은 그런 아버지를 보고 까마귀라고 불러 댔으나 차마 대놓고 그러지는 못하고, 만만한 나만 보면 까마귀 새끼라고 놀려 댔다. 하지만 저희네들 아버지는 별것이었던가. 영길이네 아버지는 조그마한 기계와 연탄불을 피워 가지고 다니면서 뻥 소리와 함께 생쌀을 납작하게 눌러 튀겨 내는 장사를 하고 있었고, 종달이네 형님은 번

데기 장수였다. 순철이네 아버지는 시장 경비원이었고, 귀달네 아버지는 포장마차에서 장사를 하고 있었다. 그래서 우리는 영길이더러 '뺑', 종달이더러는 '뻰'이라는 별명을 붙여 주었으며, 순철이 귀달이도 모두 하나씩 별명을 가지고 있었다. 그러니까 내가 까마귀 새끼라는 별명을 가지고 있다는 것은 어떻게 보면 당연한 것이고 별로 억울할 것도 없었다.

내가 집에 돌아온 것은 밤 열 시도 넘어서였으나 아버지는 그때까지 돌아오지 않고 있었다. 할머니와 어머니는 동네 사람들의 귀띔으로 미리 사건을 알고 있었던지, 내가 들어서자 얼른 뛰어나오며 허겁지겁 물었다.

"찾았니?"

"아버지는 어떻게 되셨어?"

내가 혼자 들어서는 걸 보면 찾지 못한 것을 번연히˙ 알면서도 어머니는 다그쳐 물어 댔다. 어머니는 나에게 밥을 줄 생각도 하지 않고 한숨만 내리쉬고 올려 쉬곤 하였다.

아버지가 돌아온 것은 통행금지 시간이 거의 되어서였다. 예상한 일이지만 아버지는 빈 몸이었고 형편없이 힘이 빠져 있었다. 그때까지 식구들은 아무도 잠들지 않았다. 작은형도 일이 일인지라 기타도 치지 않고 죽은 듯이 방 안에만 처박혀 있었다. 아버지를 보고도 아무도 말을 하지 않았다. 다만 할머니만이 말을 걸었다.

"이제 오니?"

◆ 부산하다 급하게 서두르거나 시끄럽게 떠들어 어수선하다.
◆ 푸레질 '투레질'의 뜻. 말이나 당나귀가 코로 숨을 급히 내쉬며 투루루 소리를 내는 일.
◆ 국방색國防色 육군의 군복 빛깔과 같은 카키색이나 어두운 녹갈색.
◆ 번연히 어떤 일의 결과나 상태 따위가 훤하게 들여다보이듯이 분명하게.

"네."

그뿐, 아버지는 더는 말이 없었다. 그러고는 어머니가 보아 온 밥상을 한옆으로 밀어 놓고는 쓰러지듯 방 한가운데 드러눕고 말았다. 아버지는 지금 내일부터 당장 벌이를 나갈 수 없는 아픔보다도 길들여 키워 온 노새가 귀여워서 저러는지도 모를 일이었다. 아버지는 원래가 마부였다. 서울에 올라오기 전 시골에서도 줄곧 말 마차를 끌었다. 어쩌다가 소달구지˚를 끄는 적도 있기는 했으나 얼마 가지 않아서 도로 말 마차로 바꾸곤 했다. 그런 아버지였으므로 서울에 올라와서는 내내 말 마차 하나로 버텨 나왔었는데 어떻게 마음먹었는지 노새로 바꾸고 만 것이다. 노새나 말이나 요즘은 그놈의 삼륜차˚ 때문에 아버지의 일감이 자칫 줄어드는 듯하기도 했다. 웬만한 오르막길도 끄떡없이 오르고, 웬만한 골목 안 집까지도 드르륵 들이닥치니 아버지의 말 마차가 위험을 느낌직도 했고, 사실 일감을 빼앗기기도 했다. 그런데도 그때마다 아버지는 큰소리였다.

"휘발유 한 방울 안 나오는 나라에서 자동차만 많으면 뭘 해."

마치 애국자처럼 말하는 것이었으나 나는 아버지의 그 말 뒤에 숨은 오기˚ 같은 것을 느낄 수 있었다. 너무 고단해서였을까, 이날 밤 나는 앞뒤를 가릴 수 없을 만큼 깊이 잠에 빠졌던 것 같다.

골목에서 뛰쳐나온 노새는 큰길로 나오자 잠시 망설이다가 곧 길복판으로 뛰어 들어갔다. 그러자 달려가고 달려오던 차들이 브레이크를 밟느라고 찍 찍, 소리를 냈으나 노새는 그걸 본체만체하고 달렸다. 어디서 뛰어나왔는지 교통 순경이 호루라기를 불며 달려오다가 노새가 가까이 오자 혼비백산˚해서 도망갔다. 인도를 걸어가던 사람들이 일제히 발을 멈추고 노새의 가는 곳을 쳐다보곤 저마다 놀라고, 또는 재미있다는 표정을 지었다.

"허허, 저놈이 제 세상을 만났군."

"고삐 풀린 말이라더니 저놈도 저렇게 한번 뛰어 보고 싶었을 거야."

"엄마, 저게 뭔데 저렇게 뛰어가? 말이지?"

"글쎄, 말보다는 노새 같다, 얘."

사람이 그러거나 말거나 노새는 뛰고 또 뛰었다. 연탄 짐을 매지 않은 몸은 훨훨 날 것 같았다. 가파른 길도 없었고 채찍질도 없었고 앞길을 막는 사람도 없었다. 신호등에 파란불이 켜진 때도 있었고 노란불이 켜진 때도 있었으며 빨간불이 켜진 때도 있었으나, 막무가내로 그냥 뛰기만 했다. 노새는 이윽고 횡단보도에 이르렀다. 마침 파란불이 켜져서 우우 하고 길을 건너던 사람들이, 앗, 엇, 외마디소리를 지르며 풍비박산*이 되었다. 보퉁이를 이고 가던 아주머니가 오메 소리를 지르며 픽 그 자리에 넘어지자 머리 위에 있던 보퉁이가 데그르르 굴렀다. 다정히 손 잡고 가던 모녀가 어머멋 소리를 지르며 제자리에 우뚝 섰다. 재잘거리며 가던 두 아가씨가 엄마! 소리를 지르며 한꺼번에 엉켜 넘어졌다. 자전거에 맥주 상자를 싣고 기우뚱기우뚱 건너가던 인부가 앞 사람이 갑자기 뒷걸음질 치는 바람에 자전거의 핸들을 놓쳐 중심을 잃은 술 상자가 우르르 넘어졌다. 밍크 목도리에 몸을 휘감고 가던 아주머니가 난 몰라! 하고 소리를 지르며 홱 돌아서다가 자기도 모르게 옆에 있는 낯 모르는 아저씨 품에 안겼다. 땟국*이 잘잘 흐르는 잠바 청년 하나가 이때 워! 워! 하면서 앞을 가로막았으나 노새가 앞다

◆ **소달구지** 소가 끄는 수레.
◆ **삼륜차三輪車** 바퀴가 세 개 달린 차로 주로 짐을 실어 나른다.
◆ **오기傲氣** 남에게 지기 싫어하는 마음.
◆ **혼비백산魂飛魄散** 몹시 놀라 넋을 잃음.
◆ **풍비박산風飛雹散** 사방으로 날아 흩어짐.
◆ **땟국** 꾀죄죄하게 묻은 때.

리를 번쩍 한 번 들자 어이쿠 소리를 지르면서 인도 쪽으로 도망갔다.

노새는 그대로 달렸다. 뒤미처 순경이 쫓아오는 소리가 나고 앵앵거리며 백차*가 따라오고 있었다. 노새는 그러나 아랑곳하지 않았다. 노새는 어느덧 번화가에 들어서고 있었다. 여기는 아까의 횡단길보다도 더욱 사람이 많았다. 노새는 자꾸 자동차가 걸리는 것이 귀찮았던지 성큼 인도 쪽으로 방향을 꺾었다. 그러자 이번에는 더욱 요란스런 혼란이 벌어졌다. 사람들은 달랑달랑하는 노새의 목에 달린 방울 소리가 들릴 때는 호기심으로 그쪽을 쳐다보았다가도, 금세 인파가 우, 우, 이리 몰리고 저리 몰리고 하면서 눈앞에 노새가 뛰어오자 어쩔 바를 모르고 왁, 왁, 소리를 지르며 달아나기에 바빴다. 분홍색 하이힐 짝이 나뒹굴고, 곱게 싼 상품 상자들이 이리저리 흩어졌다. 신사가 한옆으로 급히 비키다가 콘크리트 전봇대에 이마를 찧고, 군인이 앞사람의 뒤꿈치에 밟혀 기우뚱하다가 뒤에 오는 할아버지를 안고 넘어졌다. 배지를 단 여학생이 황망히* 길 옆 제과점으로 도망치다가 안에서 나오던 청년과 마주쳐 나무토막 쓰러지듯 넘어지고, 아이스크림을 핥고 가던 꼬마들이 얼싸안고 넘어졌다.

번화가 옆은 큰 시장이었다. 노새가 이번에는 그 시장 속으로 뚫고 들어갔다. 머리에 수건을 동이고* 좌판 앞에 앉아 있던 아낙네들이 아이구 이걸 어쩌지, 하면서 벌떡 일어서는 것을 신호로 시장 안에 벌집 쑤신 듯한 소동이 사방으로 번져 갔다. 콩나물 통이 엎어지고, 시금치가 흩어지고, 도라지가 짓이겨지고, 사과 알이 데굴데굴 굴렀다. 미꾸라지 통이 엎어지고, 시루떡이 흩어지고 테토론* 옷감이 나풀거리고 제주 밀감이 사방으로 굴렀다. 갈치가 뛰고 동태가 날고, 낙지가 미끈둥미끈둥 길바닥을 메웠다. 연락을 받고 달려왔는지 시장 경비원 세 명이 이놈의 노새, 이놈의 노새, 하면서 앞뒤를 막았으나 워낙 젖 먹던 힘까지 다 내서 길길이 뛰는 노새를 붙들지는 못하고, 저 노새 잡아라, 저 노새 하고 외치며 이리 뛰고 저리 뛰고 할 뿐이었다.

골목을 뛰쳐나온 지 한 시간이 지났을까, 노새는 시장 안에서 한바탕 북새◆를 떨고는 다시 한길로 나왔다. 이 무렵에는 경찰에 비상이 걸렸는지 곳곳에 모자 끈을 턱에까지 내린 경찰관들이 지키고 서 있었다. 서울 장안◆이 온통 야단이 난 모양이었다. 군데군데 무전차가 동원되어 자기네끼리 노새의 방향에 대해서 연락을 취하고 있었다. 그러나 노새는 미리 그것을 알고라도 있는 듯 용케도 경비가 허술한 길만을 찾아 잘도 달려갔다. 모가지는 물론, 갈기며 어깻죽지, 그리고 등허리에 땀이 비 오듯 해서 네 다리에 물이 주르르 흐르고 있었다, 검은 물이. 노새는 벌써 한강 다리를 건너고 있었다. 노새는 얼핏 좌우로 한강 물을 훑어보더니 여전히 뛰어가면서도 길게 심호흡을 하였다. 다리를 건너고 얼마를 가자 길이 넓어지고 앞이 툭 트였다. 고속도로였다. 노새는 돈도 안 내고 톨게이트를 빠져나가더니 그때부터는 다소 속도를 늦추었다. 그러나 절대로 뛰는 일을 멈추지는 않았다.

여느 날보다 다소 늦게 일어난 나는 간밤의 꿈으로 하여 어쩐지 마음이 헛헛했다.◆ 꿈 그대로라면 우리는 다시는 그 노새를 찾지 못할 것이 아닌가, 꿈대로라면 우리 노새는 고속도로를 따라 멀리멀리 달아나서 우리가 도저히 찾을 수 없는 곳, 상상도 할 수 없는 곳에 가서 있는 것

◆ 백차白車 차체에 흰 칠을 한, 경찰이나 헌병의 순찰차.
◆ 황망히 마음이 급하여 당황하고 허둥지둥하는 면이 있게.
◆ 동이다 끈이나 실 따위로 감거나 둘러 묶다.
◆ 테토론tetoron 합성 섬유로 짠 천.
◆ 북새 많은 사람이 야단스럽게 부산을 떨며 법석이는 일.
◆ 장안長安 도시나 거리의 안.
◆ 헛헛하다 채워지지 않는 허전한 느낌이 있다.

이 아닐까. 우리를 버리고 간 노새, 그는 매일매일 그 무거운, 그 시커 먼 연탄을 끄는 일이 지겹고 지겨워서 다시는 돌아오지 못할 자기의 보금자리를 찾아 영 떠나가 버렸는가. 아버지와 내가 집을 나선 것은 사람들이 아직 출근하기도 전인 이른 새벽이었다. 큰길로 나오자 두 사람은 막상 어느 쪽부터 뒤져야 할지 막연하기만 했다. 둘 중 아무도 말을 꺼내지는 않았으나 부자父子는 잠깐 주춤하다가 동네와는 딴 방 향으로 걷기 시작했다. 새벽이라 그런지 사람은 그리 많지 않은데 날 씨가 몹시도 찼다. 길은 단단히 얼어붙고 바람은 매웠다. 귀가 따갑게 아려 오는 듯하자 아랫도리로 냉기가 찰싹찰싹 달라붙었다.

"아버지, 시장으로 가 봐요."

나는 언뜻 간밤의 꿈이 생각났다.

"시장은 왜?"

"혹시 알아요, 노새가 뛰어가다가 시장기가 들어 시장 쪽으로 갔는지."

나는 말해 놓고도 좀 우스웠지만 아버지도 별 싱거운 녀석 다 보겠 다는 듯이 시큰둥한 태도였다. 아버지는 키가 컸다. 그래서 그런지 급 히 서둘지도 않고 보통 걸음으로 걷는데도 나는 종종걸음을 쳐야 따 라갈 수 있었다. 나는 할 수 없이 한 손을 내밀어 아버지의 손을 잡았 다. 아버지의 손은 크고 투박하고 나무토막처럼 단단했다. 끌려가듯 따라가면서도 나는 좀 우스웠다. 이날까지는 이런 일을 생각할 수도 없었다. 아버지와 손을 잡고 길을 걷는다는 것은 꿈에도 상상할 수 없는 일이었다. 그렇게 지내 왔는데, 오늘 나는 아주 자연스럽게 아버 지와 손을 맞잡고 길을 걷고 있다. 좀 우쭐한 생각이 들었다. 하지만 아무도 그런 우리를 부러운 눈초리로 쳐다보지는 않았다.

아버지와 나는 한도 끝도 없이 걸었다. 어느새 거리는 점심때쯤 되었고, 눈발이 비치기 시작했다. 어느 곳을 가나 거리는 사람으로 붐벼 있었고, 그 많은 사람들은 우리 부자더러 어디를 그리 바삐 가느냐고, 노새를 찾아다니느냐고 묻지 않았고, 아버지와 나는 아무에게도 노새를 보지 못했느냐고 묻지 않았다. 다리는 쇠사슬을 단 것처럼 무겁고, 배가 고프고 쓰렸다. 나는 그런 우리가 옛날 얘기에 나오는 길 잃은 나그네 같다고 생각했다. 길은 멀고 해는 저물었는데 쉬어 갈 곳이라고는 없는 그런 처지 같았다. 아무리 가도 인가◆는 나타나지 않고, 멀리서 깜박깜박 비치는 불빛도 없었다. 보이느니 거친 산과 들뿐, 사람이나 노새는 보이지 않았다.

아버지와 내가 동물원에 들어간 것은 거의 해가 질 무렵이었다. 어떻게 해서 동물원에 들어오게 되었는지 나는 잘 기억해 낼 수가 없다. 둘 중의 아무도 동물원에 들어가자고 말한 사람은 없었는데 어째서 발길이 이곳으로 돌려졌는지 모른다. 정처 없이 걷다가 마침 닿은 곳이 동물원이어서 그냥 대수롭지 않게 들어왔는지도 모르겠다. 하여튼 나는 희한한 곳엘 다 왔다 싶었다. 내 경우 동물원에 와 본 것은 지금까지 딱 한 번밖에 없었으니까. 그것도 어린이날 무료 공개한다는 바람에 동네 조무래기들과 함께 와 본 것뿐이었다. 그때는 사람들에 치여 제대로 구경도 못 했는데 지금 나는 구경꾼도 별로 없는 동물원을 더구나 아버지와 함께 오게 되었으니, 참 가다가는 별일도 있는 것이구나 하였다. 남들 눈에는 한가하게 동물들은 제 집에 처박혀 있거나 가느다란 석양이 비치는 곳에 웅크리고 있거나 하였다. 막상 들어온 아버지는 그런 동물들을 별로 눈여겨보지 않았다. 동물들의 우리를 보다가 하늘을 보다가 할 뿐, 눈에 초점이 없었

◆ 인가人家 사람이 사는 집.

다. 칠면조도 사자도 호랑이도 원숭이도 사슴도 그런 눈으로 건성건성 보고 지나갈 뿐이었다. 그러던 아버지가 잠시 발을 멈춘 곳은 얼룩말이 있는 우리 앞이었다. 얼룩말은 두 마리였다. 아버지는 그러나 그 앞에서도 멍하니 서 있기만 하지 이렇다 할 감정의 표시를 하지 않았다. 나는 그런 아버지를 한 번 쳐다보고, 얼룩말을 한 번 쳐다보고 하였다. 그러나 아버지의 얼굴이 어쩌면 그렇게 말이나 노새와 닮았는지 모르겠다고 생각하였다. 그렇게 생각하고 보니 꼭 그랬다. 길게 째진, 감정이 없는 눈이며 노상 벌름벌름한 코, 하마 같은 입, 그리고 덜렁하니 큰 귀가 그랬다. 아버지가 너무 오래 말이나 노새를 다뤄 와서 그런 건지, 애당초 말이나 노새 같은 사람이어서 그런 짐승과 평생을 같이해 온 것인지는 알 수 없으나, 막상 얼룩말 앞에 세워 놓은 아버지는 영락없는 말의 형상이었다.

동물원을 나왔을 때 이미 거리는 밤이었다. 이번엔 집 쪽으로 걸었다. 그럴 수밖에 우리는 더 갈 데가 없었던 것이다. 우리 동네가 저만치 보였을 때 아버지는 바로 눈앞에 있는 대폿집*에서 발을 멈추었다. 힐끗 나를 돌아보고 나서 다짜고짜 나를 술집으로 끌고 들어갔다. 이런 일도 전에는 없던 일이었다. 술집 안에는 사람들이 가득 차서 왁왁 떠들어 대고 있었다. 돼지고기를 굽는 냄새, 찌개 냄새, 김치 냄새가 집 안에 가득했다. 사람들은 우리를 의아스런 눈초리로 쳐다보았으나 이내 시선을 거두고 자기들의 얘기 속으로 다시 들어갔다. 나는 들어가자마자 그 냄새들을 힘껏 마셨다. 쓰러질 것 같았다. 아버지는 소주 한 병과 안주를 시키더니 안주는 내 쪽으로 밀어 주고 술만 거푸* 마셔 댔다. 아버지는 술이 약한 편이어서 저러다가 어쩌나 하고 걱정이 되었다.

"아버지, 고만 드세요. 몸에 해로워요."

"으응."

대답하면서도 아버지는 술잔을 놓지 않았다. 얼마나 지났을까, 안주를 계속 주워 먹었으므로 어느 정도 시장기를 면한 나는 비로소 아버지를 쳐다보았다.

"이제부터 내가 노새다. 이제부터 내가 노새가 되어야지 별수 있니? 그놈이 도망쳤으니까 이제 내가 노새가 되는 거지."

기분 좋게 취한 듯한 아버지는 놀라는 나를 보고 히힝 한번 웃었다. 나는 어쩐지 그런 아버지가 무섭지만은 않았다. 그러면 형들이나 나는 노새 새끼고, 어머니는 암노새고, 할머니는 어미 노새가 되는 것일까? 나도 아버지를 따라 히히힝 웃었다. 어른들은 이래서 술집에 오는 모양이었다. 나는 안주만 집어 먹었는데도 술 취한 사람마냥 턱없이 즐거웠다. 노새 가족, 노새 가족은 우리 말고는 이 세상에 또 없을 것이다.

그러나 이러한 생각은 아버지와 내가 집에 당도했을 때 무참히 깨어지고 말았다. 우리를 본 어머니가 허둥지둥 달려 나와 매달렸다.

"이걸 어쩌우, 글쎄 경찰서에서 당신을 오래요. 그놈의 노새가 사람을 다치고 가게 물건들을 박살을 냈대요. 이걸 어쩌지."

"노새는 찾았대?"

"찾거나 그러면 괜찮게요? 노새는 간데온데없고 사람들만 다치고 하니까, 누구네 노새가 그랬는지 수소문* 끝에 우리 집으로 순경이 찾아왔지 뭐유."

오늘 낮에 지서*에서 나온 사람이 우리

- ◆ 대폿집 큰 술잔으로 마시는 술을 파는 집.
- ◆ 거푸 잇따라 거듭.
- ◆ 수소문搜所聞 세상에 떠도는 소문을 두루 찾아 살핌.
- ◆ 지서支署 본서에서 갈려 나가 관할 지역의 일을 맡은 경찰 관서.

노새가 튀는 바람에 여기저기서 많은 피해를 입었으니 도로 무슨 법이라나 하는 법으로 아버지를 잡아넣어야겠다고 이르고 갔다는 것이었다. 아버지는 술이 확 깨는 듯 그 자리에 선 채 한동안 눈만 데룩데룩 굴리고 서 있더니 힝하고 코를 풀었다. 그러고는 아무 말 없이 스적스적 문밖으로 걸어 나갔다. 나는 '아버지' 하고 뒤를 따랐으나 아버지는 돌아보지도 않고 어두운 골목길을 나가고 있었다.

나는 그 순간 또 한 마리의 노새가 집을 나가는 것 같은 착각을 일으켰다. 그러고는 무엇인가가 뒤통수를 때리는 것을 느꼈다. 아, 우리 같은 노새는 어차피 이렇게 비행기가 붕붕거리고, 헬리콥터가 앵앵거리고, 자동차가 빵빵거리고, 자전거가 쌩쌩거리는 대처*에서는 발붙이기 어려운 것인가 하는 생각이 들었다. 언젠가 남편이 택시 운전사인 칠수 어머니가 하던 말,

"최소한도 자동차는 굴려야지 지금이 어느 땐데 노새를 부려."

했다는 말이 생각났다. 그러나 그것은 잠깐 동안이고 나는 금방 아버지를 쫓았다. 또 한 마리의 노새를 찾아 캄캄한 골목길을 마구 뛰었다.

◆ 대처大處 도회지.

최일남
崔一男, 1932~

　전라북도 전주에서 태어난 작가 최일남은 어린 시절에 부모님을 여의었습니다. 그는 가난한 형편 때문에 초등학교를 졸업하자마자 군수 공장에서 일해야 했지만, 고단한 생활 속에서도 틈틈이 세계 문학 전집을 읽으며 작가의 꿈을 키웠습니다.

　최일남은 전주사범학교를 거쳐 서울대학교 국문과에 입학했습니다. 1956년 단편소설 〈파양〉을 발표하여 소설가로 등단하였으며, 경향신문과 동아일보 등에서 신문기자로 활동하였습니다.

　최일남은 기자로 활동하면서도 꾸준히 작품을 발표하였는데, 주로 산업화 시기의 도시 서민들이 겪는 애환을 그렸습니다. 또한 근대화의 바람에 휩쓸려 버린 시골의 현실, 지식인들의 위선적인 행태, 정치 이념의 갈등으로 소외된 인간애, 물질 중심의 사회 세태를 꼬집는 작품들을 발표하였습니다. 이러한 작품들은 현실의 문제를 지적하고 고발하기보다는 역설과 해학성으로써 찬찬히 성찰하게 하는 특징을 지니고 있습니다.

　최일남의 대표 작품으로는 1970년대 사회의 풍속을 풍자한 〈서울 사람들〉, 〈너무 큰 나무〉, 〈타령〉 등이 있고, 잃어버린 고향을 주제로 한 〈고향에 갔더란다〉, 〈읍내 사람들〉 그리고 흔들리는 도시인들의 초상을 그린 작품집 《흐르는 북》, 《거룩한 응답》 등이 있습니다.

"이제부터 내가 노새가 되어야지 별수 있니?"

1974년에 발표된 〈노새 두 마리〉는 노새를 부려 연탄 배달을 하는 아버지를 통해 도시의 변화에 적응하지 못하는 하층민의 삶을 이야기한 작품입니다.

'나'는 변두리의 자그마한 동네에 살고 있습니다. 아버지는 연탄 공장에서 연탄을 받아 노새 마차로 배달하는 일을 하고 있습니다. 일거리가 적을 때는 2, 3킬로미터나 떨어진 다른 동네까지 배달을 가야 했는데, 동네에 문화주택이 자꾸 생겨나자 배달 일이 늘어난 아버지는 은근히 기뻐하셨습니다.

새로 생긴 집들 덕택에 동네 환경이 좋아지고 사람들의 살림살이도 나아졌지만 구동네와 새동네 사람들은 서로 꺼려하며 어울리지 않습니다. 그런 가운데서도 아버지의 노새는 새동네 사람들에게 인기가 좋습니다. 자동차에 익숙해진 사람들은 노새가 마차를 끄는 것이 놀랍고 신기하다는 반응입니다. 새동네 아이들도 처음 보는 노새를 무척이나 귀여워합니다. 이 같은 반응에 아버지도 내심 으쓱해 합니다.

어느 날 연탄을 배달하던 노새가 도망치는 사건이 발생했습니다. 언덕을 올라가던 연탄 마차가 미끄러져 노새의 고삐가 풀린 것입니다. 마차에서 벗어난 노새는 우리 쪽을 힐끔 쳐다보고는 이내 뛰어가 버렸습니다.

'나'와 아버지는 노새를 찾기 위해 사방팔방으로 돌아다녔지만 허사였습니다. 한참을 헤매다 동물원까지 들어가 얼룩말이 있는 우리 앞에 섰습니다. 그때 '나'는 아버지의 모습이 꼭 말이나 노새와 닮았다고 느낍니다.

　노새를 찾지 못하고 집으로 돌아오자 어머니가 허둥지둥 달려나와 경찰이 찾아왔다는 이야기를 들려주었습니다. 도망간 노새가 사람을 다치게 하고 가게 물건을 박살내 피해를 입혔다는 것입니다. 그러자 아버지는 아무 말 없이 문밖으로 걸어 나갔습니다. '나'는 어두운 골목길을 나가는 아버지의 뒷모습에서 또 한 마리의 노새가 집을 나가는 것 같은 착각을 일으킵니다. '나'는 아버지를 찾아 캄캄한 골목길을 마구 뛰었습니다.

시대에 뒤처진 아버지의 모습

　〈노새 두 마리〉에서 노새가 연탄을 배달하는 것처럼, 예전에는 노새가 무거운 짐수레를 끄는 것은 흔한 풍경이었습니다. 하지만 이제는 도시에서뿐만 아니라 시골에서도 노새를 보기 힘들어졌습니다.

　소설 속에서 노새는 도시에서 도태되어 가는 존재를 상징합니다. "비행기가 붕붕거리고, 헬리콥터가 앵앵거리고, 자동차가 빵빵거리고, 자전거가 쌩쌩거리는" 시대에 노새는 인간 사회에서 쓸모없는 동물이 되었기 때문입니다. 그러한 노새의 처지는 마부인 '나'의 아

몸이 튼튼하고 힘이 센 노새

버지와 동병상련입니다. 시대가 바뀌어 이제는 노새가 끄는 마차 대신 자동차가 물건을 나르고, 마부 대신 운전기사가 필요할 뿐입니다.

그래서 화자인 '나'는 아버지와 노새가 서로 닮아 있다고 느낍니다. 더욱이 외모까지 비슷하여 아버지의 "길게 째진, 감정이 없는 눈이며 노상 벌름벌름한 코, 하마 같은 입, 그리고 덜렁하니 큰 귀"는 노새와 같다고 느낍니다. 이처럼 한평생 말이나 노새와 함께 살아온 아버지는 어느새 새로운 시대에 적응하기 어려운 처지가 되어 있습니다.

소설에서 '배경'의 역할

소설의 3대 요소는 인물, 사건, 배경입니다. 여기에서 배경은 인물과 사건의 '밑그림'으로, 사건이 언제 어디에서 발생했는지를 나타내는 요소입니다. 즉 작품에 현실감을 부여하고 그 작품의 독특한 분위기를 형성하는 역할을 합니다. 또한 작품의 주제를 구체화시키는 역할을 하기도 합니다.

배경은 크게 '자연적 배경'과 '사회적 배경'으로 나뉩니다.

자연적 배경은 다시 시간적 배경과 공간적 배경으로 나뉘는데, 사건이 발생하는 구체적인 시기와 공간을 구분한 것입니다. 예를 들어 '1970년 10월 오후 4시'는 시간적 배경이고 '산 밑의 강촌 마을'은 공간적 배경입니다.

사회적 배경 또한 시간적 배경과 공간적 배경으로 나뉩니다. 그런데 이때의 시간과 공간은 인간이 사회를 이루면서 형성된 정치, 경제, 문화, 계층 등을 포함하고 있습니다. 〈노새 두 마리〉를 통해 좀 더 구체적으로 알아봅시다.

자연적 배경		사회적 배경	
시간적 배경	공간적 배경	시간적 배경	공간적 배경
1970년대	서울 변두리 동네	산업화 시대	하층민 지역

이 소설의 자연적 배경은 판잣집이 조금씩 사라지고 새로 지은 집들이 들어서기 시작하는 1970년대(시간) 변두리 동네(공간)임을 알 수 있습니다. 또한 이 무렵은 일자리를 찾아 사람들이 도시로 모여들던 시기로, 소설 속 주인공 가족이 시골에서 서울로 올라온 것이라든가 자동차가 많아지고 있다는 것 등을 통해 사회적으로 산업화 시대(시간)의 하층민 지역(공간)이 배경이라는 사실을 알 수 있습니다.

덧붙여 이 작품에서 구동네와 새동네를 구분한 배경은 이전의 문화와 새로운 문화가 공존하는 산업화 시대를 잘 보여 주며, 사회의 급속한 변화를 따라가지 못하는 서민의 좌절을 드러내는 데에도 효과적인 기능을 합니다.

해직 언론인 출신의 작가 최일남

　최일남은 작가이기도 했지만 평생 동안 기자 생활을 한 언론인입니다. 그는 1959년 민국일보, 경향일보 문화부장을 거쳐 동아일보 편집부 국장을 지냈습니다. 그런데 1980년 동아일보에서 강제로 해직을 당하게 됩니다.

　당시 신문사는 정부로부터 기사 내용을 검사받았습니다. 정부는 자신들에게 불리한 기사를 싣지 못하도록 신문사를 감시하고 통제했습니다. 이에 따라 1980년 4월 17일, 동아일보 기자들은 '자유언론을 위한 선언문'을 발표하고 정부의 감시로부터 자유롭고 진실한 언론인을 표명했습니다. 그러나 정부는 그해 8월, 당시 동아일보의 논설주간을 비롯한 간부 33명의 신문기자를 강제로 해직시켰습니다. 이때 최일남도 함께 해직되었습니다. 이 사건은 한국의 현대사에서 언론 탄압의 대표적인 예로 남아 있습니다.

동아일보 기자들의 항의 집회 모습

다행히 최일남은 1984년에 다시 동아일보 논설위원으로 복직했습니다. 1988년에는 한겨레신문 논설고문을 지냈고, 1999년에는 '80년 해직언론인협의회' 고문을 맡아 활동했습니다.

또 다른 이야기 2 최일남의 또 다른 대표작 〈흐르는 북〉

최일남의 또 다른 대표작인 〈흐르는 북〉은 주인공 민 노인과 아들, 그리고 손자로 이어지는 삼대三代에서 일어나는 갈등을 다룬 가족사 소설입니다.

평생 북을 치며 살아온 민 노인은 젊은 시절부터 가족을 떠나 전국을 유랑하며 방탕한 생활을 했습니다. 이제는 나이가 들어 아들 부부와 함께 살고 있지만, 사이가 좋지 않은 편입니다. 아들 부부는 민 노인이 북을 치는 것이 자신들의 체면을 깎는 일이라고 생각하기 때문입니다.

가족 중에서 유일하게 민 노인의 삶을 이해해 주는 사람은 대학생 손자인 성규입니다. 어느 날 성규는 할아버지에게 학교에서 열리는 봉산 탈춤 공연에 북장단을 맡아 달라고 하고, 민 노인은 고민 끝에 성규의 청을 승낙합니다. 공연 당일, 민 노인은 힘찬 북소리로 자신의 예술혼을 유감없이 발휘합니다. 이 사실을 알게 된 며느리는 점잖지 못한 행동을 했다며 민 노인을 다그치고, 아들은 왜 할아버지에게 북을 치게 했느냐며 성규에게 불같이 화를 냅니다.

이들의 갈등은 민 노인의 예술가적 삶을 상징하는 '북'에서 비롯되었습니다. 아들 대찬에게 북이란 한물간 떠돌이 광대짓에 불과한 것이지만 손자 성규에게는 우리의 자랑스러운 전통문화입니다.

작가는 〈흐르는 북〉을 통해 세대 간의 단절을 이야기하고자 했습니다. 급격한 사회 변화 속에서 가치관과 문화가 달라 서로 소통할 수 없는 문제점을 제시한 것입니다. 하지만 소설 속에서 북으로 상징되는 전통문화를 성규가 수용하는 것을 통해 전통 세대와 기성세대의 갈등이 신세대를 통해서 화해될 수 있다는 희망을 보여 주고 있습니다.

생각하기

● 〈노새 두 마리〉의 시간적 배경은 1970년대입니다. 다음 중 1970년
대의 특성을 가장 약하게 드러내고 있는 소재는 무엇인가요?

① 판자촌   ② 연탄 공장   ③ 노새   ④ 헬리콥터

● 이 소설의 화자인 '나'는 연탄 배달을 하는 아버지를 따라 나서기를
좋아하고, 노새 돌보는 일도 좋아합니다. 그러한 '나'의 성격을 가장
잘 이해하고 있는 사람은 다음 중 누구인가요?

① 미진 : '까마귀 새끼'라고 놀림을 당하니까 속으로는 아버지를 부
끄러워하고 있을 거야.

② 인환 : 노새를 찾으러 다닐 때, 어른과 부딪쳐도 크게 죄송하다
고 말하지 않는 것을 보면 예의가 없는 당돌한 아이야.

③ 철호 : 어린아이지만 노새를 돌보는 일을 돕는 것으로 보아 어른
스러운 면이 있군.

④ 은혜 : 아버지가 노새를 닮았다고 생각하는 것을 보니 아버지에
대한 공경심이 없군.

⑤ 경림 : 새동네 친구들과 어울려 놀지 못하는 것을 보면 수줍음이
많은 아이야.

● 〈노새 두 마리〉 속의 아버지는 가족의 생계를 책임지기 위해 고된 일을 하며 살아왔습니다. 다음 중 이 소설 속의 아버지를 떠올리게 하는 시는 무엇인가요?

① 어머님,
제 예닐곱 살 적 겨울은
목조 적산 가옥 이층 다다미방의
벌거숭이 유리창 깨질 듯 울어 대던 외풍 탓으로
한없이 추웠지요, 밤마다 나는 벌벌 떨면서
아버지 가랑이 사이로 시린 발을 밀어 넣고
그 가슴팍에 벌레처럼 파고들어 얼굴을 묻은 채
겨우 잠이 들곤 했었지요 - 이수익 〈결빙의 아버지〉

② 나의 아버지가 나의 곁에서 조을적에 나는 나의 아버지가 되고 또 나는 나의
아버지의 아버지가 되고 그런데도 나의 아버지는 나의 아버지대로 나의 아버
지인데…… - 이상 〈오감도 2호〉

③ 애비는 종이었다. 밤이 깊어도 오지 않았다.
파뿌리 같이 늙은 할머니와 대추 꽃이 한 주 서 있을 뿐이었다.
어매는 달을 두고 풋살구가 꼭 하나만 먹고 싶다 하였으나……
- 서정주 〈자화상〉

④ 아랫목에 모인
아홉 마리의 강아지야
강아지 같은 것들아
굴욕과 굶주림과 추운 길을 걸어
내가 왔다
아버지가 왔다 - 박목월 〈가정〉

⑤ 아버지는 단 한 번도 아들을 데리고 목욕탕엘 가지 않았다
여덟 살 무렵까지 나는 할 수 없이
누이들과 함께 어머니 손을 잡고 여탕엘 들어가야 했다
- 손택수 〈아버지의 등을 밀며〉

● 이 소설에서 화자인 '나'가 살고 있는 변두리 동네에 문화주택이 들어서면서 새동네가 조성됩니다. 새동네가 생긴 후 마을은 어떤 변화가 있었는지 작품 속에서 찾아 써 봅시다.

● 이 소설에서 '나'는 아버지가 노새를 닮았다고 생각합니다. 화자가 그렇게 생각하는 이유는 무엇인가요? 또한 노새가 상징하는 것은 무엇인지 생각해 봅시다.

같이 생각하기

● 〈노새 두 마리〉의 시간적 배경은 1970년대입니다. 다음 중 1970년대의 특성을 가장 <u>약하게</u> 드러내고 있는 소재는 무엇인가요?

① 판자촌　　　② 연탄 공장　　　③ 노새　　　④ 헬리콥터

답 ④번.

〈노새 두 마리〉는 급속한 산업화와 도시화가 이루어진 1970년대를 배경으로 하고 있습니다. 당시는 판자촌도 많았고 난방 연료도 거의 연탄을 사용했습니다. 반면에 헬리콥터는 당시나 지금이나 특정한 분야에서 여전히 이용되고 있습니다.

● 이 소설의 화자인 '나'는 연탄 배달을 하는 아버지를 따라 나서기를 좋아하고, 노새 돌보는 일도 좋아합니다. 그러한 '나'의 성격을 가장 잘 이해하고 있는 사람은 다음 중 누구인가요?

① 미진 : '까마귀 새끼'라고 놀림을 당하니까 속으로는 아버지를 부끄러워하고 있을 거야.

② 인환 : 노새를 찾으러 다닐 때, 어른과 부딪쳐도 크게 죄송하다고 말하지 않는 것을 보면 예의가 없는 당돌한 아이야.

③ 철호 : 어린아이지만 노새를 돌보는 일을 돕는 것으로 보아 어른스러운 면이 있군.

④ 은혜 : 아버지가 노새를 닮았다고 생각하는 것을 보니 아버지에 대한 공경심이 없군.

⑤ 경림 : 새동네 친구들과 어울려 놀지 못하는 것을 보면 수줍음이 많은 아이야.

답 ③번.

주인공 '나'는 아버지의 연탄 배달일에 따라나서고, 스스로 노새를 돌볼 줄 안다는 점에서 어른스럽다고 볼 수 있습니다.

● 〈노새 두 마리〉 속의 아버지는 가족의 생계를 책임지기 위해 고된 일을 하며 살아왔습니다. 다음 중 이 소설 속의 아버지를 떠올리게 하는 시는 무엇인가요?

① 어머님,
　제 예닐곱 살 적 겨울은
　목조 적산 가옥 이층 다다미방의
　벌거숭이 유리창 깨질 듯 울어 대던 외풍 탓으로
　한없이 추웠지요, 밤마다 나는 벌벌 떨면서
　아버지 가랑이 사이로 시린 발을 밀어 넣고
　그 가슴팍에 벌레처럼 파고들어 얼굴을 묻은 채
　겨우 잠이 들곤 했었지요 - 이수익 〈결빙의 아버지〉

② 나의 아버지가 나의 곁에서 조을적에 나는 나의 아버지가 되고 또 나는 나의
　아버지의 아버지가 되고 그런데도 나의 아버지는 나의 아버지대로 나의 아버
　지인데…… - 이상 〈오감도 2호〉

③ 애비는 종이었다. 밤이 깊어도 오지 않았다.
　파뿌리 같이 늙은 할머니와 대추 꽃이 한 주 서 있을 뿐이었다.
　어매는 달을 두고 풋살구가 꼭 하나만 먹고 싶다 하였으나……
　- 서정주 〈자화상〉

④ 아랫목에 모인
　아홉 마리의 강아지야
　강아지 같은 것들아
　굴욕과 굶주림과 추운 길을 걸어
　내가 왔다
　아버지가 왔다 - 박목월 〈가정〉

⑤ 아버지는 단 한 번도 아들을 데리고 목욕탕엘 가지 않았다
　여덟 살 무렵까지 나는 할 수 없이
　누이들과 함께 어머니 손을 잡고 여탕엘 들어가야 했다
　- 손택수 〈아버지의 등을 밀며〉

답 ④번.

박목월의 〈가정〉은 '아홉 마리의 강아지' 같은 가족들을 위해 '굴욕과 굶주림과 추운 길'을 걷는 아버지가 등장합니다. 〈노새 두 마리〉에서 고된 연탄 배달로 가장의 책임을 다하는 아버지의 모습과 닮아 있다고 볼 수 있습니다.

● **이 소설에서 화자인 '나'가 살고 있는 변두리 동네에 문화주택이 들어서면서 새동네가 조성됩니다. 새동네가 생긴 후 마을은 어떤 변화가 있었는지 작품 속에서 찾아 써 봅시다.**

문화주택이 들어서면서 아버지는 먼 동네까지 연탄 배달을 나가는 일이 줄어들었습니다. 또한 구멍가게에는 팔 물건들이 늘어났습니다. 또한 청소부들이 쓰레기를 수거하러 오고, 우유배달부나 신문배달부, 구두닦이들이 보이기 시작합니다.

● **이 소설에서 '나'는 아버지가 노새를 닮았다고 생각합니다. 화자가 그렇게 생각하는 이유는 무엇인가요? 또한 노새가 상징하는 것은 무엇인지 생각해 봅시다.**

노새는 연탄 짐을 지고 힘겹게 일을 하고 있지만 자동차가 그 일을 대신하는 현실 속에서 쓸모가 없어진 존재가 되어 가고 있습니다. '나'는 이런 노새의 모습에서 급격하게 변하는 사회 속에서 뒤처진 아버지의 모습을 겹쳐 보고 있습니다. 따라서 노새는 도시 사회에서 점점 설 자리를 잃어 가는 '나'의 아버지와 같은 서민의 모습을 상징한다고 볼 수 있습니다.

마지막 땅

: 양귀자 :

열심히 공부하여 시험을 치를 때 누군가 커닝하여 높은 점수를 받았다면 여러분은 어떤 심정일까요? 불공평하고 억울하다고 느끼겠죠?

우리 사회에도 이처럼 노력하지 않고 쉽게 이득을 취하려는 사람들이 있습니다. 부동산 투기를 하는 사람들이 불로소득을 노리는 대표적인 경우입니다. 이런 사람들 때문에 성실하게 살아가는 많은 사람들은 상실감에 빠지게 됩니다.

땅이 삶의 터전이 아닌 돈벌이의 수단이 되는 현상에 대해 생각하면서 〈마지막 땅〉에 등장하는 주인공의 마음을 헤아려 봅시다.

근 열흘간이나 바람이 억세게 불어 댔다. 지독한 꽃샘바람 때문에 동네 길목마다 비닐봉지며 과자 껍질들이 어수선하게 흩어져 있어서 오가는 행인들의 눈살을 찌푸리게 만들었다. 때때로 청소부들이 쓰레기를 주워 모아 공터에서 불을 사르기도 했다. 그럴 때마다 불어오는 바람에 실려 검은 연기가 이리저리 휩쓸려 올라가고 미농지◆보다 얇은 그을음들이 나방 떼처럼 떠돌아다녔다.

청소부가 불만 피워 놓고 떠나 버리면 그다음은 아이들 차지였다. 지물포집 큰아이인 상수, 쓰레기차를 끄는 김 씨의 막내딸 경옥이, 말썽꾸러기 진만이 들이 우르르 몰려나와 불더미 속에 돌을 던지기도 하고 말라붙은 풀 더미에 불씨를 옮겨 붙이기도 한다. 원미동 아이들은 집 안에서 틀어박혀 지내는 법은 애시당초◆ 배운 적이 없다. 아침 눈 뜨면서부터 집 앞으로 뛰쳐나와 어두워질 때까지 거리에서 놀았다. 하루 온종일 아이들의 떠드는 소리, 울음소리가 거리에 가득한데 그런 꼬마들이 불장난의 짜릿한 재미를 앞에 두고 온전할 리 없다. 아이들의 얼굴은 금세 검댕◆투성이가 되고 때로 손을 덴 아이가 자지러지게 울어 젖힐 무렵이면 으레 원미지물포 주 씨가 등장했다. 원래는 부산에서 미장이◆ 기술로 벌어먹었으나 어찌어찌 부천시 원미동까지 오게 된 주 씨네 지물포가 바로 공터 옆의 첫 집이었다. 맞바람에 불씨라도 옮겨 붙으면 제대로 남아 있지 않을 물건들을 보존하기 위해 그가 우락부락한 몸짓으로 뛰어나와 호통을 치면, 아이들은 꽁무니를 빼고 달아나 버린다. 행복사진관의 셋째 딸인 세 살배기 미야 같은

◆ **미농지** 닥나무 껍질로 만든 썩 질기고 얇은 종이의 하나.
◆ **애시당초** '애당초'의 잘못. 일의 맨 처음.
◆ **검댕** 그을음이나 연기가 엉겨 만들어진 검은 물질.
◆ **미장이** 건축 공사에서 벽이나 천장, 바닥 따위에 흙, 회, 시멘트 따위를 바르는 일을 직업으로 하는 사람.

꼬마는 도망치다 신발이 벗겨져 넘어지는 통에 숨넘어가는 울음을 토해 내기도 한다. 사진관 엄 씨는 딸만 셋을 두어서 자칭 행복한 사나이라고 말하는 사람이었다. 첫째는 엄지, 둘째는 엄선, 셋째는 엄미라는 이름을 붙인 것도 행복한 사나이의 발상이었다.

지물포 주 씨가 구둣발로 대충대충 불더미를 다독거려 놓고 들어가 버리면 마지막으로 등장하는 사람이 하나 있다. 그가 바로 강만성 노인이다. 원미동 23통 일대에서는 강 노인을 모르는 이가 없었다. 아니 강 노인이라고 부르기보다는 지주라고 칭해야 더 잘 알았고, 그 지주네 밭에서 일어나는 여름과 겨울의 난리판을 속속들이 겪지 않고서는 이 동네 사람이라고 말할 수 없는 형편이었다. 1미터 80을 넘는 큰 키에 거대한 몸집을 가진 강 노인은 언제 보아도 막일꾼 차림새였다. 유난히 큰 코는 얼굴의 절반 이상을 차지하는 듯싶고, 검붉은 얼굴과 어울리게끔 주먹코 또한 빨갛기가 딸기코 버금가는 빛깔이었다. 씩씩한 걸음걸이하며 노상 걷어붙인 채인 팔뚝의 꿈틀거리는 힘줄 따위를 보노라면 노인의 나이가 이제 칠순을 코앞에 둔 것이라고 어림잡기는 좀체 어려웠다. 목소리도 우렁차서, 그가 밭에서 일하다 말고 "용문아!" 하고 소리쳐 부르면 도로를 하나 건너서 100미터쯤 떨어져 있는, 게다가 딱 뒤로 돌아앉은 그의 이층집에 있던 막내아들 용문이가 금세 튀어나오곤 했다.

강남부동산 박 씨의 동업자이자 마누라이기도 한 고흥댁 말에 의하면 그가 막내아들 용문이를 어찌나 깐깐하게 다루는지 이날 이때껏 아들하고 다정히 말을 주고받는 것을 본 적이 없노라고 했다. 고흥댁이 '이날 이때껏'이라고 말하면 그것은 곧 원미동 23통 일대의 역사를 통틀어 말하는 게 되는 셈이다. 강 노인 말고는 가장 오래 이 동네에

터를 잡고 있는 가게가 강남부동산이었으니까. 헐값의 원미동 땅들이요 근래 들어 황금 값이 되기까지 박 씨와 고흥댁의 활약상은 눈부실 정도였다. 그의 말을 그대로 믿는다면, 한때는 서울 개포동 이쪽의 강남땅을 떡 주무르듯 했던 큰손◆이었다가 밝힐 수 없는 모종◆의 사건으로 한 재산 다 날리고 달랑 맨손으로 부천에 내려와 별 볼 일 없는 거간꾼◆이 돼 버렸다는 박 씨였다. 별 볼 일 없다고는 하지만 박 씨가 원미동에서 한 재산 단단히 붙잡았다는 사실에 대해 이의를 제기할 사람은 아무도 없었다.

청소부가 쓰레기를 모아 태운 공터도 강남부동산에서 계약서 쓰고 강 노인이 팔아넘긴 땅이었다. 그때 들어선 2층 상가가 벌써 네 채나 되지만 도로 컨◆의 공터는 아직 새 임자가 땅을 묵혀 두고 있는 판이었다. 몇 달 안으로 새 건물이 들어설 자리이기는 했다. 이것을 빼고도 소방 도로 왼쪽에는 팔아 버리지 않은 땅이 100평 남짓한 덩어리로 셋이나 되었다. 그중 하나는 건재상◆에게 빌려 주어 시멘트나 모래 따위가 그득 들어차 있고, 나머지 땅은 강 노인이 해마다 아들과 함께 밭을 일구어서 채소들을 가꾸었다. 큰돈이야 못 되어도 그럭저럭 가용◆은 쓸 만큼 되는 알뜰한 밭이었다.

강 노인이 이제 재밖에는 안 남은 쓰레기 태운 자리를 찾아오는 것도 바로 그 밭 때문이었다. 밭에 거름이 될 만하다 싶으면 그는 어떤 것이라도 낡고 더러운 망태기◆에 쓸어 담는 사람이었다. 결혼해서 따로 사는 아들이 둘이나 되지만

◆ 큰손 증권 시장이나 부동산 시장 따위에서, 시세에 영향을 미칠 정도로 대규모의 거래를 하는 개인이나 기관을 비유적으로 이르는 말.
◆ 모종某種 어떤 종류.
◆ 거간꾼 사고파는 사람 사이에 들어 흥정을 붙이는 일을 하는 사람.
◆ 컨 '편'의 잘못.
◆ 건재상建材商 건축 재료를 파는 가게.
◆ 가용家用 집에서 필요하여 쓰는 물건.
◆ 망태기 물건을 담아 들거나 어깨에 메고 다닐 수 있도록 만든 그릇.

어느 놈 하나 생활비 보태 줄 자식은 없어서, 건재상과 2층에 세 사는 이가 다달이 내미는 월세만 가지고 사는 형편이니만큼 강 노인 땅이 시가* 몇 억짜리 덩치라 한들 그 땅에 고추 농사나 지어서는 수지*가 안 맞는 지주였다. 문제는 그 비싼 땅에다가 강 노인은 한사코 푸성귀* 따위나 가꾸겠다고 고집을 부리는 데 있었다. 지난 몇 년간 여러 차례 임자가 나섰건만 이제는 절대 땅을 팔지 않겠다는 강 노인 고집에 막혀, 시청으로 통하는 2차선 도로의 양 켠으로는 여전히 밭 농사가 계속되는 중이이었다. 올해도 봄은 왔고 그래서 강 노인은 어김없이 허름한 옷차림으로, 맨발 위에 신은 검정 고무신을 끌고 자신의 밭에 모습을 나타내었다.

겨우내 굳어 있던 땅은 괭잇날 들어가기가 썩 힘이 들었고 게다가 돌덩이처럼 틀어박힌 연탄재 부스러기들을 일일이 골라내다 보면 한 두덕*을 갈아엎는 데도 꽤 오랜 시간이 걸렸다. 용문이가 지난달 내내 연탄재들을 거두어 내고 겨우 맨땅을 내놓았다고 한 꼴이 요 모양이었다. 서울 것들이란. 강 노인은 끙끙거리다 토막 난 욕설을 내뱉어 놓고는 윗저고리에서 한산도* 갑을 꺼낸다. 바람이 워낙 심해서 불붙이는 일은 아무래도 저쪽 연립주택 앞에 심어 놓은 사철나무를 바람벽으로 삼아야 가능할 것 같았다. 강 노인이 괭이를 내던지고 밭 끄트머리로 걸어가는 사이 언제 나왔는지 부동산의 박 씨가 알은체를 하였다. 자그마한 체구에 검은 테 안경을 쓰고, 머리는 기름 발라 착 달라붙게 빗어 넘긴 박 씨의 면상을 보는 일이 강 노인으로서는 괴롭기 짝이 없었다. 얼굴만 마주쳤다 하면 땅을 팔아 보지 않겠느냐고 은근히 회유*를 거듭하더니 지난겨울부터는 임자가 나섰다고 숫제* 집까지 찾아와서 온갖 감언이설*을 다 늘어놓는 박 씨였다. 그것도 강 노인의 나머지 땅을 한꺼번에 사들여서 길 이쪽저쪽으로 쌍둥이 빌딩을 지어 부천의 명물로 만들 것이고, 거기에 초호화판 위락 시설*이 들어서서 동네가 삽시간에 환해질 것이라고 했다. 1층에는 상가, 2층은 사우나, 3층은 헬스클럽, 4, 5층은 사무실 임대하는 식의 건물 용도부터가 강 노인 마음에는 들지 않았지만 어차피 팔지 않을 땅이므로 어느 작자가 어떤 김치 국물을 마시든 크게 나무랄 일은 못 되었다.

"영감님, 유 사장이 저 심곡동 쪽으로 땅을 보러 다니나 봅디다. 영감님은 물론이고 우리 동네의 발전을 위해서 그렇게 애를 썼는데……."

박 씨가 짐짓 허탈한 표정을 지으며 말하고 있는데 뒤따라 나온 동업자 고흥댁이 뒷말을 거든다.

"참말로 이 양반이 지난겨울부터 무진 애를 썼구만요. 우리사 셋방이나 얻어 주고 소개료 받는 것으로도 얼마든지 살 수 있지라우. 그람시도 그리 애를 쓴 것이야 다 한동네 사는 정리*로다가 그런 것이지요."

강 노인은 가타부타 말이 없고 이번엔 박 씨가 나섰다.

"아직도 늦은 것은 아니고, 한 번 더 생각해 보세요. 여름마다 똥 냄새 풍겨 주는 밭으로 두고 있으니 평당 백만 원 이상으로 팔아넘기기가 그리 쉬운 일입니

◆ **시가**時價 일정한 시기의 물건값.
◆ **수지**收支 수입과 지출.
◆ **푸성귀** 사람이 가꾼 채소나 저절로 난 나물 따위를 통틀어 이르는 말.
◆ **두덕** '두둑'의 사투리. 논이나 밭을 갈아 골을 타서 두두룩하게 흙을 쌓아 만든 곳.
◆ **한산도** 1970년대에 보급된 담배의 한 종류.
◆ **회유**懷柔 어루만지고 잘 달래어 시키는 말을 듣도록 함.
◆ **숫제** 아예 전적으로.
◆ **감언이설**甘言利說 귀가 솔깃하도록 남의 비위를 맞추거나 이로운 조건을 내세워 꾀는 말.
◆ **위락 시설** 위안과 안락감을 주는 용도의 상업 시설물.
◆ **정리**情理 인정과 도리.

까. 이제는 참말이지 더 이상 땅값이 오를 수가 없게 돼 있다 이 말씀입니다. 아, 모르십니까. 팔팔 올림픽 전에 북쪽 놈들이 쳐들어올 확률이 높다고 신문 방송에서 떠들어싸니 이삼 천짜리 집들도 매기*가 뚝 끊겼다, 이 말입니다."

"영감님도 욕심 그만 부리고 이만한 가격으로 임자 나섰을 때 후딱 팔아 치우시오. 영감님이 아무리 기다리셔도 인자 더 이상 오르기는 어렵다는디 왜 못 알아들으실까잉. 경국이 할머니도 팔아 치우자고 저 야단인디……."

고흥댁은 이제 강 노인 마누라까지 쳐들고 나선다. 강 노인은 피우던 담배를 비벼 꺼 버리고, 꽁초는 주머니에 잘 간수한 뒤 아무런 대꾸도 없이 일하던 자리로 돌아가 버린다. 그 등에 대고 박 씨가 마지막으로 또 한마디 던졌다.

"아직도 유 사장 마음은 이 땅에 있는 모양이니께 금액이야 영감님 마음에 맞게 잘 조정해 보기로 하고, 일단 결정해 뿌리시오!"

땅값 따위에는 관계없이 땅을 팔지 않겠다는 의사 표현을 누차* 했건만 박 씨의 말뽄새*는 언제나 저 모양이다. 서울 것들이란. 박 씨 내외*가 복덕방 안으로 들어가 버린 뒤에야 그는 한마디 내뱉는다. 저들 내외가 원래 전라도 사람이라는 것을 모르지는 않으나 강 노인에게 있어 원미동 사람들은 어쨌거나 모두 서울 끄나풀*들이었다.

도대체가 서울 것들은 밭에서 풍겨 나오는 두엄* 냄새라면 질색자망*을 하고 손을 내젓는, 천하에 본데없는* 막된 것들이라니까. 강 노인은 팽개쳐 두었던 괭이자루에 묻은 흙을 대충대충 털어 내고는 다시 밭을 일구기 시작했다. 겨울 동안 좀 쉬고 있는 밭에다가 망할 놈의 연탄재나 산같이 내다버리는 못된 습성까지 떠올리면 더욱 괘씸하기 짝이 없는데, 그가 아는 서울 것들의 내력은 모조리 그런 것 투성이었다. 고추밭에 뿌리는 오줌에서부터 여름이 되어 김장배추 갈기 전에 얹어 주는 푹 삭힌 인분◆에 이르기까지, 서울 끄나풀들의 극성 때문에 실컷 장만해 둔 밑거름조차 제대로 쓰지 못하고 부석부석한 땅에서 수확을 거두던 것이 요 몇 해 농사 실정이었다.

거기에다 매년 겨울이면 밭은 쓰레기장으로 변해 버리고 말았다. 겨울 동안 용문이 녀석을 시켜 밭을 지키고 때로는 직접 나서서 밤사이 몰래 연탄재를 내다 버리는 동네 사람을 지키고는 했지만 허사였다. 올 봄에도 역시 트럭 한 대분 이상의 연탄재를 생돈 들여서 치워야 하는 손해를 입었다. 2층 상가 주택이 아니면 단독 연립이니 하는 다세대 주택들이 즐비한 이 동네는 한 집에 적어도 네 가구 이상은 오밀조밀 모여 사는 게 보통이었다. 청소차가 하루는 쓰레기, 다음 날은 연탄재 하는 식으로 꼬박꼬박 다니고는 있지만 그게 말 그대로 시도 때도 없이 등장하는 바람에 연탄재쯤은 아무래도 손쉬운 쪽으로 처치하는 이들이 많았다. 그것도 그것이지만 여름내 더러운 인분 냄새 풍겨 주는 밭 꼬라지가 밉다고 부러 이곳에다 연탄재를 내던지는 동네 사람들의 속셈쯤은 강 노인도 짐작하고 있었다.

미울 만도 한 것이, 바람이 있건 없건 지척◆에 똥 뿌린 밭을 놓아두고 밤낮으로 그 냄새를 맡으며 살아야 하는 여름 한철은 괴로웠다. 거름 욕심도 억척이어서 강 노인은 밭 가장자리에다 노상◆ 두

◆ 매기買氣 상품을 사려는 분위기.
◆ 누차 여러 차례.
◆ 말쁜새 '말본새'의 잘못. 말하는 태도나 모양새.
◆ 내외內外 부부.
◆ 끄나풀 남의 앞잡이 노릇을 하는 사람을 낮잡아 이르는 말.
◆ 두엄 풀, 짚 또는 가축의 배설물 따위를 썩힌 거름.
◆ 질색자망 깜짝 놀란 모양을 뜻하는 사투리.
◆ 본데없는 보고 배운 것이 없는.
◆ 인분人糞 사람의 똥.
◆ 지척咫尺 아주 가까운 거리.
◆ 노상 언제나 변함없이 한 모양으로 줄곧.

엄 더미를 쌓아 놓고 애지중지 삭히는 사람이었다. 창문을 닫고 살 수도 없고, 그렇다 하여 똥 냄새를 향수 내음으로 여길 수도 없는 처지에 또 어찌나 물것◆들은 극성으로 꼬이는지 강 노인 밭에서 자란 모기들은 가히 살인적이라 할 만큼 위세가 등등했다. 밭 뒤로는 3층짜리 연립주택이 베란다 문을 밭 쪽으로 낸 채 길게 늘어서 있고, 앞은 시청으로 가는 번듯한 도로인 데다 옆으로는 사진관, 전파상, 미용실, 인삼찻집, 치킨센터 들이 즐비한 속에 뚱딴지처럼 가운데에 파고든 강 노인 밭은 아닌 게 아니라 좀 기이하게도 보이는 게 사실이기는 하였다.

원미동 사람들이 여름철 반상회마다 들고일어서는 안건이 '똥 냄새'라는 사실을 알건 모르건, 누구누구 할 것 없이 밭으로 몰려와 아우성을 치건 말건, 강 노인은 그 큰 코를 씰룩거리며 잡초를 뽑아내고 푸성귀를 솎아 내고 가지를 쳐 주는 일에만 묵묵히 매달리며 지성◆으로 일을 해 나갔다. 그리고 겨울이 돌아오면 밭은 연탄재로 앙갚음을 당하며 곤욕을 치르는 것이다. 올해도 시절은 어김없어서 오늘 중으로 밭을 다듬어 놓고 나면 내일은 썩은 두엄과 모아 놓은 인분을 한차례 얹어 주어야 할 때가 마침내 다다랐다. 작년 8반 주민들의 진정서◆ 사건 이후 내년에는 어떤 일이 있어도 그 밭에 똥 뿌리게 내버려 두지 않겠다는 엄포◆를 잊지 않고 있는 강 노인이지만 내일의 작업을 그만둘 생각은 추호도 없었다. 돼지 막◆에서 얻어 온 오물을 파묻어 주거나 새로 밭을 갈아엎을 때 썩힌 두엄만 얹어도 싸잡아서 '똥 냄새'라고 우기며 달려드는 게 서울 것들이었다.

용문이는 지난주 내내 연탄재를 거두어 낸 게 힘에 겨웠던지 오늘은 아예 일어나지도 못하고 누워 있었다. 원래 피사리◆ 모양 허약하기 짝이 없어서 땅 파는 일에는 적합하지 않은 체구였다. 거기에 다 공부가 싫다고 대학도 안 간 주제니 앞으로 무얼 해서 제 밥벌이를 할는지 한심하기 짝이 없었다. 한심하기로 치자면 용문이보다 더 하면 더했지 모자랄 것 없는 자식이 딸 하나에 아들 셋이 더 있는 강 노인이었다. 되지도 않을 사업을 한다고 제 동생 용민이까지 끌어들여 대학 졸업 후 이날까지 죽만 쑤고 있는 큰아들 용규는 진작부터 내 자식 아니라고 단념하고 있던 터였다. 일껏 공부 하나는 남다르게 뛰어나서 은근히 기대를 품게 하던 셋째 용철이까지 운동인가 데모♦인가 하는 일에 미쳐서 끝내 제적♦ 당하더니 작년에 군에 입대해 버렸다. 아들 중에서는 공부하기 싫다고 비비꼬던 막둥이 용문이가 그래도 온순하기는 해서 아버지 어려운 줄도 알고 시키는 일도 꼬박꼬박 해내는 축이었다.

아들들이야 그렇다 치더라도 서울 사는 큰딸 희자는 어떠한가. 강 노인으로 하여금 서울 것들에 대한 깊은 불신을 심어 준 것은 다름 아닌 사위 최 서방이었다. 희자란 년이 집안일 돌보다 시집 갈 생각은 안 하고 고등학교 졸업하자마자 자나 깨나 서울 취직을 노래 부를 때부터 싹수가 노랬다고♦ 보는 게 옳았다. 기껏 취직이라고 하기는 했었다. 청계천에 있는 무슨 장갑 공장의 경리 사원이었다. 말이 좋아 공장이지 집 안에서 재봉

♦ 물것 사람이나 동물의 살을 물어 피를 빨아 먹는 모기, 빈대 따위의 벌레.
♦ 지성至誠 지극한 정성.
♦ 진정서陳情書 사정을 진술하여 적은 글. 주로 문제 해결을 위해 공공 기관에 낸다.
♦ 엄포 실속 없이 호령이나 위협으로 으르는 짓.
♦ 돼지막 돼지우리.
♦ 피사리 농작물에 섞여 자란 잡초의 한 종류인 피를 뽑아내는 일.
♦ 데모demo 시위운동. 많은 사람이 공공연하게 의사를 표시하여 집회나 행진을 하는 것을 뜻한다.
♦ 제적除籍 학생 기록에서 이름을 지워 버림. '퇴학'의 뜻.
♦ 싹수가 노랗다 식물의 어린 싹이 푸르지 않고 노랗다면 곧 죽거나 건강하게 자라지 못 하는데, 이것에 빗대어 잘될 가능성이나 희망이 보이지 않을 때 하는 말.

틀 몇 대 놓고 줄줄이 박아 대는, 공원* 네댓의 장갑 집에 불과했다. 장갑 공장 사장과 희자가 눈이 맞은 것은 1년도 채 되지 못해서였다. 그들이 다짜고짜 동거 생활로 접어들었다는 소식을 듣고 부랴부랴 결혼식을 올려 주고 보니 이 사위란 작자가 갈데없는 사기꾼이었다.

때를 맞추어 부천이 시市로 승격된다 하여 용도 변경된 땅들을 뭉텅뭉텅 팔아 치우던 70년 초였다. 틀림없다, 진짜 틀림없다고 꼬드겨 슬금슬금 땅 판 돈을 돌려 가더니 그것으로 그뿐 최 서방의 공장 규모는 여태도 그만그만하고 사위란 놈은 노름에 계집질로 돈 쓰는 재미만 키워 나갔다. 자식을 둘이나 둔 희자 년은 서방의 바람기에 날이 면 날마다 눈물로 지샌다는 억장이 무너질* 소리만 들려왔다. 5년 전에 한차례 더 땅들을 처분할 때에도 어디서 냄새를 맡았는지 최 서방이 나타나서 3000만 원만 해 달라고 엎드려 통사정을 하다 돌아갔다. 나중에는 희자까지 들락이며 최 서방 마음잡아 새사람 만들 수 있도록 꼭 3000만 융통해 달라고 울며불며 난리기에 2부* 이자 계산해서 빌려 주는 형식으로 각서까지 챙겨 돈을 주었다. 희자가 불쌍해서였다. 희자는 지금의 마누라 소생*이 아니었고 죽은 전처*의 단 하나뿐인 혈육이었다. 3000을 돌려 가지고 가서 얼마나 요긴*하게 썼는지 알 수는 없지만 마누라가 매달 서울까지 찾아가서 억지로 빼앗듯이 이자 돈을 받아 왔다. 요즘에서야 제대로 2부 이자를 내놓는 판이고 처음에는 주는 대로 받아야 했다. 그래서 이자 날마다 마누라 바가지 소리에 귀가 아프던 강 노인이었다.

꼼꼼하게 일궈 놓은 밭두덕마다에 퇴비와 인분을 얹어 주는 작업은 예정대로 이루어졌다. 용문이는 여태도 자리보전* 중이어서 강 노인 내외가 첫새벽부터 밭고랑에 엎드려 점심 전에 모두 마쳐 낸 일이었다. 마누라는 구시렁거리면서도 하는 수 없이 남편의 일을 도왔고 내외는 바람 속에서 일을 끝내느라고 집에 돌아왔을 때는 둘 다 지쳐 있었다. 냄새 나는 옷이나 겨우 갈아입고서 아직 뜨뜻한 구들막*이 좋아 아랫목에 누워 있으려는데 누군가 대문간의 벨을 요란스레 눌러 댔다. 일을 끝내고 돌아오자마자 시작된 첫 사단*이었다. 마지 못해 내다본 마누라가 들어오는 길로 이불을 뒤집어쓰고 돌아누우며 볼멘소리*를 던졌다.

"나가 보슈. 그 여자가 왔어요. 난 모르니 영감이 알아 하시구랴."

대문 앞에서 여자는 예닐곱 살로 보이는 계집아이의 손을 틀어쥐고 잔뜩 앙분*한 기세로 서 있었다. 계집아이는 여태도 마르지 않은 젖은 눈을 쳐들고 호기심만은 어쩔 수 없다는 듯 뚜벅뚜벅 걸어 나오는 강 노인을 올려다보았다.

"도대체 시내 한복판에다가 무슨 배짱으로 그러신데요."

여자의 카랑카랑한 목소리며 노랗게 물들인 머리칼이 알 만한 얼굴이어서 강 노인은 크응 가래침을 돋우어 마당 귀퉁이에 캭 뱉어 낸다. 멋쟁이 소라 엄마하고 단짝으로 붙어 다니면서 소라 엄마 멋 내는 것이나 열심히 배워 들이는 정미 엄마였다. 정미 엄마라면 지난해에도 동네 사람들을 쑤석이고 다닌 장본인으로서 밭 뒤 연립주택 1층에 살고 있었다.

- ◆ **공원工員** 공장에서 일하는 사람.
- ◆ **억장이 무너질** '억장億丈'이란 억의 수만큼 높이 쌓은 성인데, '억장이 무너진다'는 말은 공들여 해 온 일이 쓸모가 없어져 몹시 허무한 상황을 나타낼 때 쓰는 말.
- ◆ **부** '푼'의 잘못. 비율을 나타내는 단위로 1푼은 전체 수량의 100분의 1이다.
- ◆ **소생所生** 자기가 낳은 아들이나 딸.
- ◆ **전처前妻** 지금의 아내가 아닌, 이전에 혼인했던 아내.
- ◆ **요긴要緊** 꼭 필요하고 중요한.
- ◆ **자리보전** 병이 들어서 자리를 깔고 몸져누움.
- ◆ **구들막** '구들목'의 사투리. 아랫목과 같은 말.
- ◆ **사단** '사달'의 잘못. 사고나 탈.
- ◆ **볼멘소리** 서운하거나 성이 나서 퉁명스럽게 하는 말투.
- ◆ **앙분怏憤** 분하게 여겨 앙갚음할 마음을 품음. 또는 그 마음.

바로 코앞에 밭을 두고 있는 탓에 쌓인 불만도 남다르고 또 본디 눈꼴신 것은 못 참고 사는 버릇이 몸에 배어 있는 여자였다. 남편이 무슨 보험 회사의 대리인 모양인데도 여자 앞으로 자주색 포니*가 한 대 있어서 선글라스 끼고 운전대 앞에 앉아 있는 모양을 몇 번 본 적이 있었다. 말하자면 정미 엄마는 원미동 따위 지저분한 동네에서 사는 일에 이제 진력이 난다는 뜻을 선글라스 밑의 눈자위에 깔고 다니는 자칭 '서울 여자'였다.

"애 좀 보세요. 새 옷 입혀 내보냈더니 옷에 똥칠이나 해 오구, 정말이지 동네 꼴이 이게 뭐예요?"

그제서야 노인은 고개를 돌려 아이를 바라보았다. 거리에서 뒹굴고 노는 꼬마 치들과는 달리 연립주택 앞에서만 모여 노는 또 다른 부류의 아이들 속에서 간간이 보아 온 아이였다. 레이스 달린 원피스에 화사한 꽃 리본이 나비처럼 귀엽기는 한데, 흰 양말과 빨간 구두에 분명 오물임 직한 덩어리가 얼룩져 있었다.

"거긴 뭣 하러 들어가. 울타리는 괜히 쳐 놓았나……."

"공이 그리로 떨어져 버린 걸 어쩌라구요. 아이들이 무얼 알아요? 그만큼 말했으면 알아들을 만큼 나이도 자신 분이 억지만 부리면 통한답니까? 정 밭농사를 짓겠다면 비료나 줘 가며 깨끗하게 가꾸든가, 순 구식으로다가……."

갑자기 노인이 "용문아!"를 소리쳐 부르는 통에 여자가 말끝을 못 맺고 입을 다물었다. 그 목청이 어찌나 우렁찬지 아이가 움찔 몸을 떨었다. 화학비료 써 가며 땅 죽이는 농사지으려면 뭣 하려구 흙 파구 씨 뿌려……. 강 노인은 여자야 듣건 말건 혼잣말로 중얼대며 볼일 끝났다는 듯이 몸을 돌려 버린다. 벌레가 득시글거리지 않는 한에야 농약 치는 것도 끔찍이 싫어하는 강 노인이었으니 땅 망친다는 화학비료를 써 농사지을 턱이 없다.

"너 또 한 번만 그 똥 밭에 들어갔담 봐라. 내쫓아 버릴 거야, 알았어?"

애꿎은 아이의 뒤통수만 쥐어박고 나서 정미 엄마는 분이 풀리지 않은 기세로 돌아갔다.

"그것 봐요. 올해는 시작부터 시끄러울 거라고 했잖수. 그냥 놀려 두든가, 아예 팔아 치우든가……."

여태 아무 소리 못 하고 마루문 뒤에 몸을 감추고 서서 구경만 하던 마누라가 잔소리를 늘어놓기 시작했다.

"저눔의 밭 때문에 동네에 나가도 꼭 의붓자식 보듯 슬슬 따돌림만 당한다니까. 에이구, 무슨 땅 욕심이 저리도 엄청난지……."

"시끄러! 밥상이나 차려 오잖고 무슨 말이 많나, 많기는."

꽥 고함을 처지르고 방으로 들어가 버리는 영감의 등에 대고 마누라의 잔소리는 한참을 더 계속되었다. 있는 땅 팔아서 자식놈들 뒤 대주면 뭐가 어찌 되는지. 남들은 막내라면 눈에 넣어도 안 아프다고 귀히 여기는데 저 영감은 자식 장래 망칠라고 끌고 다니며 땅만 파래지……. 딸년에게 밀어 넣은 돈은 아깝지 않고 아들한테 내놓을 땅은 그리도 아까운가, 흥. 그래, 도시 한복판에서 농사가 당키나 해야 말이지. 지금이 어느 때라고 똥 뿌려 가면서 농사짓나. 미련스럽기가 황소보다 더해. 평당 얼마짜리 땅인데 고추씨 배추씨나 뿌리며 썩이나 썩이긴…….

'평당 얼마짜리 땅인데'라고 구시렁거리는 강 노인의 마누라도 땅값이 이렇게 뛰어오르리라는 생각은 애시당초 해 본 적

◆ **포니** 1970년대에 보급된 차의 모델명.

이 없었다.

　물론 처녀 몸으로 상처*하여 어린 딸까지 있는 지금의 영감에게 시집온 것도 강 노인이 땅 많은 젊은 지주라는 점을 높이 샀던 게 사실이었다. 그녀는 인천에서 태어나고 자랐다. 강 영감 장인 되는 사람이 인천 시장에서 청과물 중개인을 오래 하다가 오로지 농사밖에 모르는 강만성을 알게 되었다. 젊은 나이에 땅도 꽤 있고 무엇보다 사람이 근면하여서 딸을 시집보내기로 아예 작정을 하여 이루어진 혼사였다.

　강 노인이라고 해서 원래 물려받은 농토가 많았던 게 아니고, 선친* 대代에서 근근이 자작농으로 이루어 놓은 것을 죽은 희자 어미와 함께 억척스레 땅을 늘려 갔던 것이다. 하도 힘든 일을 많이 해서인지 약골이었던 희자 어미는 딸 하나 둔 것을 끝으로 더 이상 몸을 추스르지 못하고 죽어 버렸다. 지금의 마누라도 땅을 늘리는 데 많은 고생을 함께한 것이 사실이긴 하나 죽은 전처만큼은 어림없다는 게 강 노인의 변함없는 생각이었다.

　집이 세 채에다 땅이 몇 덩어리 있다 하여 동네에서 알부자라고 수군대는 모양이지만 땅의 넓이로 말하자면 지금이야 정말 코딱지만 한 것에 불과했다. 처음 몇 년이 어려웠지, 강 노인이 서른아홉에 둘째 용규를 낳으면서부터는 땅이 땅을 사들이는 것이 눈에 보였다. 그때 땅값이야 보잘것없어서 그는 닥치는 대로 땅을 넓혀 갔는데 원미산 아래 방죽골에서부터 지금 용규네 집이 들어선 자리까지가 거의 다 강 노인 소유였다. 원미산 아래 있다 하여 원미동이란 이름이 붙여진 것은 부천이 시가 된 다음의 일이고, 동네가 꾸며지기 이전에는 몇몇 부락뿐으로 이 일대는 조마루 혹은 조종리曹宗理라는 이름으로 불렸다. 본시 조曹씨 성의 종촌*이었던 조마루에서 한낱 머슴으로 평생을

구르다가 기어이는 새경◆ 모아 몇 평의 논을 마련하고 숨진 강 노인의
아버지 또한 땅에 대한 욕심으로 일생 동안 흙만 파다 죽은 농군이었
다. 네 크거들랑 이 조마루를 강마루로 만들거라. 어린 강만성을 논
으로 밭으로 끌고 다니며 입버릇처럼 되뇌던 아버지였다.

6·25 동란이 끝나고 조마루 사람들이 논 팔고 밭 팔아서 아들딸들
을 서울로 유학시킬 때 강 노인은 내놓은 땅을 차곡차곡 사들였다.
조마루에서 조씨 성 가진 땅 주인들이 하나씩 둘씩 떠나기 시작한 것
은 그보다 훨씬 전의 일이었고, 강 노인이 한껏 땅을 늘린 뒤에는 조
씨 성바지◆들이 하나도 남지 않게 되었다. 그리고 이내 서울 근교의
개발 바람이 불어닥쳤으므로 일껏 강마루가 된 강 노인의 땅들이 수
난을 겪기 시작하였다.

강제 토지 수용, 용도 변경, 택지◆ 조성이 잇따르면서 땅이 조각조
각 잘려 나가는 것을 보자니 강 노인은 기가 찰 뿐이었다. 할 수 있는
한은 땅을 움켜잡으려고 안간힘을 썼지만 토지 가격의 상승세와 함께
그 안간힘도 돈의 위력 앞에서는 맥을 쓰지 못하였다. 땅값의 폭등◆
이 하도 급격한 것이어서 마누라나 자식
들조차 공돈이 생긴 것처럼 땅을 못 팔아
치워 안달을 부려 대었다.

강 노인의 마누라는 사태를 재빨리 이
해한 사람 중의 하나였다. 아무리 땅이
많다 하여도 평당 몇 천 원의 논과 밭일
뿐이어서 고작해야 농사꾼의 아내에 불
과했던 시절이 끝난 것이었다. 그깟 농사
로는 얼토당토않을 만큼의 값비싼 땅의

◆ 상처喪妻 아내의 죽음을 당함.
◆ 선친先親 남에게 돌아가신 자기 아버
   지를 이르는 말.
◆ 종촌 같은 성을 가진 사람들이 근간
   을 이루는 마을.
◆ 새경 머슴이 주인에게서 한 해 동안 일
   한 대가로 받는 돈이나 물건.
◆ 성바지 성姓의 종류.
◆ 택지宅地 집을 지을 땅.
◆ 폭등暴騰 물건의 값이 갑자기 큰 폭으
   로 오름.

주인이 된 것을 생각하면 예전, 농사깨나 진다고 그것으로 흡족해 했던 스스로가 우스울 지경이었다. 똑같은 땅이면서 옛날의 땅과 지금의 땅은 결코 같은 땅이 아니었다. 영감이 아무리 애통해 한다 한들 농사만 지었다면 아들딸 밑에 그렇게 쏟아붓고도 여태 이만큼이나 살 수 있었을 것인가. 물론 자식들이 날려 보내지 않고 잘 간수만 했더라면 지금에 와서 재벌 소리 듣는 것은 어렵지 않았을 터이다. 그렇거나 말거나 남은 땅만 팔아도 억대의 부자인 것을 생각하면 이만하기도 어렵다 싶어 새삼 근력이 솟기도 하는 그녀였다. 문제는 이 같은 땅의 변모를 강 노인이 시인*하려 들지 않는 데 있었다. 금싸라기 같은 땅에 여태도 김장배추나 고추를 심자고 고집을 부리는 데는 속이 막혀 죽을 지경인 게 그녀의 심정이었다.

정미 엄마가 쳐들어왔던 첫 사단 이래 몇 날은 아무 일도 일어나지 않고 지나갔다. 꽃샘바람이 극성스러워서 뿌려 놓은 거름은 금세 말라 버렸고 강 노인의 주먹코로도 아무런 냄새가 나지 않았기에 그저 그만하려니 여기는 나날이었다. 자리에서 일어난 용문이를 데리고 온상*에다 고추 모종*도 키우고 몇 개의 고랑에 비닐을 씌워 봄 푸성귀들을 키워 내는 일에 매달리다 보니 3월이 후딱 지나 버렸다. 예년* 같으면 이맘때 하루걸러 내리는 봄비로 새순 돋는 소리가 들릴 지경인 판에 어찌된 셈인지 금년 봄엔 비가 없었다. 갈아엎은 고랑의 흙들이 말라 가는 것을 보다가 강 노인은 심심풀이 삼아 호미를 들고 일일이 흙덩이들을 깨 주느라고 그새 더욱 검붉은 얼굴이 되어 버렸다.

밭을 두고 하는 실랑이는 없었지만 그사이 원미동에 아무 일도 일어나지 않은 것은 아니었다. 말썽 일으키는 재주가 비상하던 진만이가 연립주택 2층 창문에서 아래로 뛰어내려 크게 다친 사건이 일어나서 온 동네를 깜짝 놀라게 만들었다. 슈퍼맨처럼 날아 보겠다고 기염♦을 토하다 그 지경이 되었으나, 다행히 사철나무 위로 떨어져 발목만 부러뜨리는 정도로 그쳤지 까딱했으면 목숨을 잃을 뻔한 사건이었다. 오랫동안 실업자로 있었던 진만네의 어려운 형편으로는 더할 나위 없이 불행한 일이었는데 행복사진관 엄 씨가 병원비의 일부를 보태 주었다는 이야기도 들렸고, 진만이 아버지가 치료비를 벌기 위해 대신설비의 소라 아버지와 함께 보일러 설치하는 일에 뛰어들어 날품을 파는 신세로 전락했다는 말도 들려왔다.

그런 일들이 있어야 아무도 강 노인에게는 말해 주지 않았다. 마누라 또한 따돌림 받는 처지여서 큰며느리 경국이 어미가 마누라에게 간간이 일러 주는 내용이 그러했다. 지독한 구두쇠에 땅밖에 모르는 노랑이♦로 소문난 강 노인을 두고 고흥댁이 이런 험담을 한 적도 있었지만 물론 강 노인은 알 턱이 없었다.

"동네에 어려운 일이 생겼다 한들 눈 하나 깜짝할 줄 아남? 저 땅을 평당 천만 원 준다 해도 더 받을까 혀서 못 팔 영감이야. 저래 봤자 죽을 땐 묘자리만큼의 땅만 있으면 그만이지 등에 이고 갈게 어디 있어."

강 노인네 땅만 성사시키면, 그 중개료 받아서 혼기♦가 꽉 찬 딸년 혼수감이라도 장만해 볼까 하는데 도무지 말을 들어주지 않는 강 노인이 야속하기만 한 고흥댁이었다. 강남부동산이 만들어 낼 작품 중에서는 마지막이 될지도 모를 매물♦이었다. 그러나 올봄에도 저 영감, 밭일에 열심 내는 것을 보니 애시당초 그른 일이지

♦ 시인是認 어떤 사실이나 내용이 옳거나 그러하다고 인정함.
♦ 온상溫床 인공적으로 따뜻하게 하여 식물을 기르는 설비.
♦ 모종 옮겨 심으려고 가꾼 어린 식물.
♦ 예년例年 보통의 해.
♦ 기염氣焰 불꽃처럼 대단한 기세.
♦ 노랑이 속이 좁고 마음 씀씀이가 아주 인색한 사람을 낮잡아 이르는 말.
♦ 혼기婚期 혼인하기에 알맞은 나이.
♦ 매물賣物 팔려고 내놓은 물건.

싶으니까 더욱 부아*가 치밀었다. 허탕이 될망정 경국이 할머니나 자꾸 찾아가 볼밖에. 마누라 극성 덕에 모처럼 큰 덩치의 소개료를 빼낼 수 있을지도 모를 일이었다.

봄이 완연히 짙어 가면서 꽃샘바람도 어지간히 가라앉았지만 비는 여태껏 한차례도 내리지 않고 4월의 중턱에 올랐다. 햇살은 여름 못지않게 따가워 조금만 움직여도 땀이 흐를 지경인데 부석부석한 땅은 후욱 불면 날아갈 판국이다. 허참, 그거. 강 노인이 밭고랑에서 허리를 일으켜 세우며 탄식을 하다 보니 아들을 안고 바람이나 쐬러 나온 듯 진만이 아버지가 알은체를 하며 지나갔다. 진만이 발의 깁스는 아직 그대로이고 집 안에만 박혀 있어서 아이의 핼쑥한 얼굴이 보기에 민망하였다. 강 노인은 저만큼 걸어가는 부자의 뒷모습을 바라보면서 속으로만 혀를 끌끌 찼다. 저 지경으로 어려운 살림일 바에야 시골로 내려가 농사나 지으면 딴 걱정은 없을 텐데. 진만이 아버지가 대학을 나와 번듯한 회사의 간부까지 지낸 경력이 있다는 사실을 알았다 하여도 그 생각에는 변함이 없었을 것이었다. 진만이 소식을 듣던 날, 마누라에게 고깃근이나 사 들고 찾아가 보라는 말을 넌지시 비추었다가 한차례 잔소리만 들었던 강 노인이었다.

"동네 사람들한테 그만큼 당해 놓고 속도 좋수. 요새는 무슨 꿍꿍이속들인지 연립주택 사는 젊은 댁들이 떼를 지어 수군거리다 내만 지나가면 입을 꽉 봉하는데, 참……. 그런 판에 그까짓 고깃근이 당키나 하겠수?"

올 농사가 수월찮을 줄이야 미리 각오한 바이므로 강 노인은 꿍꿍이 속셈에 대해 별다른 궁금증도 솟지 않았다. 그것보다는 봄 가뭄에 시들어 가는 밭작물이 더 걱정되는 그였다. 고추 모종을 내고 나서 연약한 줄기를 지탱해 주느라고 개나리 가지를 꺾어 젓가락만 한 크기로 꽂아 두었더니 고춧잎은 그만한데 꽂아 둔 가지마다에 노란 개나리 꽃잎이 손톱만큼씩 돋아나 있었다. 이른 봄의 아욱국 맛이 좋아서 한 고랑에다 비닐 씌워 아욱*을 키워 봤더니 봄 가뭄 속에서도 푸르게 잎이 올라 강 노인은 비닐에 구멍을 내 주면서 그 여리디여린 이파리에 손을 대 보았다. 내다 팔 것은 못 되고 아들네 집으로 해서 두루 나누어 먹으면 그뿐, 뽑아낸 뒤에 이 고랑에는 다시 상추와 쑥갓 씨를 뿌려서 두고두고 솎아 먹으면 좋을 것이었다. 그래서 이 자리에는 짚 썩힌 거름이나 넉넉히 넣어 두었을 뿐, 인분은 뿌리지 않았다. 깔끔한 성미의 둘째 며느리는 똥구덩이 위에 심은 호박은 잎사귀는 물론 늙은 열매까지도 손 대지 않는 것을 알고 있는 까닭이었다.

이층집 한 채를 받아 새살림을 펼 때에는 입이 함박*만 하던 둘째 며느리가 요새는 제 남편 하대*가 어찌 극심한지 시아비가 얼굴을 내밀어도 아침저녁으로 노상 본다 싶어서인가 오셨어요, 하면 그뿐 두 번도 더 쳐다보지 않는다. 이 일대에서 강 노인 집만큼 번듯하게 구색* 맞춰 오지벽돌*로 뽑아낸 집도 드물었다. 수십 년 살아오던 집을 헐어 내고 개발 바람과 함께 마음먹고 지은 집이었다. 땅 판 돈이 요 구멍 조 구멍으로 물 새 버리듯 나가는 것이 안타까워서 별수 없이 집칸이나 늘려 보자고 궁리를 짜낸 것이었다. 강 노인네 집 옆으로 그보다는 못하지만 비슷한 모양새의 이층집이 또 하나 있는데 그것이 첫째 용규 몫으로 지은 집이었다. 용규 내외는 아들

* **부아** 노엽거나 분한 마음.
* **아욱** 연한 줄기와 잎으로 국을 끓여 먹을 수 있는 식물.
* **함박** 함지박. 통나무의 속을 파서 큰 바가지같이 만든 그릇.
* **하대下待** 상대편을 낮게 대우함.
* **구색具色** 여러 가지 물건을 고루 갖춤.
* **오지벽돌** 흙으로 만든 그릇에 발라 구우면 그릇에 윤이 나는 잿물인 오짓물을 입혀 구워 낸 벽돌.

경국이와 2층에 살면서 아래층은 모두 세를 내주고 있었다. 용규네 옆으로는 상가 주택을 지을 자리여서 아래에 가게 두 칸을 넣고 2층에는 살림집을 들여 또 한 채의 집을 지었다. 집이 완공되자마자 둘째 용민이가 직장도 없이 연애하던 여자와 결혼식을 치르고 2층에 새살림을 차렸다. 아예 둘째 이름으로 등기*까지 올려주고 아래 칸 가게들을 월세로 내놓아 그것으로 살아 보라고 일렀는데 용민이 또한 제형 하는 꼴만 보아 와서인지 가게를 전세로 돌려 그 돈으로 주산 학원인가 뭔가를 한다고 설치더니 그대로 날려 보내고 요새는 용규 하는 일을 거들며 제 용돈이나 간신히 뜯어내는 처지다.

장안평에서 중고차 매매 회사를 차린 것을 시작으로 특허 받은 자동차 부품의 제작 공장, 다시 전기 공사 청부업*에서 이번에는 전자 부품 생산 공장에 이르기까지 큰아들 용규에게는 애시당초 사업운이 없었다. 하는 일마다 자본금 털어먹고 끝장인 데는 강 노인이라 해서 무작정 뒤를 밀어줄 형편이 아니었다. 지난번 전기 공사 청부업 때도, 공사 대금에 생돈 털어 넣고는 일이 끝난 몇 달 후까지 돈을 받지 못하는 악순환을 거듭하다가 기어이 두 손 들고 말았었다. 악착같이 덤벼들어 다만 한 푼이라도 건질 생각은 전혀 없고 상황이 좀 어렵다 싶으면 훌훌 손 털어 버리는 게 녀석의 주특기였다. 그러고도 무슨 염치로 마지막이라며 또 손을 내밀었지만 들은 척도 하지 않았다. 아무리 사정해도 땅 한 덩이 팔아 줄 기색이 아니자 용규는 덜컥 제가 살고 있는 이층집을 은행에 저당* 잡히고 돈을 융통*해 내었다. 마누라는 마누라대로 아들 역성*에 성화더니 서울 희자네 집에 준 돈을 받아 내야겠다고 쫓아다니는 눈치였다. 최 서방 그 사람이 어떤 사람이라고 돈을 내놓을 리가 없었다. 기껏 생색을 내며 해 둔 조치가 명색*

뿐인 장갑 공장의 상무이사 자리를 새로 만들어 주고, 3000만 원 자본금을 대었으니 이자는 월급 명목으로 매달 60만 원씩 어김없이 내놓겠다는 약조였다. 상무이사라는 자리에 마음이 사르르 녹은 마누라는 더 이상의 서울 나들이를 그만두었다.

아무리 제 앞으로 등기된 집이기는 하나 상의 한 번 없이 제멋대로 처리한 것이 하도 괘씸해서 요즈음 강 노인은 큰아들 내외와는 얼굴조차 맞대고 있지 않았다. 눈치를 보아하니 은행 이자조차 제때 못 내서 아내가 매달 이자만큼씩의 생활비를 보태 주는 모양이었으나 그것까지는 모른척하고 있는 중이었다. 거기에 비하면 용민이 집에서는 아직껏 손은 벌리지 않고 있으니 그나마 다행이었다. 하긴 찜찜한 구석이 없는 것도 아니었다. 용민이 놈이 결혼 후 이태*째 계속 빌빌거리는 사이 그간의 생활비는 모두 제 처가 쪽에서 오는 것이 분명했다. 처가가 서울에서 꽤 사는 모양이기는 하지만 그렇다고 해서 용민이댁의 기세등등함도 차마 마주 보기 어려웠다.

아들 농사라고는 원. 강 노인은 잘 자란 푸성귀들을 어루만지다가 자신도 모르게 한숨을 내쉬었다. 땅에서 푸성귀를 거두어들이는 심정으로 낳아서 여태까지 알게 모르게 공력*도 들였건만 해마다 기대한 만큼의 수확을 안겨 주는 땅 농사에 비하면 자식 농사는 너무나 허망했다. 그런데도 마누라는 이 땅덩이들을 조각조각 팔아 치워 아들 뒷바라지나 해 주

◆ **등기登記** 국가 기관이 절차에 따라 등기부에 부동산에 관한 일정한 권리관계를 적어 놓은 것. 여기에서 '둘째 이름으로 등기까지 올려주고'라는 말은 해당 집에 대한 권리를 둘째 아들에게 주었음을 뜻한다.

◆ **청부업** 주업자로부터 어떤 공사를 주문 받아 하는 일.

◆ **저당抵當** 집이나 땅 따위를 담보로 잡거나 잡힘.

◆ **융통融通** 돈이나 물품 따위를 돌려 씀.

◆ **역성** 옳고 그름에는 관계없이 무조건 한쪽 편을 들어 주는 일.

◆ **명색名色** 실속 없이 그럴듯하게 불리는 허울만 좋은 이름.

◆ **이태** 두 해.

◆ **공력功力** 애써서 들이는 정성과 힘.

자고 저리 극성이니. 원 쯧쯧. 강 노인은 이제 혀까지 끌끌 차고는 동네 안팎을 두루 둘러본다. 여기저기에 제멋대로 세워진 연립주택과 시세* 없는 상가 주택들이 옛날의 논밭 자리 위에 흩어져 있고 멀리 공단* 쪽의 굴뚝에서는 검은 연기가 무럭무럭 피어오르고 있었다. 불과 10년 안팎의 변화였다. 시청이 옆으로 옮겨 오면서부터 논밭들은 급격히 택지로 용도 변경되고 서울에서 몰려온 집 장수들이 벌떼처럼 왕왕거리며 몇 달 만에 집 한 채씩을 뚝딱 지어 내고 또 뚝딱 지어 내더니 삽시간에 동네가 꽉 차 버린 것이다.

지금이야 사람이 우글거리니 수월하겠지만 강 노인 젊어서는 인분 구하기 위해 집집마다 똥통들을 얼마나 귀하게 다뤘던가. 첫새벽부터 개똥 차지를 위해 망태기 찾아 메고 동네 골목길을 훑어가는 일이 하루 일과의 시작이었다. 아무리 먼 곳에 있더라도 대변의 기미가 보이면 기어이 집으로 달려가서 볼일을 봤다. 김장배추를 갈기 전에는 모아 둔 똥을 고루고루 뿌려 놓고, 여름 햇살에 그것 곰삭는* 냄새가 구수해서 저절로 신바람이 났었는데 그때는 똥 냄새가 싫다고 방정*을 해 대는 이는 아무도 없었다. 제아무리 온갖 비료가 설치고 가지가지 농약이 쏟아져 나와도 사람 똥 들어가지 않은 땅에서 난, 허우대*만 멀쑥한 푸성귀*은 거두어들이고 싶지 않다는 게 강 노인 생각이었다. 지금에야 고추 농사 조금에 집에서 먹을 김장배추나 가는 심심풀이 농사임에도 불구하고 강 노인의 억척 같은 거름 욕심은 조금도 줄어들지 않은 채였다. 그만한 넓이의 땅을 가질 수 있게 되기까지 뼛속까지 새겨 둔 농사의 비결이, 척박한* 땅을 비옥한* 농토로 바꾼 거름 욕심이었으니까.

너무 일찍이 모종을 내었나. 강 노인은 아직 어리디어린 고추 모종을 일일이 들여다보며 고개를 갸웃거렸다. 음력 5월이 되어야 모종을 밭에 내었던 것은 옛날 일이었다. 마음만 먹으면 비닐 씌워 겨울에라도 풋고추 맛을 볼 수도 있지만 그럴 것까지는 없고 봄볕이 살가워지자마자 온상에서 키운 모종을 내었던 것이다. 볕살이야 그만한데 비가 부족한 탓이었다. 가뭄이라, 강 노인이 시들시들한 잎사귀를 펼쳐 보다가는 우두망찰◆ 서 있는데 용민이네 밑에 세든 미용실 여주인이 그를 불렀다.

"경국이 할아버지, 오늘 저희 집에서 반상회 있어요. 아무래도 오늘 저녁에는 정미 엄마가 가만있을 것 같지 않네요. 아까도 무궁화연립에 사는 이들꺼정 몰려와서 한바탕 쏟아 놓고 갔어요. 경국이 할머님이라도 꼭 참석하셔야 해요. 아셨죠?"

그녀는 23통 6반의 여반장이다. 길 건너 5반장은 형제슈퍼의 김 씨지만 우리정육점의 임 씨가 똥 냄새 문제에는 노상 앞장을 서고 있는 중이었다. 임 씨에 비하면 6반장의 경우 강 노인한테만은 훨씬 우호적이다. 용민네 가게에 세든 탓도 있지만 임 씨가 애초 미용실 자리를 욕심냈다가 강 노인에게 퇴박◆을 당했던 까닭에 임 씨 스스로 강 노인에 대한 감정이 좋지 못하였다. 어디를 쇠백정◆이. 단 한마디로 잘라 낸 이태 전 일을 두고 임 씨는 여태도 강 노인을 바로 보지 않는다. 6반에 비하면 5반에서야 인분 냄새나 물것 극성이 그저 그만할

◆ **시세時勢** 일정한 시기의 물건값.
◆ **공단工團** 공업 단지의 준말.
◆ **곰삭다** 풀, 나뭇가지 따위가 썩거나 오래되어 푸슬푸슬해지다.
◆ **방정** 몹시 가볍고 점잖지 않은 말이나 행동.
◆ **허우대** 겉으로 드러난 체격.
◆ **풋것** 그해에 새로 익은 곡식, 과실, 나물 따위를 통틀어 이르는 말.
◆ **척박하다** 땅이 기름지지 못하고 몹시 메마르다.
◆ **비옥하다** 땅이 기름지다.
◆ **우두망찰** 정신이 얼떨떨하여 어찌할 바를 모르는 모양.
◆ **퇴박** 마음에 들지 아니하여 물리치거나 거절함.
◆ **쇠백정** 소를 잡는 것이 직업인 사람.

정도인데도 작년에 시청에다 진정서를 낸 것은 5반이었다. 그게 다 임 씨 술책[*]이라는 것쯤은 강 노인도 알지만 무궁화연립이라면 5반인데 현대연립의 정미 엄마와 합세한 것을 보면 임 씨가 올해 또한 집주인들을 부추기는 것이 틀림없었다. 돼지나 닭을 집단으로 사육하는 것도 아니고 노는 땅에 푸성귀를 갈아먹고[*] 있는 심심풀이 농사까지야 손댈 수는 없다고 시청의 답변이 내려온 것을 온 동네가 다 아는데 내년에는 연판장[*]이라도 돌리겠다며 큰소리치던 작자였다.

"올해일랑은 농사 시작하기 전에 아예 막아야 한다고들 그러든데요. 시청에서도 이제는 보고만 있지 않을 거래요."

여자가 피아노 교습소와 나란히 붙은 미용실 안으로 들어가 버린 뒤 강 노인은 츳츳 혀를 차는 것으로 자신의 울화를 삭여 버리고는 이내 말라붙은 밭 꼬락서니를 내려다본다. 그러고 보면 정미 엄마나 동네 사람들이 날뛰는 이유가 꼭 똥 냄새에만 있는 것은 아니었다. 5반이나 6반이나 정육점 임 씨를 빼고 나면 집주인들을 주축[*]으로 시비가 있어 왔었다. 가게에 세들어 있는 지물포 주 씨와 사진관 엄 씨도 코앞에 밭을 두고 있는 처지이지만 강 노인과 마주치면 깍듯이 어른 대접을 갖추었다. 셋방 신세인 진만이 아버지도 그렇고 청소원 김 씨도 하루에 몇 번씩 마주쳐도 공손히 알은체를 해 왔지 팩팩거리며 못되게 구는 법이라곤 없었다.

집주인들이 더 극성을 부리는 데에도 까닭은 있었다. 강 노인네 땅덩이들이 팔려서 거기에 번듯한 건물들이 들어서야 이 거리가 완벽하게 채워지기 때문이었다. 게다가 그 땅들이 모두 도로변에 있고 보면, 아니 도로변의 땅에다가 인분 뿌리며 푸성귀나 갈아먹는대서야 동네 모양새가 영 말이 아닌 것이다. 동네 신수[*]가 훤해야 집값도 오를 터

인데 모름지기 강 노인 밭이 저러고 있어서야 제값대로 보지 않는다는 불만들이 클 것임은 자명했다.◆

반상회야 열리건 말건 강 노인은 용문이를 데불고◆ 밭에 물을 댈 작정으로 집으로 돌아왔다. 용문이는 지난번 몸살 이래 봄 감기까지 겹쳐 빌빌거렸는데 그새 어디론가 나가 버리고 없었다. 제법 잘 따라다니며 다소곳이 땅을 일구더니 보나마나 그놈마저 바람 든 게 분명했다. 요새는 이 핑계 저 핑계로 밭일 피하는 꼬락서니가 영락없이 미꾸라지였다. 용문이 대신 용민이가 집에 들러 제 어미와 수군거리고 있는 것을 보고 그는 대뜸 둘째에게 물지게 심부름을 시키기로 작정하였다.

"서너 번 날라라."

"용민이 지금 서울 가는 길이요. 내가 져 나르리다."

뒤뜰에 파 놓은 펌프 쪽으로 걸어가다 뒤돌아보니 마누라가 아랫입술을 뽕 내밀고 안색이 좋지 않았다.

"서울? 뭣 하러?"

"제 형이 보낸답디다. 처갓돈이라도 꾸어 오라고. 직공들 월급도 몇 달째 거르고 있대요. 아, 그러기에 좀 도와주시구랴. 남도 아니고 당신 아들 둘이 벌여 놓은 일인데 넘 보듯 하지 말고……."

그는 두 번 다시 마누라 쪽을 보지 않고 뒤꼍으로 가서 펌프 물을 뽑아 올린다. 밑 빠진 독에 물 붓기도 아니고 참말로 기가 막힐 노릇이었다. 쓸 줄만 알지

◆ 술책術策 어떤 일을 꾸미는 꾀나 방법.
◆ 갈아먹다 '농사짓다'를 비유적으로 이르는 말.
◆ 연판장 두 사람 이상이 한곳에 연이어 이름을 적고 도장을 찍은 문서.
◆ 주축主軸 중심이 되어 영향을 미치는 세력.
◆ 신수身手 사람의 용모나 풍채를 이르는 말로, 여기서는 도시에 비유함.
◆ 자명自明하다 저절로 알 만큼 명백하다.
◆ 데불다 '데리다'의 사투리.

벌어들일 줄은 모르는 녀석들이 간덩이만 부어서 일만 크게 벌여 놓고 뒷감당은 모두 아비에게 떠넘기는 짓들이 오늘까지 계속이었다. 남들 다 하는 월급쟁이는 마다고 떼돈 벌 궁리에 떼돈만 날리는 녀석들이다. 누구 돈이든 쏟아붓고 보자는 저 섣부른 행동이 결국은 그의 땅덩이로 막아져야 할 것임은 불을 보듯 뻔한 노릇이었다.

그날 저녁의 반상회에는 강 노인도 그의 아내도 참석하지 않았다.

"그놈의 똥 타령을 왜 내가 뒤집어쓴답니까?"

한번 들여다보라는 그의 언질*에 마누라는 금세 퉁박*이다. 경국이 녀석이 저녁밥도 안 먹고 쪼르르 달려와서 일러바치는 말로는, 돈 구하러 나갔던 큰며느리가 돌아오는 길에 아예 반상회까지 참석한 모양이니 뒷소식이야 누구한테 들어도 알 수는 있을 것이므로 내외는 일찌감치 불 끄고 자리에 누워 버렸다.

다음 날 아침, 신새벽부터 밭에 나갔던 강 노인은 그만 입을 쩍 벌리고 선 채 말을 잃었다. 세상에 이런 법은 없었다. 이제 손가락만 한 고추 모종이 깔려 있는 밭에 여기저기 연탄재들이 나뒹굴고 있지 않은가. 겨울 빈 밭에 내다 버리는 것이야 그럴 수 있다 치더라도 목숨이 붙어 자라고 있는 밭에 연탄재를 내던진 것은 명백히 짐승의 처사였다. 반상회 끝의 독기 어린 동네 사람들이 저지른 것임은 대번에 알 수 있었지만 아무리 그렇다 하여도 이런 짓거리까지 해 댈 줄이야 짐작도 못 했던 강 노인이었다. 수십 덩어리의 연탄재 폭격을 당해 짓뭉개진 모종이 한 고랑만 해도 숱했다. 세상에 막된 인종들……. 강 노인은 주먹코를 씰룩이며 밭으로 달려 들어가서 닥치는 대로 연탄재를 길가에 내던졌다. 서울 것들이나 되니 살아 있는 밭에 해코지*할 생각을 갖지, 땅을 아는 자라면 저 시퍼런 하늘이 무서워서라도 감히 이따위 행패를 생각이나 하겠는가. 흰 연탄재 가루를 뒤집어쓰고 쓰러져 있는 죄 없는 풀잎을 차마 바로 볼 수 없어서 강 노인은 잔뜩 허둥대고 있었다.

도로 청소원인 김 씨가 아침밥을 먹으러 들어오면서 보니 강 노인은 검정 고무신이 벗겨진 줄도 모르고 손바닥으로 연탄재를 끌어모으느라 정신이 없었다. 밤사이 밭에 무슨 일이 있었는지 눈여겨보지 않아 알 턱이 없었던 김 씨가 인사랍시고 던진 말은 더욱 가관이었다.

"영감님네 땅을 내놓으셨다면서요? 그런데 뭘 그리 열심히 가꾸십니까. 이내 넘길 거라면서……."

"아니, 누가 그런 소릴 해?"

시뻘건 얼굴을 홱 돌리며 벽력◆같이 고함을 지르는 통에 김 씨가 움찔 뒤로 물러났다.

"어젯밤 반상회에서 댁의 며느님이 그러셨다는데요? 저도 우리 집 여편네한테 들은 소리라서."

더 들어 볼 것도 없이 강 노인은 곧장 집으로 뛰어갔다. 벗겨진 신발을 짝짝이로 꿰어 차고서. 얼갈이 배추와 열무들을 다듬고 있던 마누라가 노인의 허둥대는 기세에 토끼눈을 뜨고 일어섰다.

"그렇게 말한 게 아니라, 우리 아버님 근력이 쇠하셔서 올해일랑은 더 이상 일을 못 하시니까 파실 모양이더라고 말했다는군요. 경국이 어미도 동네 사람들 닦달에 그냥 해 본 소리겠지요."

"그냥?"

"밭에다 그 지경을 해 댄 걸 보면 오죽했겠수. 뭐, 틀린 말도 아니고. 땅 팔아서

◆ 언질言質 나중에 꼬투리나 증거가 될 말.
◆ 통박 '통바리'의 사투리. 통명스러운 핀잔.
◆ 해코지 남을 해치고자 하는 짓.
◆ 벽력霹靂 벼락.

아들 살리고 남는 돈은 은행에 넣어 이자나 받으면 우리 식구 신간* 이사 편치 뭘 그러슈."

밭이 그 지경이라는데도 마누라는 천하태평이다. 강 노인은 어이가 없어 그만 입을 다물어 버린다. 마누라는 이때다 싶은지 또 한차례 오금을 박는다.* 어제 다녀간 복덕방 박 씨의 의미심장한 충고가 생각나서였다.

"팔육인가 팔팔인가 땜에 도로 주변 미화 사업이 한창이라는데* 밭 농사를 그냥 두고 보겠수? 팔팔 전에는 어차피 이곳에다가 뭐 은행도 짓고 병원도 짓게끔 계획되어 있다고 그럽디다. 시에다 팔면 금*이나 제대로 쳐줍디까? 그전에 제 가격 받고……."

"시끄러!"

마누라 입을 봉해 놓고서 강 노인은 이내 밭으로 되돌아왔다. 한 포기라도 살릴 수 있는 만큼은 건져 내야 할 고추 모종들 때문에 한시가 급한 강 노인이었다. 반상회 파문은 그것으로 끝난 것이 아니었다. 반상회 소식이 알려지자마자 연립주택에 산다는 은혜 엄마가 찾아와서 경국이 엄마가 지난달 꾸어 간 50만 원을 돌려 달라고 하소연을 늘어놓기 시작한 것이다. 땅을 팔았다니 계약금을 받았을 터인즉 큰며느리 빚을 대신 갚아 줄 수 없겠느냐는 여자의 말에 강 노인의 주먹코가 더욱 빨개졌다.

지난겨울 서울에서 이사 와 동네 물정을 모르고 딸이 다니는 에바다 피아노 학원에서 알게 된 경국이 엄마에게 곗돈을, 그것도 두 번째 탄 것을 빌려줬다는 것이다. 이 동네 지주의 큰며느리라 해서 별 의심도 하지 않고 돈을 주었는데 경국이 엄마가 동네에 뿌린 빚이 한두 군데가 아니어서 직접 시아버지와 담판을 짓겠다고 마음먹은 은혜 엄마였다.

그게 어떤 돈인가 말이다. 서울에서의 셋방살이가 하도 지긋지긋해서 연립주택 한 채를 마련, 이곳에 이사 온 지 반년도 채 되지 않은 그녀이다. 곗돈 타고, 여름에 보너스 나오면 이자 나가는 빚 100만 원을 갚을 요량이었는데 그 몇 달 사이의 이자 몇 푼을 욕심내다가 생돈 떼이게 생겼으니 생각만 해도 속이 터질 지경이었다.

땅을 팔았다는 소문이 번지면서 큰아들 용규에게 빚을 준 동네 사람들이 강 노인에게 몰려왔다. 은혜 엄마까지 꼭 여덟 명이었다. 그중에는 목동에서 살다 철거 보상금 받아 쥐고 이곳까지 흘러온 김영진이라는 날품팔이 사내도 끼여 있었다. 철거 보상금을 3부 이자로 놓아 주겠다는 고흥댁의 말만 믿고 돈을 건네준 사람이었다. 그들은 한결같이 강 노인 땅을 믿고 빌려 준 돈이니까 책임을 져야 한다고 우겨대면서 땅을 판 적이 없다는 그의 말을 도무지 믿으려 하지 않았다.

"그 못난 놈이 공장까지 담보로 잡혀 먹었대요. 최신 기계 설비만 갖추면 돈 벌리는 게 눈에 보이는 사업이라는데…… 은행 대출도 기간이 차서 경고장이 날아왔답니다."

이판사판이라고 마누라도 이젠 감추지 않고 잘도 털어놓는다. 용규가 그 모양이니 처가에서까지 돈을 끌어 댄 용민이는 어쩌겠느냐고 숫제 으름장이었다.

"땅은 안 돼. 안 팔아!"

"고집 좀 그만 부리고 우선 집 앞에 거라도 떼어 팔아 발등의 불이라도 꺼 봅시

◆ 신간身幹 몸통.
◆ 오금을 박다 '오금'은 무릎의 구부러지는 오목한 안쪽 부분. '오금을 박다'는 말은 다른 사람에게 함부로 말이나 행동을 하지 못하게 단단히 이름을 뜻하는 관용구이다.
◆ "팔육인가 팔팔인가 땜에……" 한국에서 1988년에 개최한 서울 올림픽 때 한국을 방문하는 세계 각국 선수들과 관광객들에게 좋은 이미지를 전하기 위해 도로를 정비하는 등 미화 사업이 많이 벌어졌다.
◆ 금 시세나 흥정에 따라 결정되는 물건의 값.

다. 다 자식 잘되라고 하는 짓인데 왜 그러우?"

"자식놈들 뒷바라지에 땅 다 날려 보낸 걸 몰라!"

입씨름에 지친 마누라가 눈물바람을 하다가 용문이 방으로 건너가 버린 뒤, 강 노인은 그 밤 오래도록 잠을 이루지 못하고 뒤척여야만 했다. 자식 농사는 포기한 지 오래지만 해마다 씨를 뿌리고 수확을 거두는 재미만큼은 쉽게 포기할 수 없는 그였다. 서울에서 밀려나온 서울 것들 때문에 여기까지 땅값이 들먹거리는 북새통을 치렀고 그 와중에서 자식들이 모두 저 푼수로 커 버렸다는 원망도 많은 게 강 노인이었다. 씨 뿌린 땅에서 거두어들이는 수확이 아닌 담에야 어찌 땅 팔아서 그 돈으로 쌀 사고 채소 사며 살 수 있을 것인가. 농사꾼 주제로는 평생 만져 볼 엄두도 못 내는 큰돈이 굴러 들어왔어도 쉽게 생긴 내력만큼 씀씀이도 허망하기 짝이 없었다. 그나마 이만큼이라도 마지막 땅 조각을 붙들고 있다는 위안이 강 노인에게는 큰 힘이 되었다. 이 고장에 서울 바람이 몰아닥쳐 요 모양으로 설익은 도시가 되지 않았더라면 아직껏 넓디넓은 땅을 가지고 있을 것이 틀림없는 스스로를 생각해 보면 더욱 울화가 치밀었는데 다 부질없는 노릇이었다.

빚쟁이들이 몰려오는 줄 번연히 알면서도 들여다보지 않고 모르는 척하고 있는 용규 내외를 생각하면 괘씸하기 짝이 없었지만 이제 강 노인이 거두어야 할 일만 남은 셈이었다.

다음 날 아침, 강 노인은 느지막이 집을 나섰다. 마누라한테는 아무런 내색도 하지 않았다. 그러나 발길은 여전히 밭을 향했다. 밭고랑 사이로 밀고 올라오는 잡초를 뽑아내면서 문득 뒤돌아보니 원미산 장대봉이 그새 많이 푸르러져서 제법 운치가 있었다. 멀리서 보아야 아름답다 하여 멀뫼라 불리던 산이었다. 젊었을 적 나무하러 숱하게 오르내려서 능선마다 그의 땀방울이 묻어 있기도 한 산이다. 그때가 언제인데, 참 질기게도 오래 산다는 생각이 들었다. 땅에서 뽑혀 나와 잠깐 만에 이파리들이 축 늘어져 버린 잡초를 새삼스레 들여다보다가 강 노인은 시름없이 밭을 둘러보았다.

그리고 보니 어제오늘 고추 모종에 물을 주지 못한 게 생각났다. 아욱이야 그런대로 잘 자랐지만 마누라가 덤덤해 하니 억센 겉잎이 밀고 올라오기 시작했다. 꽂아 놓은 개나리 가지에 움터 오던 노란 잎도 가뭄에 시달려 밥티◆처럼 오그라 붙었다. 햇살은 푸지게 내리쬐고, 아이들은 지물포 옆에 옹기종기 모여서 땅따먹기 놀이를 하고 있었다. 강 노인은 큼큼 헛기침을 해 가며 강남부동산으로 걸어갔다. 그러나 이내 되돌아서서 집을 향해 바쁜 걸음을 옮긴다. 암만해도 물 한 통쯤은 져 날라서 우선 이것들 목이나 축여 줘야겠다는 생각이었다.

◆ **밥티** 밥알.

양귀자
梁貴子, 1955~

전라북도 전주에서 태어난 작가 양귀자는 아버지를 일찍 여의고 어머니와 큰오빠 밑에서 자랐습니다. 어린 시절에 만화를 즐겨 보았으며, 이광수의《유정》을 읽고 문학적 충격을 받았다고 합니다. 그는 전주여고에 다니던 시절부터 문예 공모전에 참가하여 일찌감치 소설을 쓰기 시작했습니다. 대학교를 졸업한 뒤에는 중학교와 고등학교 교사 생활을 하였고 잡지사 기자로 일하기도 했습니다.

양귀자는 1978년《문학사상》을 통해 등단한 후 많은 작품을 발표해 왔는데, 1990년대에는 그의 이름 앞에 늘 '베스트셀러 작가'라는 수식어가 붙을 만큼 많은 독자의 사랑을 받았습니다. 일상적인 이웃들의 이야기를 따뜻한 시선으로 그려 내는 소설 쓰기가 호응을 얻은 것입니다.

1980년대 후반에 발표한《원미동 사람들》은 작가가 살았던 원미동을 무대로 서민들의 애환을 정겹게 그려 낸 작품으로, 1980년대 단편문학의 정수라는 평가를 받기도 했습니다. 또 다른 작품인《길모퉁이에서 만난 사람》도《원미동 사람들》과 같이 우리 주변에서 흔히 볼 수 있는 이웃들의 감동적인 사연들을 담고 있습니다.

이처럼 양귀자는 서민의 삶에 초점을 맞춘 작품들을 많이 발표했습니다. 이 밖에《지구를 색칠하는 페인트공》이나《나는 소망한다 내게 금지된 것을》등의 유명한 소설들이 있습니다.

"땅은 안 돼, 안 팔아!"

1988년에 발표된 〈마지막 땅〉은 급작스럽게 땅값이 오른 원미동에서 땅을 지키며 살고자 하는 강 노인과 물질주의에 물든 주변 사람들 사이의 갈등을 그린 작품입니다.

원미동은 예전에는 별 볼 일 없는 지역이었지만 지금은 서울에서 불어온 개발 바람 때문에 땅값이 크게 치솟은 상태입니다. 넓은 땅을 소유한 강 노인은 비싼 값을 받을 수 있는데도 땅을 팔지 않고 농사를 짓습니다. 강남부동산 박 씨가 눈독을 들이고 그 땅을 어떻게든 팔아 보려 하지만 완고한 강 노인은 들은 척도 하지 않습니다.

원미동 주민들은 강 노인의 밭에서 나는 거름 냄새에 불만이 많습니다. 강 노인이 화학비료가 땅에 해롭다고 인분을 모아 삭힌 거름을 쓰기 때문입니다. 그러나 주민들은 냄새만 못마땅한 게 아닙니다. 동네가 깨끗하고 산뜻한 도시로 개발되어야 자신들의 집값도 오르는데 시골 같은 인상을 주는 강 노인의 밭이 걸림돌이 된 것입니다. 그래서 동네 주민들은 밭에다 연탄재를 갖다 버리기도 하고 반상회를 열어 진정서를 제출하기도 합니다. 강 노인은 농사를 짓는 데 귀하게 쓰이는 거름을 혐오하는 '서울 것'들이 마뜩찮습니다.

강 노인의 눈에는 자식들 역시 한심스럽습니다. 성실하게 돈을 모을 생각은 하지 않고 강 노인이 가진 땅에 눈독을 들이거나 큰돈을 벌려는 허황된 욕심만 부리기 때문입니다. 특히 큰아들은 여기저기에서 끌어 쓴 돈을 갚지 못해 공장까지 담보로 잡힌 상황입니다. 아내는 별 이익도 없는 농사는 그만 짓고 땅을 팔아 아들들의 빚을 갚아 주자고 부추깁니다. 더 이상 버틸 수 없게 된 강 노인은 결국 부동산으로 향합니다. 그러다가 밭에 심은 고추 모종에 물을 주지 못한 게 떠올라, 우선 이것들 목이나 축여 줘야겠다며 집을 향해 바쁜 걸음을 옮깁니다.

땅투기를 불러일으킨 1980년대 도시 개발 붐

〈마지막 땅〉의 시대 배경은 1980년대입니다. 당시의 대한민국은 '성장과 개발'의 시대였는데, 특히 1988년 올림픽 개최국으로 결정되면서 서울이라는 도시는 현대적이고 깨끗하게 정비되기 시작했습니다. 이에 따라 서울에서는 개포동, 목동, 고덕동, 상계동 등지의 판자촌을 재개발하여 대규모 아파트가 들어서게 되었습니다. 또한 서울을 둘러싼 신도시가 본격적으로 개발되기 시작하여 서울과 가까운 분당, 일산, 평촌, 중동, 산본 등에 신도시가 조성되기 시작했습니다. 〈마지막 땅〉의 배경인 원미동은 부천에 있는 작은 동네인데, 이 부천 지역을 개발한 신도시가 바로 '중동'입니다.

당시 서울은 많은 인구가 몰려들어 주택 부족이 심각한 상태였습니다. 집값이 심각하게 치솟자 정부는 안정적인 가격으로 주택을 공급하고자 직접 신도시 개발에 나섰습니다. 그 덕분에 처음에는 서울의 인구가 신도시로 분산되면서 주택난이 해소되는 것처럼 보였습니다.

그러나 짧은 기간에 추진된 신도시 개발 정책은 여러 부작용을 불러왔습니다. 조성된 신도시가 하나의 완전한 도시로서 기능하지 못하고 '베드타운bed town'이 되어 버린 것입니다. '베드타운'이란 신도시가 서

울로 출퇴근을 하는 사람들에게 잠을 자는 공간으로만 제공되는 도시
라는 말입니다. 더욱이 신도시가 짧은 시간에 획일적으로 조성되다 보
니 각 도시의 특색이나 개성을 살리지 못한 채 비슷비슷한 모양이 되
었습니다. 뿐만 아니라 신도시로 선정될 때 땅값을 올려 팔려는 사람
들이 몰려 극심한 땅 투기가 발생했습니다. 〈마지막 땅〉에서 강 노인이
가진 땅값이 치솟았던 것은 이러한 시대적 배경 속에서 이루어진 것입
니다.

 ## 연작소설이란 무엇인가

《원미동 사람들》은 총 11개의 단편소설로 이루어진 연작소설입니다.
연작소설이란 서로 비슷한 주제를 가진 소설 작품들을 한 권에 엮은 것
입니다. 이때 각각의 작품들은 주제나 소재 또는 배경이 일정한 연관을
갖게 되며, 어느 작품 속 인물이 다른 작품에 등장하기도 합니다.

〈마지막 땅〉이 담긴 《원미동 사람들》은 1980년대 부천의 원미동이라
는 공간을 배경으로, 그곳에서 살아가는 서민들의 삶과 애환을 다룬
작품입니다. 작가는 작품마다 원미동 주민의 서로 다른 일상을 조명함
으로써 전체의 주제를 이어 나가고 있습니다. 〈마지막 땅〉 외에 《원미
동 사람들》에 실려 있는 각 단편소설들의 내용을 살펴봅시다.

〈멀고 아름다운 동네〉 어느 추운 겨울날, 원미동에 생전 처음으로 자
기 집을 장만하여 이사를 오는 은혜 가족의 이야기로 시작합니다.

〈불씨〉 한 집안의 가장인 남편은 다니던 회사에서 해고된 후 아내에게 구박을 받습니다. 그러다 외판원이 되어 물건을 팔기 위해 여기저기 돌아다니는데, 물건을 사 달라는 말 한마디 제대로 하지 못한 채 쫓겨납니다.

〈원미동 시인〉 원미동에는 몽달 씨라는 별명을 가진 이상한 시인이 삽니다. 그는 반쯤 미친 사람처럼 늘 시만 외우고 다녀 사람들에게 무시를 당합니다.

〈한 마리의 나그네 쥐〉 어느 날 실종된 한 남자의 이야기가 나옵니다. 그는 원미산에 몇 번 오르다 산의 매력에 푹 빠지게 됩니다. 결국 도시 생활에 지친 그는 원미산에 들어가 행방을 감춰 버렸다는 것입니다.

〈비 오는 날이면 가리봉동에 가야 한다〉 〈멀고 아름다운 동네〉에 등장하는 가족이 또다시 나옵니다. 은혜 아버지가 집수리를 위해 부른 수리공 임 씨는 원래 연탄 배달을 하는 사람이었습니다. 그는 비가 오는 날이면 떼인 돈을 받으러 가리봉동에 간다고 합니다. 그 돈만 받으면 고향으로 갈 수 있다는 희망이 있기 때문입니다.

〈방울새〉 사회 운동을 하다 감옥에 간 남편을 둔 '그녀'는 딸과 함께 살고 있습니다. '그녀'의 친구 윤희는 아들과 함께 살고 있지만 마찬가지로 남편의 자리는 비어 있습니다. 두 가족은 과천 동물원에서 방울새를 구경하며 하루를 보내고 돌아옵니다.

〈찻집 여자〉 행복사진관 엄 씨는 결혼을 했음에도 불구하고 원미동에 찻집을 차린 여자와 사랑에 빠집니다. 엄 씨의 아내는 그 여자와 한바탕 싸움을 하고, 동네 주민들은 여자에게 따가운 눈총을 보냅니다. 여자는 결국 원미동을 떠나갑니다.

〈일용할 양식〉 형제슈퍼 김 반장과 라이벌 가게인 김포슈퍼의 경호 아버지의 이야기입니다. 한 동네에 두 개의 슈퍼가 있는 것으로도 모자라 싱싱청과물이라는 새로운 가게가 끼어들게 되자, 김 반장과 경호 아버지는 손을 잡고 싱싱청과물의 문을 닫게 만듭니다.

〈지하 생활자〉 연립주택의 지하실 생활을 하는 가족은 평소 화장실을 이용하는 데에도 눈치를 봐야 합니다. 그런 문제로 원망이 많았으나 주인집의 말 못할 사정을 알게 되자 주인집을 동정하고 이해하게 되는 이야기입니다.

〈한계령〉 전주에서 어린 시절을 보내고 현재 소설가가 된 '나'는 어린 시절의 친구에게서 연락을 받습니다. 이를 계기로 지금까지의 삶을 돌아보고, 큰오빠의 삶을 이해하는 이야기입니다.

연작소설의 대표작《난장이가 쏘아 올린 작은 공》

현대 소설 중 대표적인 연작소설로는 1976년에 발표된 조세희의《난장이가 쏘아올린 작은 공》이 있습니다. 총 12편의 작품으로 구성된 이 연작소설은 산업화와 도시화가 급격하게 이루어진 1970년대를 배경으로 힘겨운 도시 빈민의 삶을 비추고 있습니다. 형편없는 근로 환경에서 일하는 노동자, 졸지에 살 곳을 잃은 사람들 등 당시의 심각한 사회 문제들을 상징적으로 담아 내었습니다. 이야기의 줄거리는 다음과 같습니다.

난쟁이인 아버지 그리고 어머니와 영수, 영호, 영희 가족은 낙원구 행복동에 살고 있었습니다. 어느 날 영수네 동네를 재개발해야 하니 철거하라는 공문이 떨어집니다. 정부는 아파트에 들어가서 살 수 있는 입주권을 주지만, 돈이 없어 입주비를 댈 수 없는 사람들에게는 무용지물입니다.

난쟁이인 아버지는 수도 고치기, 건물 유리 닦기 등으로 어렵게 가족들의 생활을 책임져 왔습니다. 그런 아버지가 병이 들게 되자, 어머니와 영수는 일터로 향합니다. 영수는 경기가 좋지 않다는 핑계로 직원을 밤낮없이 부려먹는 인쇄소에서 일을 하고, 동생인 영호와 영희 역시 학교를 그만두게 되었습니다.

입주권의 가격이 크게 오르자 영수네 가족은 승용차를 타고 온 남자에게 입주권을 팔았습니다. 그러나 전세값을 갚고 나니 아무것도 남는 것이 없었습니다. 영희는 승용차를 타고 온 남자를 찾아가 입주권과 돈을 훔쳐 행복동 동사무소를 향합니다. 그곳에서 입주 신청을 마치고 가족에게 돌아오지만 아버지는 벽돌 공장 굴뚝에서 자살한 뒤입니다.

● 다음 중 이 소설에서 강 노인과 원미동 주민들 사이에 갈등을 불러
일으킨 소재는 무엇인가요?

① 공장　　　　② 거름　　　　③ 채소　　　　④ 반상회

● 이 소설에서 강 노인이 끝까지 텃밭을 팔지 않으려고 하는 이유가 드
러난 장면은 다음 중 무엇인가요?

① 농사꾼 주제로는 평생 만져 볼 엄두도 못 내는 큰돈이 굴러 들어
왔어도 쉽게 생긴 내력만큼 씀씀이도 허망하기 짝이 없었다. 그
나마 이만큼이라도 마지막 땅 조각을 붙들고 있다는 위안이 강
노인에게는 큰 힘이 되었다.

② 벌레가 득시글거리지 않는 한에야 농약 치는 것도 끔찍이 싫어
하는 강 노인이었으니 땅 망친다는 화학비료를 써 농사지을 턱
이 없다.

③ 동네에 어려운 일이 생겼다 한들 눈 하나 깜짝할 줄 아남? 저 땅
을 평당 천만 원 준다 해도 더 받을까 혀서 못 팔 영감이야. 저래
봤자 죽을 땐 묘자리만큼의 땅만 있으면 그만이지 등에 이고 갈
게 어디 있어.

④ 집주인들이 더 극성을 부리는 데에도 까닭은 있었다. 강 노인네
땅덩이들이 팔려서 거기에 번듯한 건물들이 들어서야 이 거리가
완벽하게 채워지기 때문이었다.

● 이 작품의 주인공인 강 노인은 고집이 세지만 근면한 인물입니다. 그러한 성격을 알 수 있는 구체적인 사례를 찾아 써 봅시다.

① 고집이 세다 –

② 근면하다 –

● 이 소설 속에서 강 노인은 아무에게도 이해 받지 못하고 있습니다. 여러분이 이 작품 속의 한 인물이 되어 강 노인을 위로한다면, 어떤 인물로 등장하여 어떤 행동으로 위로할지 생각하여 써 보세요.

● 다음 중 이 소설에서 강 노인과 원미동 주민들 사이에 갈등을 불러 일으킨 소재는 무엇인가요?

① 공장 　　　　② 거름 　　　　③ 채소 　　　　④ 반상회

답 ②번.

강 노인은 자신의 텃밭에 인분을 썩혀 만든 거름을 사용했습니다. 화학비료를 쓰면 땅을 해치게 된다고 생각했기 때문입니다. 그런데 이 거름은 동네에 지독한 냄새를 풍겨 깨끗한 환경을 강조하는 주민들에게 불평을 듣게 되는 원인이 됩니다.

● 이 소설에서 강 노인이 끝까지 텃밭을 팔지 않으려고 하는 이유가 드러난 장면은 다음 중 무엇인가요?

① 농사꾼 주제로는 평생 만져 볼 엄두도 못 내는 큰돈이 굴러 들어왔어도 쉽게 생긴 내력만큼 씀씀이도 허망하기 짝이 없었다. 그나마 이만큼이라도 마지막 땅 조각을 붙들고 있다는 위안이 강 노인에게는 큰 힘이 되었다.

② 벌레가 득시글거리지 않는 한에야 농약 치는 것도 끔찍이 싫어하는 강 노인이었으니 땅 망친다는 화학비료를 써 농사지을 턱이 없다.

③ 동네에 어려운 일이 생겼다 한들 눈 하나 깜짝할 줄 아남? 저 땅을 평당 천만 원 준다 해도 더 받을까 혀서 못 팔 영감이야. 저래 봤자 죽을 땐 묘자리만큼의 땅만 있으면 그만이지 등에 이고 갈게 어디 있어.

④ 집주인들이 더 극성을 부리는 데에도 까닭은 있었다. 강 노인네 땅덩이들이 팔려서 거기에 번듯한 건물들이 들어서야 이 거리가 완벽하게 채워지기 때문이었다.

답 ①번.

강 노인은 철없고 이기적인 자식들을 뒷바라지하느라 조금씩 땅을 팔아야 했습니다. 땅값이 올라 큰돈을 얻었지만 허망하게 사라졌고 이제는 마지막으로 남은 이 땅이 강 노인에게 위안이 되었던 것입니다.

● **이 작품의 주인공인 강 노인은 고집이 세지만 근면한 인물입니다. 그러한 성격을 알 수 있는 구체적인 사례를 찾아 써 봅시다.**

① 고집이 세다 – 땅을 팔라는 부동산집 부부의 계속된 권유를 줄곧 거절합니다. 또한 화학비료를 써서 농사를 지으라는 주민의 항의에도 불구하고 여전히 인분을 썩힌 거름을 씁니다.

② 근면하다 – 강 노인은 이전에 부잣집의 머슴 생활을 하였으나, 성실하고 열심히 일해 넓은 땅을 가질 수 있게 되었습니다. 또한 현재에도 정성스럽게 텃밭을 가꾸고 있습니다.

● **이 소설 속에서 강 노인은 아무에게도 이해 받지 못하고 있습니다. 여러분이 이 작품 속의 한 인물이 되어 강 노인을 위로한다면, 어떤 인물로 등장하여 어떤 행동으로 위로할지 생각하여 써 보세요.**

땅을 소중히 생각하는 강 노인의 입장을 이해해 줄 수 있는 사람이 누구일지 생각해 보세요. 강 노인을 도와 일을 해 온 막내아들이 되어 아버지의 뜻을 이해하는 입장이 되어 볼 수 있을 겁니다. 또 강 노인의 심성을 잘 아는 옛 친구로 등장한다면, 텃밭에서 함께 풀을 뽑아 주며 따뜻한 말을 해 줄 수도 있겠지요.

불나방과 하루살이

: 김소진 :

여러분은 '배부른 돼지보다 배고픈 소크라테스가 돼라'라는 말을 들어 본 적이 있나요? 이 말에는 안락한 생활에 안주하여 어리석게 살기보다 가난하더라도 정신이 풍요로운 사람으로 살라는 의미가 담겨 있습니다.

사람들은 흔히 '잘살고 싶다'고 말하지만 어떻게 사는 것이 잘사는 것일까요? 어떤 사람은 고급 차를 가지는 것, 비싼 집에서 사는 것, 맛있는 음식을 먹는 것이 잘사는 것이라고 생각합니다. 또 어떤 사람은 남을 돕는 것, 열심히 배우고 일하는 것, 자신의 꿈을 이루기 위해 최선의 노력을 하는 것이라고 생각합니다.

여러분이 원하는 삶은 어떤 것인지 생각해 봅시다.

"**애,** 너 어딜 가니?"

늦가을의 별빛이 스미는 창문 틈새를 간신히 비집고 들어오느라 생채기가 난 날개를 쓰다듬던 불나방에게 누군가 말을 걸었습니다. 뒤를 돌아다보니 하루살이와 파리였습니다.

"난 불을 찾아 여기로 날아들었어. 근데 너희들 거기서 뭐 하니?"

자세히 보니 그들은 천장에 길다랗게 매달린 끈끈이 띠에 붙어 움쭉달싹 못 하는 처지였지요.

"보면 모르니? 우리는 지금 만찬◆을 즐기고 있다구."

"아름다운 향기와 입에 쩍쩍 달라붙는 즙이 얼마든지 흐르고 있잖니. 너도 몹시 허기가 진 표정인데 이리 가까이 와서 맛 좀 보렴."

그러나 불나방은 고개를 내저었습니다.

"난 싫어. 너희들이 먹고 있는 만찬은 가짜야. 사람들이 너희들을 잡기 위해 가짜 꿀 냄새가 나는 아교◆를 발라 놓았다구. 너희는 그 유혹을 이기지 못하고 깜빡 속은 것일 뿐이야."

"흥, 속았다고?"

입가에 끈끈한 아교를 잔뜩 묻힌 파리가 코웃음을 쳤습니다.

"유혹을 이기지 못했다고? 그런 너는? 넌 저 휘황찬란한 촛불의 유혹을 이기지 못해 여기로 날아든 게 아니냐구?"

"그건 사실이야."

불나방이 시인을 하자 더욱 기세가 오른 파리가 다그쳤지요.

"우리가 인간한테 잡혀 죽는 모습을 네가 보게 될 확률보다 불에 뛰어들어 날개와 살이 타서 죽는 너의 꼬락서니를 우리

◆ **만찬晩餐** 손님을 초대하여 함께 먹는 저녁 식사.
◆ **아교阿膠** 짐승의 가죽, 힘줄, 뼈 따위를 진하게 고아서 굳힌 끈끈한 것.

가 먼저 구경하게 될 확률이 훨씬 높을걸? 안 그러니, 하루살이야?"

"글쎄, 난 장담하기 어려워. 오늘 밤 자정 이후에 일어날 일에 대해서는 뭐라고 잘라 말할 수 없기 때문이야. 왜냐하면 너희들도 알다시피 난 하루살이 아냐? 자정을 넘길 수 없을 거야."

"그러니깐 넌 선택을 잘한 거야. 자정이면 땡 칠 목숨, 피곤하게 날갯짓하며 하루 종일 푸드덕거려 봤자 제대로 얻어먹기라도 하냐 이거야. 차라리 이렇게 한 상 떡 벌어진 끈끈이 띠에 달라붙어 곧 죽을 때까지 호의호식*하는 게 장땡이지 뭐. 하지만 사실 너보다 며칠은 너끈히 더 살 수 있는 난 약간 억울한데 이거."

그 말을 들은 하루살이는 좀 우울해졌습니다. 그래서 창문턱에서 휴식을 마치고 막 날아오르려는 불나방을 붙잡고 물어보았습니다.

"불나방아, 너는 하루살이에 불과한 나나 파리보다도 훨씬 오래 살잖아."

"그렇다고 할 수도 있지."

"그런데 왜 스스로 뜨거운 불꽃에 몸을 함부로 던지려 하는 거지? 그건 너무 끔찍하잖아? 차라리 우리처럼 향기와 단물이 흐르는 끈끈이 띠에 발을 붙이고 한나절이나마 잘 지내다 사라지는 게 오히려 낫지 않을까? 누가 너에게 그 일을 시켰니?"

불나방은 잠시 눈을 지그시 감았다가 떴습니다.

"아무도 내게 불 속으로 뛰어들라고 강요하진 않았어."

"그럼 도대체 무슨 까닭이야?"

"그건 말로 설명할 순 없어. 느낌이 중요해."

"무슨 느낌?"

"말하자면 자유 같은 거겠지. 찬찬히 돌이켜 생각해 봐. 우리는 그

동안 항상 허기를 느끼는 빈 위장과 단물을 쪽쪽 빠는 데 이골◆이 난 혀의 노예로만 살아왔어."

하루살이는 고개를 갸웃거렸습니다.

"그거야 당연한 것 아냐?"

"물론 당연하다고 할 수도 있어. 하지만 그렇게 사느라고 우리가 치른 엄청난 대가들을 생각해 봐. 어느 구석인지 입을 벌리고 있을 음흉한 거미들의 보이지 않는 죽음의 그물망을 염려하느라 몸을 움츠려야 했어. 또 공포스런 사마귀의 턱이나 새들의 단단한 부리에 우리의 연약한 머리통이 깨질까 걱정하느라 숨도 제대로 못 쉬었어."

"그건 그래……."

하루살이는 고개를 끄덕였습니다.

"하지만 저렇게 일렁거리며 현란한 춤을 추는 불꽃을 한번 보라구. 얼마나 아름답고 자유스러워. 곤충 주제에 무슨 아름다움이고 자유를 찾냐고 비웃을 수는 있어. 그러나 그것은 그렇게 생각하는 쪽의 오만◆이고 편견일 뿐이야. 자기 나름대로의 아름다움에 반하고 그런 것을 추구할 권리는 결코 어느 한쪽에서 배타적◆으로 소유할 수가 없을걸. 우리 모두의 권리야. 오오, 저 춤추는 아름다운 불꽃!"

"하지만 날개가 타고 몸에 화상을 입으면 고통스럽잖아? 난 무서워."

"아마 고통 없는 아름다움이란 이 세상에 없을 거야. 그리고 우린 어차피 자연의 순환이라는 법칙에 곧 순종해야 할 운명이야. 난 아무도 모르는 곳에 이미 다음 대를 이어갈 나의 사랑스런 알들도 까놓았어. 그럼 안녕!"

◆ 호의호식好衣好食 좋은 옷을 입고 좋은 음식을 먹음.
◆ 이골 아주 길이 들어서 몸에 푹 밴 버릇.
◆ 오만傲慢 태도나 행동이 건방지거나 거만함.
◆ 배타排他적 남을 배척하는.

불나방은 일렁이는 촛불 위를 서너 차례 돈 다음 온 힘을 다해 몸을 던졌답니다. 그 순간 하루살이도 몸속에서 어떤 뜨거운 기운이 솟는 느낌을 받으며 눈을 질끈 감았지만 다시는 뜨지 못했습니다. 왜냐하면 그때가 거의 자정 무렵이었기 때문입니다.

"힝, 그 불나방 잘난 척 한번 드럽게 하더니 결국 저 꼴이 되고 마는군. 이승의 진흙탕이면 어때! 하루라도 더 구르는 놈이 장땡이지 뭐."

열심히 아교풀을 빨아 먹던 파리가 한마디 던지고는 계속 혓바닥을 낼름거렸지요. 물론 한 사람이 다가와 파리를 처리하기 위해 가위로 끈끈이 띠를 막 자르려 하는 것은 미처 보지 못한 채 말입니다.

김소진

金昭晋, 1963~1997

강원도 철원에서 태어난 작가 김소진은 서울 변두리의 가난한 동네에서 어린 시절을 보냈습니다. 그의 아버지는 철원에서 군수품을 팔아 생계를 유지했는데 서울로 이사 온 이후로는 거의 가정을 돌보지 못했습니다. 어머니는 삯바느질과 행상 일로 아버지 대신 4남매의 양육을 책임져야 했습니다. 이때 경험한 가난은 김소진의 작품 세계에 큰 영향을 미치게 됩니다.

김소진은 1982년에 서울대학교 영문과를 졸업한 뒤 여러 직업을 전전하다가 1990년 한겨레신문에 입사했습니다. 그리고 이듬해인 1991년 《경향신문》 신춘문예에 단편소설 〈쥐잡기〉가 당선되면서 소설가의 길을 걸었습니다. 〈쥐잡기〉는 김소진이 중학교에 입학할 무렵, 아버지가 작은 가게를 운영할 때의 경험을 토대로 쓴 소설입니다. 그 후 틈틈이 단편소설을 써서 1993년 첫 창작집 《열린 사회와 그 적들》을 출간했습니다.

1990년대 문단에서는 전통적 소설 양식을 벗어난 여러 가지 시도가 이루어진 작품들이 등장했습니다. 그러나 김소진은 이런 시기에도 주로 자신이 직접 체험했던 유년기의 기억을 바탕으로 가난한 사람들이 살아가는 이야기를 사실적으로 그려 냈습니다. 그가 남긴 대표적인 작품으로는 《장석조네 사람들》, 《자전거 도둑》이 있으며, 동화에도 관심을 기울여 《열한 살의 푸른 바다》라는 동화집을 출간했습니다.

김소진은 1997년 췌장암 진단을 받고 34세라는 젊은 나이에 세상을 떠났지만 1990년대를 대표하는 작가 중 한 명으로 기억되고 있습니다.

이야기힐름

"아마 고통 없는 아름다움이란 이 세상에 없을 거야."

〈불나방과 하루살이〉는 불나방, 하루살이, 파리의 말을 통해 사람이 인생을 살아가는 각각의 태도를 빗댄 우화소설입니다.

하루살이와 파리는 창문 틈새를 비집고 들어온 불나방에게 자신들이 만찬을 즐기고 있다고 말합니다. 불나방이 자세히 보니 그들은 천장에 매달린 끈끈이 띠에 붙어 움직이지 못하는 상태였습니다. 하루살이와 파리는 불나방에게 자신들과 함께 만찬을 즐길 것을 권합니다. 그러나 불나방은 단호히 거절하며 너희들은 가짜 꿀 냄새가 나는 아교의 유혹에 속은 것이라고 말합니다. 파리는 불나방이야말로 휘황찬란한 촛불의 유혹에 이끌려 온 게 아니냐며 되묻습니다. 불나방이 그렇다고 시인하자 기세가 오른 파리는, 자신들이 인간에게 잡혀 죽는 모습을 불나방이 보게 될 확률보다 불나방이 불에 뛰어들어 죽는 것을 보게 될 확률이 높다고 말합니다. 하루살이는 오늘밤 자정을 넘기기도 힘든 자기로서는 그 이후의 일은 알 수 없다고 말합니다. 그러자 파리는 그런 하루살이야말로 끈끈이 띠에 달라붙어 죽을 때까지 호의호식하는 게 최고라고 말합니다.

우울해진 하루살이는 곧 날아오르려는 불나방에게, 자신들처럼 한나절이라도 잘 지내다 사라지는 게 낫지 않느냐고 묻습니다. 그러자 불나방은 불꽃이 얼마나 아름답고 자유로운지에 대해 말합니다. 또한 우리 모두는 그러한 아름다움에 반하고 추구할 권리가 있다고 말합니다. 하루살이는, 그래도 날개가 타고 화상을 입는 건 고통스러운 일이 아니냐고 묻습니다. 그러나 불나방은 "고통 없는 아름다움이란 이 세상에 없을 거야."라고 말하며 일렁이는 촛불 속으로 몸을 던졌습니다.

그 순간 하루살이도 몸속에서 어떤 뜨거운 기운이 솟는 느낌을 받으며 눈을 감았습니다. 홀로 남은 파리는 죽는 것보다 이승에서 "하루라도 더 구르는 놈이 장땡"이라며 다시 열심히 아교풀을 빨아 먹었습니다. 그런 파리를 처리하기 위해 끈끈이 띠를 자르려 다가오는 사람은 미처 보지 못한 채 말입니다.

 ## 곤충의 습성에 빗대어 인간을 이야기하기

〈불나방과 하루살이〉에는 불나방, 하루살이, 파리 등 세 종류의 곤충이 등장합니다. 작가는 작품 속에 드러나는 곤충들의 성격을 실제 곤충들이 가진 특성에 맞게 설정하였습니다. 소설 속의 불나방은 아름다움과 자유에 대한 권리를 추구하며 촛불을 향해 뛰어드는데, 실제의 불나방 역시 불을 향해 뛰어드는 속성이 있습니다. 불나방이 불속으로 뛰어드는 이유는 무엇일까요?

생물이 빛의 자극에 따라 일정한 방향으로 몸을 이동하는 것을 '주광성'이라고 합니다. 불나방은 주광성을 가진 곤충으로, 자신의 의지와 상관없이 빛에 대해서는 무조건 접근하려는 반응을 보입니다. 비슷한 예로 오징어가 있습니다. 오징어잡이배가 밤에 등을 밝히는 이유는 빛을 향해 몰려드는 오징어의 주광성 때문이지요.

하루살이의 경우는 어떨까요? 소설에서 명확하게 밝히고 있지는 않지만 자정을 넘길 수 없다는 것으로 보아 하루만 사는 것으로 추측됩

| 불나방 | 하루살이 | 파리 |

니다. 하지만 실제로 하루살이 곤충은 2~3일을 살기도 하고 길게는 1~2주를 살기도 합니다. 그렇기는 해도 다른 곤충에 비해 빨리 죽는 것은 사실입니다.

　작가는 이러한 곤충들의 특성에 사람들의 삶의 태도를 빗대었습니다. 더 높은 가치를 위해 고난을 두려워하지 않는 사람을 불나방에, 인생에 대한 긴 안목을 지니지 못한 사람을 하루살이에, 눈앞의 쾌락에만 빠져 사는 사람은 음식에 잘 꼬이는 파리에 비유한 것이지요.

 ## 우화, 곧 알레고리allegory를 이해하는 방법

　〈불나방과 하루살이〉에 등장하는 곤충들은 사람처럼 생각하고 말도 할 수 있는 존재입니다. 그들이 나누는 대화 속에는 인간들이 살아가면서 깊이 생각해 보아야 할 문제가 담겨 있습니다. 이렇듯 곤충이나 동물을 등장시켜 인간에게 유용한 교훈을 주는 문학 갈래를 '우화'

라고 합니다. 우리가 잘 알고 있
는 《이솝 우화》가 가장 대표적
인 예입니다.

우화는 보통 '알레고리allegory'
로 표현됩니다. 알레고리란 그
리스어인 '다른allos'과 '말하기
agoreuo'라는 단어가 합성되어 만
들어진 '알레고리아allegoria'를 영
어식으로 표현한 말입니다. 따
라서 알레고리란 '다르게 말하
기'이며, 어떤 주제를 전달할 때

〈토끼와 거북이〉 이야기를 그린 그림

적당한 대상을 찾아 거기에 빗대어 '다르게' 말하는 것입니다. 예를 들
어 인간의 자만심과 성실함을 동물들의 이야기로 말한 〈토끼와 거북
이〉 이야기도 알레고리 표현법을 사용한 것이고, 〈불나방과 하루살이〉
역시 그렇습니다.

〈불나방과 하루살이〉에 등장하는 파리는 달착지근한 아교풀을 빨
아 먹기 위해 끈끈이 띠에 붙어 있습니다. 이러한 행동은 눈앞에 놓인
쾌락만을 좇는 인간에 대한 알레고리입니다. 반면 불나방은 고통스럽
게 불에 타 죽을 것을 알면서도 촛불을 향해 뛰어듭니다. 이러한 행동
은 더 고귀한 가치를 좇는 인간에 대한 알레고리입니다.

알레고리로 쓰인 이 소설을 읽을 때에는 두 가지 의미를 파악해야 합
니다. 하나는 겉으로 드러난 이야기, 즉 곤충들이 나누는 대화나 행동
을 중심으로 일차적인 의미를 파악해야 하고, 다른 하나는 이야기 속에
숨겨진 의미, 즉 작가가 말하고자 한 이차적인 의미를 파악해야 합니다.

작품에 드러난 아버지의 슬픈 흔적들

김소진의 또 다른 작품인 〈쥐잡기〉, 〈개흘레꾼〉 등에는 가족, 특히 작가의 아버지 모습이 반영된 인물들이 등장합니다. 김소진의 아버지는 북한인 함경남도 성진에서 태어났는데 한국전쟁의 와중에 어쩔 수 없이 처자식을 남겨 두고 남한으로 내려왔습니다. 그는 남한에서 새로운 가정을 꾸리고 김소진을 비롯해 4남매를 낳았습니다. 근처 군부대에서 나오는 군수품을 가지고 장사를 했지만 형편이 어려워지자 가족을 이끌고 서울 미아리의 산동네로 이사를 갔습니다.

김소진이 다섯 살 되던 해, 그의 아버지는 중풍으로 쓰러졌습니다. 비교적 거동은 자유로웠기 때문에 구멍가게를 꾸려 생계를 유지했지만 구멍가게만으로는 넉넉하게 생활할 수 없었습니다. 한 가정의 가장으로서 가족의 생계를 책임질 수 없었던 아버지는 어딘가 주눅이 든 모습이었습니다. 또한 북한에 가족을 두고 남쪽으로 내려온 일은 아버지의 마음속에 오랜 빚으로 남아 있었습니다.

이러한 아버지의 모습은 김소진의 소설 여기저기에서 조금씩 다른 모습으로 등장합니다. 가난하고 무능한 인물로 나타나기도 하고, 분단의 상처를 안고 살아가는 인물로 나타나기도 합니다. 이와 같이 다양한 아버지의 모습을 통해 김소진은 전쟁, 이념, 가난이라는 문제를 작품 속에서 사실적으로 보여 주고 있습니다.

가난한 어린 시절의 기억이 담긴
〈눈사람 속의 검은 항아리〉

　1970년대 서울의 변두리였던 미아리에서 어린 시절을 보낸 김소진은 서울의 화려한 모습보다 낡고 허름한 풍경에 주목했습니다. 그는 서울이라는 도시 공간 안에서 다양한 삶의 모습이 존재할 수 있음을 보여주었는데, 대표작인 〈눈사람 속의 검은 항아리〉에서도 잘 드러나고 있습니다. 이야기는 다음과 같습니다.

　재개발 이야기가 한창인 미아리 셋집에 다녀오겠다는 '나'의 말에 어머니는 쓸데없는 일을 한다며 꾸지람을 합니다. 그러나 동네 형도 만나야 하고 세 들어 사는 집에서 부탁한 일을 처리할 겸 '나'는 오랜만에 미아리 옛 동네를 찾게 됩니다. 예전에 살았던 익숙한 풍경이 눈에 들어올수록 '나'는 오래 전 어느 날 새벽의 모습이 떠오릅니다.

　'나'는 어릴 적에 여러 가구가 모여 사는 집에 살고 있었는데, 눈이 오던 날 아침 욕쟁이 할머니의 짠지 단지를 깨트리고 말았습니다. 어른들에게 꾸중을 들을 것이 무서웠던 '나'는 깨진 단지에 눈을 뭉쳐 눈사람을 만들어 놓고 집을 나왔습니다. 저녁이 되어 혼날 각오로 집에 돌아왔지만 모두 '나'의 존재를 잊은 듯 행동할 뿐입니다. 이때 '나'는 자신의 존재가 세상의 중심이 아닌 주변이라는 깨달음을 얻었습니다.

　'나'는 어릴 적의 기억이 있는 산동네가 사라질 것을 마음 아파하며 눈물을 흘립니다. 그리고 재개발로 헐리게 된 산동네의 폐가에서 똥을 누며 "이 동네가 포크레인의 날카로운 삽질에 꺾여 가면 내 허약한 기억도 송두리째 퍼내어질 것"을 한탄합니다.

　이 작품은 작가가 자신의 경험을 통해 사라져 가는 것에 대한 향수를 표현하고 있습니다.

생각하기

● 다음 중 이 소설에서 죽음을 겁내지 않고 보다 높은 가치를 추구한 곤충은 무엇인가요?

　① 파리　　② 불나방　　③ 하루살이　　④ 거미　　⑤사마귀

● 이 소설에서 불나방이 죽음을 무릅쓰고 불 속으로 뛰어드는 이유는 무엇인가요?

　① 다음 대를 이어갈 사랑스런 불나방 후손들을 남겨두었기 때문에.

　② 파리와 하루살이에게 잘난 척하기 위해.

　③ 누가 그렇게 하라고 시켰기 때문에.

　④ 불꽃이 가진 '아름다움', '자유'와 같은 높은 가치를 추구하기 위해.

　⑤ 인간에게 잡혀 죽는 것을 피하기 위해.

● 이 소설에 등장하는 곤충들이 가진 삶의 태도를 정리해 보고, 자신은 어떤 곤충의 삶을 살고 싶은지 써 봅시다.

① 불나방 :

② 하루살이 :

③ 파리 :

● 이 소설은 불나방, 하루살이, 파리를 의인화하여 작품의 주제를 효과적으로 전달하고 있습니다. 이와 같은 '우화'의 예에 해당하는 작품을 찾아 봅시다.

● 다음 중 이 소설에서 죽음을 겁내지 않고 보다 높은 가치를 추구한 곤충은 무엇인가요?

① 파리   ② 불나방   ③ 하루살이   ④ 거미   ⑤사마귀

답 ②번.

● 이 소설에서 불나방이 죽음을 무릅쓰고 불 속으로 뛰어드는 이유는 무엇인가요?

① 다음 대를 이어갈 사랑스런 불나방 후손들을 남겨두었기 때문에.

② 파리와 하루살이에게 잘난 척하기 위해.

③ 누가 그렇게 하라고 시켰기 때문에.

④ 불꽃이 가진 '아름다움', '자유'와 같은 높은 가치를 추구하기 위해.

⑤ 인간에게 잡혀 죽는 것을 피하기 위해.

답 ④번.

작품 속에서 불나방은 "고통 없는 아름다움은 세상에 없다"고 말하면서, 자기 나름대로의 아름다움에 반하고 그런 것을 추구할 권리는 모두가 가진 권리라고 말합니다. 따라서 일렁거리며 현란한 춤을 추는 불꽃의 아름다움에 몸을 던진 것입니다.

● 이 소설에 등장하는 곤충들이 가진 삶의 태도를 정리해 보고, 자신은 어떤 곤충의 삶을 살고 싶은지 써 봅시다.

① 불나방 : 고난을 두려워하지 않고 자유와 아름다움을 추구합니다.
② 하루살이 : 하루 앞의 일을 예측할 수 없어 인생을 멀리 보지 못합니다.
③ 파리 : 당장 눈앞의 단맛만 추구하며 순간의 쾌락을 좇습니다.

평소 우리의 모습은 순간적인 쾌락을 탐하는 파리나, 인생을 길게 보지 못하는 하루살이의 태도를 닮아 있는 경우가 대부분일 것입니다. 그러나 다소의 불편함과 위험을 무릅쓰고라도 좀 더 높은 가치를 추구하는 불나방의 태도를 깊이 새겨 둘 필요가 있습니다.

● 이 소설은 불나방, 하루살이, 파리를 의인화하여 작품의 주제를 효과적으로 전달하고 있습니다. 이와 같은 '우화'의 예에 해당하는 작품을 찾아 봅시다.

서양의 〈토끼와 거북이〉, 〈개미와 베짱이〉 등 우리에게 친숙한 우화를 모은 《이솝 우화》는 우화의 대표적인 예입니다.
또한 우리나라 작품으로는 개화기 때의 지식인인 안국선이 쓴 《금수회의록》이 있습니다. 이 소설은 1인칭 관찰자 시점의 '나'가 꿈속에서 호랑이, 개구리, 까마귀, 여우 등 8마리 동물의 회의 내용을 기록한 작품입니다.

수록 작품(1권)	작품 출전	작품 수록 교과서
남극의 가을밤(이익상)	《이익상 단편소설 전집》, 현대문학, 2009	지학사
사랑 손님과 어머니 (주요섭)	《사랑 손님과 어머니》, 을유문화사, 1954	지학사, 미래엔컬처그룹, 창작과비평사, 대교, 금성, 교학사, 비상
돌다리(이태준)	《돌다리》, 박문서관, 1943	교학사, 비상
메밀꽃 필 무렵(이효석)	《조광》, 1936	지학사
멀리 간 동무(백신애)	《백신애 선집》, 현대문학, 2009	새롬
소나기(황순원)	《황순원 전집》, 창문사, 1965	미래엔컬처그룹, 좋은책, 지학사, 창작과비평사, 대교
노새 두 마리(최일남)	《꿈길과 말길 외》, 동아출판사, 1995	미래엔컬처그룹
마지막 땅(양귀자)	《원미동 사람들》, 문학과지성사, 1987	좋은책, 대교
불나방과 하루살이 (김소진)	《바람부는 쪽으로 가라》, 문학동네, 2002	창작과비평사

수록 작품(2권)	작품 출전	작품 수록 교과서
경희(나혜석)	《나혜석 전집》, 태학사, 2000	지학사
미스터 방(채만식)	《채만식 전집》, 창작과비평사, 1987	창비
꿈을 찍는 사진관(강소천)	《소년세계》, 1954. 3.	비상
꽃신(김용익)	《꽃신》, 돌을새김, 2005	천재교육
표구된 휴지(이범선)	《암사지도 오발탄 외》, 동아출판사, 1995	디딤돌
옥상의 민들레꽃 (박완서)	《자전거 도둑》, 다림, 1999	디딤돌, 금성
개는 왜 짖는가(송기숙)	《자랏골의 비가 외》, 동아출판사, 1995	미래엔컬처그룹
중국인 거리(오정희)	《유년의 뜰》, 문학과지성사, 1998	미래엔컬처그룹